Le pacte du Dragon

Cet ouvrage a été publié en langue anglaise
sous le titre :
DRAGON'S DOWER

Traduction française de
ADRIEN NAUTONIS

83-85, boulevard Vincent-Auriol, 75013 PARIS — Tél. : 01 42 16 63 63
Service Lectrices — Tél. : 01 45 82 47 47
ISBN 2-280-17510-X — ISSN 1159-5981

CATHERINE ARCHER

Le pacte du Dragon

HARLEQUIN

LES HISTORIQUES

À cette époque...

Ce roman médiéval met en scène un chevalier, sir Simon Warleigh, qui, en 1204, rentre d'une croisade en Terre Sainte. Le mot «croisade» n'apparaît au demeurant dans les textes occidentaux qu'après 1250. Auparavant, les croisés et leurs contemporains usaient d'expressions aussi diverses que «*voyage vers Jérusalem*», «*périple vers la Terre Sainte*», «*passage*» ou «*voyage d'outre-mer*». Au sens strict sont qualifiés de croisades les pèlerinages en armes organisés par l'Eglise afin de délivrer le tombeau du Christ à Jérusalem.

La 4ème croisade (1202-1204) à laquelle participe le héros de ce roman est inspirée par le pape Innocent III, qui met les souverains chrétiens en demeure de reprendre les armes après une trêve de trois ans, pour libérer le Saint-Sépulcre des mains des Infidèles. A la différence de la précédente croisade, appelée «*croisade des rois*» parce que menée par les plus prestigieux souverains d'Occident, celle-ci est conduite par de simples chevaliers : Boniface de Montserra, Baudouin de Flandre et Geoffrey de Villehardouin. Sa destination initiale est l'Egypte, mais elle va être complètement déviée de son but par les Vénitiens. Ceux-ci, en effet, se sont engagés à pourvoir au transport des troupes contre une somme très importante. Les Croisés ne parvenant pas à réunir l'argent requis, les Vénitiens exigent en échange la prise de la ville dalmate de Zara, qui fait concurrence à la Sérénissime République : en cinq jours, cette cité chrétienne est prise. Ensuite seulement, les Croisés se dirigent vers Constantinople, qu'ils mettent à sac en 1204. Venise se fait alors céder des territoires byzantins, et le chef croisé Baudouin de Flandre devient le premier empereur de l'Empire latin d'Orient. Ainsi s'achève cette croisade de chrétiens contre d'autres chrétiens : on est loin de l'idéal d'un Godefroi de Bouillon...

Prologue

Angleterre, 1188

Les trois garçons se faisaient face, autour d'un feu dont les flammes ne brillaient pas plus intensément que la colère qui s'était allumée au fond de leurs yeux.

Simon, le plus âgé, se saisit de son couteau, le tendit vers les flammes et déclara :

— Moi, Simon Warleigh, je vous jure fidélité et amitié, à vous, mes frères d'armes, pour le reste de ma vie.

Quand il passa le fil de la lame sur sa paume, il sursauta légèrement. De la blessure, le sang coula immédiatement. Puis il tendit le couteau à un garçon aux cheveux noirs, assis à sa droite, qui s'en saisit, le tint au-dessus du feu et, à son tour, déclara :

— Moi, Jarrod Maxwell, je vous jure fidélité et amitié, à vous, mes frères d'armes, pour le reste de ma vie.

Il ne manifesta aucune émotion lorsque le couteau entailla la chair de sa paume.

Christian Greatham était le plus jeune des trois, de près d'une année. La lumière du feu mettait des reflets dorés dans sa chevelure brune. Il prit le couteau, regarda ses compagnons l'un après l'autre, plaça la lame au-dessus du feu, comme ceux-ci l'avaient fait, et, de la même voix ferme, il prononça le serment.

Puis, concentrant son attention, les lèvres serrées, les sourcils froncés, il s'entailla la paume.

Tous les trois se levèrent alors et tendirent vers le feu leurs mains ensanglantées tandis que Simon prenait la parole.

— Nous sommes frères, dit-il avec une maturité surprenante pour un enfant de treize ans, unis par le sang que nous avons répandu, aussi bien que par l'amour qui nous lie l'un à l'autre, comme il nous lie à l'homme qui nous a réunis. Puissions-nous ne jamais oublier le Dragon et le mal qu'on lui a fait.

— Le Dragon, répétèrent les deux autres garçons.

Jarrod saisit alors le poignet de Christian. Celui-ci fit de même avec Simon, qui prit à son tour le poignet de Jarrod.

Alors, le regard levé vers le ciel semé d'étoiles, Simon déclara :

— Quand bien même nous devrions y passer notre vie, messires, nous verrons le jour où sera puni l'homme qui vous a fait du tort.

La tristesse qui altérait sa voix se pouvait lire sur le visage de ses amis. Ils restèrent ainsi quelques instants, silencieux, immobiles, unis par l'amour qui les liait l'un à l'autre, comme il les liait au Dragon, qui avait été leur père nourricier, leur mentor, leur maître, et contre qui, un jour, ils avaient été contraints de témoigner.

La voix dure, Jarrod affirma :

— Nous aurions dû mentir.

— Il n'aurait pas voulu que nous le fassions, lui répondit Christian, les yeux assombris par la douleur, même pour le sauver.

Simon approuva d'un hochement de la tête. Le Dragon n'avait pas imaginé ce qui arriverait quand il leur avait demandé de dire la vérité. A présent, il savait qu'aucun d'eux ne se pardonnerait jamais de lui avoir nui en croyant bien faire.

L'affection qui limait Simon à son père ne lui cachait pas ce qu'il devait à Wallace de Kelsey, dit le Dragon. Et, comme lui, tous ceux qui, amis ou ennemis, avaient approché cet homme ne pouvaient nier l'influence qu'avaient exercée sur eux son franc caractère et son sincère souci des autres.

Tous, excepté le propre frère du Dragon, Gérard de Kelsey. C'est lui qui, par forfaiture, portait à présent le titre de comte de Kelsey, lui qui s'asseyait désormais à la place d'honneur dans la grand-salle du château de Dragonwick.

Jarrod prit alors la parole :

— Je voudrais vous donner quelque chose, avant que nous nous séparions.

Il s'approcha de son cheval et sortit des fontes un sac de velours. Quand il fut revenu près du feu, il sortit du sac trois objets. C'était des broches, faites d'un cercle au milieu duquel était figuré un dragon magnifique aux ailes éployées.

Jarrod donna l'un des bijoux à Simon, puis l'autre à Christian, en disant :

— C'est pour que nous nous souvenions toujours les uns des autres, et de lui.

— Je n'oublierai jamais, répondit Simon, la voix plus rauque, en accrochant la broche à son manteau.

— Moi non plus, dit à son tour Christian, qui l'imita.

Sans un mot, Jarrod fixa lui aussi la broche à son manteau, puis les trois garçons montèrent sur leurs chevaux et prirent la direction de Dragonwick. Ils regagnaient sans plaisir ce château si heureux naguère, et si inhospitalier désormais. Gérard de Kelsey s'en était emparé une semaine auparavant, un jour de pluie triste à mourir, le jour où leur innocence était morte.

1.

Angleterre, 1201

— Il y a une possibilité pour vous, messire, de garder votre tête, dit le roi Jean en fixant sur son interlocuteur un regard scrutateur.

Simon Warleigh, sire d'Avington, se raidit. Le roi se pencha en avant, les coudes posés sur la table, attendant la réponse.

Jean sans Terre devait son nom au maigre héritage que lui avait laissé son père Henri II. A la mort de son frère Richard Cœur de Lion, il était monté sur le trône et, depuis, gouvernait l'Angleterre avec une main de fer.

— Et quelle serait cette possibilité ? demanda Simon, avec un calme qui le surprit lui-même, comme il surprit le roi.

Jean eut un mince sourire. Il tendit la main pour caresser la tête du chien au poil long qui était assis au pied de son lourd fauteuil de bois sculpté et répondit :

— Epouser la fille de Kelsey.

Simon sursauta. Malgré son émotion, il remarqua le regard rapide qu'échangèrent les deux gardes debout derrière le roi. Ces hommes étaient les seuls témoins de la scène, qui se déroulait dans une petite pièce aux murs de pierre nue. Leur présence sembla superflue à Simon qui, même s'il avait voulu se soustraire à cet entretien désagréable, n'aurait pu parvenir à sortir du château contre la volonté du roi.

— Pourquoi, sire, irais-je épouser la fille de mon accusateur ?

A peine Simon eut-il prononcé ces mots qu'il comprit qu'il devait se montrer prudent. Le roi n'avait pas confiance dans ses barons, qui lui reprochaient de les traiter trop durement. Il les soupçonnait de comploter contre lui et de chercher à se soulever. Simon, certes, n'avait rien à se reprocher, mais il ne pouvait s'empêcher de les comprendre. D'ailleurs, si son conflit avec Kelsey ne l'avait pas tant occupé, il se serait peut-être joint à ceux qui lui demandaient de les aider à modérer les excès du roi.

— Pourquoi ? répéta Jean en haussant les épaules, mais parce que, comme je viens de vous le dire, c'est le seul moyen pour vous de garder sur vos épaules une tête dont les femmes de la cour semblent faire grand cas.

Simon ne releva pas la plaisanterie. Il se souciait guère, en ce moment, des femmes de la cour et de leurs bavardages.

Ce qui comptait pour lui avant toute chose, c'était son domaine d'Avington. A son retour de Terre sainte, il avait appris que le décès de son père et de son frère aîné en avait fait l'héritier.

C'était là une responsabilité nouvelle, et une cause de soucis bien inattendue. Jamais il n'aurait pensé que son père et son frère viendraient à mourir successivement durant son absence.

La mort du premier s'était produite quelques années après son départ pour Jérusalem ; celle du second quelques semaines seulement avant son retour. Il n'avait même pas eu le temps de les pleurer, car le comte de Kelsey s'était opposé à lui immédiatement.

Le comte de Kelsey ! Il s'en voulut de donner à cet usurpateur le titre qu'avait illustré le Dragon.

Simon ne comprenait pas que le roi voulût faire de Kelsey son beau-père. Il secoua ses cheveux noirs, cherchant un moyen d'échapper à une situation aussi insupportable. Jamais ni lui, ni Jarrod, ni Christian n'avaient prévu que pareille traverse viendrait compromettre les plans qu'ils tentaient d'échafauder pour se débarrasser de Kelsey. C'est comme absent qu'il s'entendit répondre au roi :

— Tout cela n'a pas de sens. Pourquoi exigez-vous cela de moi ? Que pouvez-vous en espérer ?

Le roi Jean le regarda un instant en se passant la main sur la joue, avant de répondre :

— Votre longue absence ne peut vous faire ignorer que votre père, puis votre frère, exerçaient une grande influence sur les autres barons. Si je vous fais exécuter, je m'en ferai des ennemis. En revanche, si je vous allie à Kelsey, qui a eu la loyauté de me révéler votre perfidie, je vous prive de la possibilité de continuer à comploter contre moi. Car, quoi que vous fassiez, il saura vous en empêcher.

Un silence pesant suivit les propos du roi. Simon savait que cet homme avait le pouvoir de lui enlever Avington, s'il lui en prenait la fantaisie. Aussi préféra-t-il se montrer prudent.

— Peut-être Kelsey n'a-t-il pas envie de me donner sa fille.

— Il fera ce que je lui dirai de faire, même si je lui demande de vous recevoir sous son toit. Sa loyauté est sans faille.

— Votre Majesté veut dire que je devrai résider à Dragonwick ?

— Vous n'imaginiez quand même pas que j'allais vous laisser rentrer à Avington, où vous pourriez être tenté de faire quelque bêtise. Vous vivrez à Dragonwick, et Kelsey sera garant de votre bonne conduite, jusqu'à ce que je me sois convaincu de votre loyauté.

— En surveillant le moindre de mes mouvements, dit amèrement Simon, qui ne parvenait pas à dissimuler, tant le coup était rude.

— Oui, répondit froidement le roi.

Soudain Simon se sentit envahi par un sentiment de révolte. Il ne pouvait se résigner à être le jouet de cette canaille royale.

— Et si je refuse ?

— Si vous refusez ? fit le roi avec un sourire. Eh bien, dussé-je mécontenter mes barons, il faudrait alors que je me résolve à vous éliminer, définitivement, pour retrouver ma tranquillité.

Simon prit une respiration profonde. Il savait qu'il n'aurait pas d'autre chance de convaincre le roi de sa fidélité.

— Sire, je vous le répète, je n'ai rien fait contre Votre Majesté.

Le roi fronça les sourcils. Sans un mot, il baissa les yeux. Posée devant lui, sur la table, se trouvait une feuille de parchemin. C'était une lettre que Simon avait écrite à Christian pour lui expliquer ce qu'il comptait entreprendre contre Kelsey, qu'il ne nommait pas, afin de l'éliminer. Malheureusement, le messager qui se rendait à Bransbury pour la remettre à son destinataire avait été intercepté par un homme de Kelsey, et y avait laissé la vie. Simon regrettait la mort de ce serviteur fidèle, mais il en était soulagé aussi, parce que l'homme avait emporté son secret dans la tombe. S'il avait été capturé vivant, Kelsey aurait bien su lui faire avouer à qui était destinée la lettre.

— Sire, je vous ai dit que le sens de cette missive avait été mal compris. L'homme dont je parle n'est pas Votre Majesté, mais Kelsey.

— Comme je vous l'ai dit, moi aussi, milord Warleigh, je ne vois pas pourquoi Kelsey me cacherait la vérité. C'est contre moi que vous complotiez, pas contre lui. Il m'a assuré que vous aviez d'ailleurs essayé de le circonvenir pour obtenir son silence. Pourquoi mentirait-il ?

Il était pourtant aisé de comprendre pourquoi Kelsey mentait. En accusant Simon de comploter contre la Couronne, le comte se débarrassait d'un ennemi à peu de frais. Mais à quoi bon essayer d'en convaincre le roi, qui connaissait trop bien l'hostilité de sa noblesse pour ne pas en attendre le pire ?

L'irritation du roi se manifesta de nouveau. Il leva un sourcil inquisiteur et menaçant pour dire :

— Eh bien, Warleigh, qu'avez-vous à répondre à cela ? Epousez la fille de Kelsey ou alors...

Simon posa sa main sur la broche au dragon, qui retenait son manteau de laine. Puis, la voix plus assurée, il répondit :

— Je dois y réfléchir.

— Vous avez jusqu'à demain, repartit sèchement le roi. La fille de Kelsey a été avertie. C'est elle ou la hache.

Kelsey était donc déjà au courant du marché. Et c'était certainement lui qui avait proposé ce mariage, car il y avait vu le moyen de s'emparer des terres d'Avington. Simon ne put s'empêcher de dire son sentiment au roi, qui leva la main pour le faire taire.

— Votre accusation est ridicule, pour la simple raison que milord Kelsey ne tient pas à cette union. Mais lui, continua le roi en fixant sur Simon un regard glacial, est loyal, et il m'obéira malgré ses réticences. Voyez-vous, Warleigh, même si j'avais été tenté de croire vos accusations, je considérerais que cette nouvelle attaque contre lui est une preuve supplémentaire de votre déloyauté. Je vous interdis désormais de dire du mal de lui.

Simon se reprocha d'avoir parlé sans réfléchir. Il était bien évident que Kelsey n'avait pas proposé ce mariage lui-même. Pourquoi aurait-il sacrifié sa fille alors que, favori du roi et proche voisin d'Avington, il avait toute chance d'obtenir un jour les biens [illegible] Simon ou, au moins, l'autorisation de les admini[illegible] au nom de la Couronne ?

Il n'y avait pas d'autre choix, pour Sim[illegible] d'accepter ce mariage. Après avoir pris u[illegible] ration profonde, il répondit, laconiquement :

— Je comprends.

Puis, voyant les deux gardes se diriger vers lui, il ajouta :

— Inutile de me donner une escorte. Je saurai trouver tout seul le chemin de la sortie.

Le roi l'observa un instant. Comme le regard de Simon ne vacillait pas, il haussa les épaules.

— Très bien. Mais je tiens à ce que vous ne quittiez pas la ville. Et rappelez-vous que j'ai le pouvoir de vous ôter Avington. Vous pourriez d'ailleurs, par la même occasion, y laisser la vie, car ma patience et mon indulgence ont des limites.

L'indulgence du roi Jean ? Simon se demandait ce qu'il fallait entendre par là. Il ne répondit pas, et s'inclina.

— Maintenant laissez-moi, fit le roi avec un geste de la main.

Simon tourna les talons et quitta la pièce.

Il se dirigea vers les écuries, insensible au vent d'automne qui traversait ses vêtements. Sa propre vie était en jeu, et, plus encore, Avington. A présent que son père était mort, il commençait à comprendre pourquoi ce domaine avait tant compté pour lui. Aujourd'hui, plus que jamais, Simon comprenait ce ue signifiait être responsable non seulement des ens de sa famille, mais aussi des hommes et des mmes qui vivaient sur ses terres et dépendaient lui.

C'est en revenant de Terre sainte qu'il avait éprouvé ce sentiment pour la première fois, quand il avait appris que, sitôt connue la mort de son frère, Kelsey avait tenté de pénétrer dans le château d'Avington avec ses hommes. Le régisseur avait réussi à l'éloigner, en lui déclarant que la mort du maître des lieux et l'absence de son successeur lui interdisaient de laisser entrer quiconque n'aurait pas un ordre signé du roi. Seul le retour de Simon avait empêché que Kelsey n'obtînt cet ordre. Depuis ce jour, Simon sentait grandir en lui sa vieille haine contre Kelsey. Mais il se rendait compte que c'était folie de faire d'un homme aussi dangereux un ennemi personnel.

Jarrod et Christian, revenus de Terre sainte avec leur ami, avaient insisté pour l'aider à faire payer à Kelsey ses audaces. Quand Simon leur avait fait valoir que cette querelle n'était pas la leur, ceux-ci lui avaient répondu que Kelsey leur avait fait du tort à eux aussi. Ils n'étaient que des enfants quand il avait tué le Dragon et pris ses terres. Mais à présent qu'ils étaient devenus des hommes, endurcis par les épreuves et par la guerre, ils n'entendaient pas laisser Simon les priver de la chance de pouvoir prendre leur revanche sur celui qui leur avait fait tant de mal.

Ces pensées rappelèrent à Simon que les deux seuls hommes en qui il avait toute confiance sur cette terre l'attendaient pour savoir ce qui s'était passé au château de Windsor. Il n'avait pas été peu surpris de les voir entrer la veille au soir, l'un après l'autre, dans l'auberge où il était descendu en arrivant en ville, deux jours plus tôt. Ni l'un ni l'autre n'avait voulu avouer comment il avait appris la présence de Simon à Windsor, mais c'était, à n'en pas douter, par le régisseur d'Avington. Devant le roi, le témoignage de ces deux amis lui aurait été certainement précieux, mais Simon avait préféré refuser ce soutien, de peur que Kelsey ne les accusât de complicité.

Simon éperonna son cheval pour lui faire presser l'allure. Il était si préoccupé qu'il ne vit qu'au dernier moment un chariot qui barrait la route. Son cheval s'arrêta brusquement. Comme il s'en avisa au premier regard, le chariot avait perdu une roue. Plusieurs hommes, vêtus de cottes de mailles qui les désignaient pour des soldats, s'employaient à soulever la voiture afin de remettre la roue en place. Sur le bord de la route, quelques chevaux de bonne race, au nombre desquels Simon remarqua une magnifique jument d'un noir lustré, étaient attachés à un arbre. Il y avait là, aussi, deux femmes, qui observaient la scène. L'une, la plus jeune, portait un long manteau de velours bordeaux ; l'autre un vêtement semblable, de bonne laine. Simon en conclut qu'il se trouvait en présence d'une dame de la noblesse, de sa suivante et de leur escorte qui, manifestement, se rendaient à la cour.

Oubliant un instant ses soucis, il s'avança pour leur proposer son aide.

— Puis-je vous être utile en quoi que ce soit ? demanda-t-il après avoir salué les deux femmes.

La plus jeune tourna la tête vers lui. Quand Simon rencontra son regard, il en demeura saisi. Elle avait des yeux d'une couleur rare, qui faisait penser à celle de la fleur du lilas en bouton. Ses traits réguliers, son nez droit, ses pommettes hautes, sa peau d'albâtre rappelaient à Simon les statues des temps païens qu'il avait vues en Italie, et ses lèvres étaient si colorées qu'il ne put s'empêcher de les comparer à de savoureuses baies sauvages. Autour de son visage, sous le capuchon, ses cheveux noirs tombaient en boucles lourdes jusqu'à ses épaules, parcourus des subtils reflets fauves qu'y mettait la lumière du matin.

Elle était belle, indéniablement, irréprochablement belle. Il fallut un moment à Simon pour comprendre que ces lèvres parfaites s'étaient mises à bouger pour répondre à sa question, qu'il avait déjà oubliée. La voix de la jeune femme, un peu voilée, était douce et modulée. Elle fit à Simon la même impression que la beauté de son visage.

— Je ne pense pas, messire, répondit-elle.

Puis, montrant de la main ses hommes, occupés à relever la voiture, elle ajouta :

— Il me semble qu'il y a assez de bras.

C'était là une façon très ferme de décliner l'offre de Simon. Mais ce pouvait être aussi la réponse polie d'une jeune femme de bonne naissance qui souhaitait ne pas abuser de la courtoisie d'un étranger.

Simon se surprit à poser une autre question, qu'il trouva d'ailleurs déplacée :

— Vous rendez-vous à la cour ?

La jeune femme baissa les yeux, et Simon remarqua ses cils longs et noirs, qui contrastaient avec la blancheur de sa peau. Puis elle leva de nouveau le regard sur lui, pour lui répondre :

— Milord, j'apprécie vraiment votre sollicitude, mais je vous assure que nous n'avons pas besoin d'aide. Sachez, en outre, que mon père n'apprécierait pas d'apprendre que je bavarde sur le bord des routes, sans raison sérieuse, avec de parfaits inconnus.

Simon se reprocha de se conduire comme un goujat en prolongeant cet entretien. Il était d'autant plus embarrassé qu'il sentait tout ce qu'il pouvait y avoir de trouble dans sa générosité.

— Je vous prie de me pardonner, madame, dit-il en s'inclinant. Je n'avais pas l'intention de vous importuner en manifestant un empressement dont vous devez être trop souvent la victime.

La jeune femme leva vers lui un regard hésitant, comme si elle le voyait pour la première fois. Simon sourit, avec le désir sincère de la mettre à l'aise. Elle baissa les yeux, puis le regarda de nouveau, gênée peut-être, mais comme désireuse aussi d'aller plus loin.

Un des hommes de l'escorte s'approcha.

— Quelque chose ne va pas, milady ?

— Non, sire Brian. Cet homme me demandait seulement s'il pouvait nous être utile. Je lui ai répondu que nous n'avions pas besoin de son aide et qu'il pouvait passer son chemin.

Le regard de sire Brian n'était pas des plus amènes. Mais Simon ne s'en formalisa pas, considérant que cet homme ne faisait que son devoir. Une dernière fois, il souhaita de voir les yeux de la jeune femme, mais il n'y retrouva pas l'expression troublante qu'il y avait lue. Il en ressentit une déception curieuse qu'il ne s'expliqua pas.

Après s'être incliné de nouveau, il éperonna son cheval et s'éloigna pour rejoindre, sans plus tarder, Christian et Jarrod qui l'attendaient à l'auberge.

Au tournant de la route, il se surprit à se retourner pour voir si elle le regardait, mais les arbres la dérobaient déjà à sa vue.

Il se sentit désappointé, puis se reprocha de se montrer sentimental. Pour belle qu'elle fût, cette jeune femme n'était après tout qu'une inconnue avec qui il n'avait fait qu'échanger quelques banalités sur le bord d'une route.

*
* *

A l'auberge, Jarrod et Christian attendaient leur ami, assis à une petite table de bois, dans l'embrasure d'une fenêtre. Ils avaient loué, sur place, deux lits, au fond d'une petite pièce basse de plafond qu'ils partageaient avec d'autres voyageurs. Ce n'était pas très confortable, mais ils appréciaient que chacun, ici, accordât plus d'importance à ce qu'il buvait qu'à ses voisins.

Ils levèrent la tête quand Simon entra dans la salle.

Comme toujours, ce fut Jarrod qui parla le premier. Ses yeux noirs étincelaient.

— Qu'a dit le roi ?

En repensant à ce que Jean lui avait proposé, Simon sentit le cœur lui battre de nouveau. Mais il s'efforça de présenter la situation de la façon la plus neutre.

— Sa Majesté a proposé un mariage comme solution.

— Un mariage ? s'étonna Christian, dont la chevelure brune aux reflets dorés s'agita brusquement.

— Oui, entre moi et la fille de Kelsey.

— Qu'est-ce que tu nous racontes ! s'exclama Jarrod, soudain debout, la main sur la poignée de son épée.

Simon, assis, en face de lui, sur le même banc que Christian, avait l'air fatigué.

— Calme-toi, mon ami. La colère ne nous avancera à rien.

La large main de Christian se posa sur l'épaule de Simon, qui en éprouva du réconfort. C'était toujours ainsi. Jarrod tempêtait, et Christian apaisait. Simon connaissait parfaitement les deux hommes, aussi bien, en tout cas, qu'il croyait se connaître lui-même. Il les considérait comme ses frères en tout, et plus encore à présent qu'était mort le frère que lui avait donné la nature. Et il les aimait tels qu'ils étaient, parce que chacun d'eux avait des qualités qui parlaient à son cœur.

Jarrod se rassit. Il y avait le même feu dans ses yeux noirs, mais il s'exprimait plus calmement :

— Répète-nous ce que le roi t'a dit.

Avant de répondre, Simon prit un des deux gobelets, sur la table, et en but une gorgée.

— Le roi Jean m'a informé que si je n'épousais pas la fille de l'homme dont nous avons juré la perte, j'étais bon pour l'échafaud.

De nouveau, Jarrod posa la main sur le pommeau de son épée. Mais ce fut un geste mécanique, dont lui-même n'eut peut-être pas conscience. En revanche, c'est ostensiblement qu'il caressa la broche qui maintenait son manteau sur l'épaule gauche. Il répondit, scandalisé :

— Tu ne peux pas accepter cela. Et si ton refus signifie la mort, nous t'accompagnerons.

— Et à quoi notre mort servirait-elle ? répondit Simon avec calme. Nous verrons bien ce qui adviendra. De toute façon, aucun de nous trois ne peut espérer l'emporter contre le roi. Et ce n'est pas en nous opposant à lui que nous ferons payer à Kelsey ses agissements méprisables.

— Mais de là à épouser la fille de Kelsey ! s'écria Christian, d'habitude si mesuré, qui ne pouvait contenir sa révolte.

Simon prit une respiration profonde, et but une nouvelle gorgée de bière, avant de déclarer, sobrement :

— Je sais, l'idée même m'est insupportable.

— Mais dis-nous exactement ce que le roi a dit, insista Christian. Peut-être ne l'as-tu pas bien compris. Peut-être y a-t-il une autre solution…

La main levée, Simon l'arrêta :

— Je l'ai parfaitement compris. Parce qu'il a été on ne peut plus clair : c'est le mariage ou la hache.

— Mais pourquoi ? Quel est son but ?

— Tout simplement, mes amis, reprit Simon avec un petit rire désabusé, parce qu'il veut me surveiller, et qu'il n'a pas trouvé meilleur espion que Kelsey. Le roi m'a expliqué qu'il ne me tuerait que s'il ne pouvait pas faire autrement. Il estime que ma mort ne pourrait que provoquer des troubles parmi les barons. C'est ce qu'il cherche à éviter. Il a finalement choisi la solution qui lui cause le moins de soucis.

Le sourcil froncé, le regard noir, Jarrod intervint :

— Nous aurions dû rester à Jérusalem. La vie y était difficile mais, au moins, l'ennemi était plus facile à identifier et à combattre.

— Non, fit Simon en secouant la tête, la grave maladie de mon frère Arthur me faisait une obligation de rentrer à Avington.

— Je te comprends, approuva Christian, mon père vieillit ; il a été malade récemment. S'il venait à mourir, c'est à moi que reviendrait la charge d'administrer nos terres. Et je ne m'y déroberais pas. Toi, Jarrod, tu es libre de faire ce que tu veux, parce que ton frère s'occuperait de Kewstoke s'il arrivait malheur à votre père.

Comme chaque fois qu'on évoquait sa famille devant lui, Jarrod se rembrunit. Sa situation de bâtard l'excluait de l'héritage, qui était revenu, terres et titre, à son jeune frère. Il préféra changer de sujet.

— Le roi Jean a au moins raison sur un point : ta mort provoquerait un tollé général.

Le silence se fit, un silence pesant que rompit Christian :

— Tu dois accepter ce mariage.

— Oui, répondit Simon, j'ai compris que c'était ce que j'avais de mieux à faire.

Jarrod regarda ses amis comme s'ils avaient perdu l'esprit. Il se leva brusquement :

— Qu'est-ce que vous dites ? Mais vous êtes devenus fous tous les deux !

Simon jeta un coup d'œil rapide à la salle pleine de monde, et fit signe à Jarrod de se rasseoir :

— Garde ton calme. Le roi me laisse libre d'aller et de venir à ma guise, mais rien ne dit qu'il ne me fait pas surveiller. Nous devons être prudents.

— Tu ne vas quand même pas épouser la fille de Kelsey ! reprit Jarrod, à voix plus basse.

— Mais, Jarrod, intervint Christian en secouant la tête, quel choix a-t-il ? Jean est le roi. Quand bien même Simon irait se réfugier sur le continent, il ne serait pas libre. Il emporterait avec lui la honte d'avoir trahi les siens et abandonné ses terres au premier courtisan venu. Simon ne peut abandonner Avington, même s'il doit épouser la fille du diable lui-même.

— Entrer dans cette famille, marmonna Jarrod, pensivement. Et que sais-tu de la fille de Kelsey ? Si je me souviens bien, le Dragon en était coiffé, au moins autant que de sa chère Rosalinde.

A la tristesse que Simon crut remarquer dans la voix de Jarrod, quand il cita le nom de Rosalinde, répondait le regard songeur de Christian. Aucun d'eux n'avait oublié le corps déformé sous le drap qui le recouvrait. Ils se rappelaient vaguement Isabelle de Kelsey, du temps qu'elle venait faire des visites avec son père à Dragonwick. S'ils l'avaient peu vue, c'était parce qu'ils préféraient se faire rares quand le frère du Dragon était présent. Seul leur restait le souvenir d'une enfant sérieuse, avec d'immenses yeux et des cheveux toujours remarquablement coiffés.

— Je ne sais rien d'elle, reprit Simon, hormis qu'elle est de la race de mon ennemi. Et, au fond, quelle importance ? C'est la volonté du roi, je ne puis m'y soustraire. Je suppose seulement que Kelsey est déjà informé des intentions de Jean, puisque sa fille est actuellement en route pour Windsor. C'est demain que je devrai la rencontrer.

— Le roi doit avoir préparé cette affaire de longue main, fit remarquer Christian. Il a écouté ce que tu avais à dire pour le principe.

— Oui, j'étais condamné dès le début, avant même que ma lettre ait été interceptée.

Simon prit une inspiration profonde et poursuivit :

— De toute façon, même si je parvenais à fuir la justice du roi, je ne pourrais pas échapper à mes responsabilités.

— Mais te marier ? insista Jarrod, toujours incrédule.

Simon se pencha vers ses amis, baissant la voix, de façon que personne ne pût les entendre :

— Dans l'alternative que le roi me propose — le mariage ou l'échafaud —, le premier terme me semble un peu plus intéressant que le second, ne serait-ce que parce qu'il me laisse une possibilité d'en réchapper.

— Comment cela ? interrogea Christian en se penchant, à son tour, vers Simon, les yeux brillant de curiosité.

— Si le mariage n'était pas consommé, il serait possible de l'annuler un jour. Et je pourrais peut-être échapper au pouvoir de ce coquin. Ton père, continua-t-il en se tournant vers Christian, était l'ami du mien, n'est-ce pas ?

— Sans l'ombre d'un doute, convint Christian.

— Je vous remercie, mes amis, dit Simon, l'air grave. Je vais ordonner à mes hommes de t'accompagner, Jarrod. Il n'y a aucune raison pour qu'ils aillent à Dragonwick avec moi. Si Kelsey avait l'intention de me nuire, ce n'est pas eux qui pourraient l'en empêcher.

— Promets-nous d'être prudent, dit Christian en fronçant les sourcils.

Simon saisit le gobelet de bière qu'une servante lui avait apporté, et en but une longue gorgée. De sa main libre, il toucha le dragon de métal agrafé à son épaule. Jarrod et Christian l'imitèrent.

— Je sais que je dois l'être si je veux en revenir vivant. Kelsey nous a montré jusqu'où il pouvait aller pour obtenir ce qu'il veut.

— Il est vrai, renchérit Jarrod, qu'on ne s'encombre pas longtemps d'un gêneur de ton espèce quand on est capable de tuer son propre frère pour un titre de comte.

2.

Isabelle attendait, assise sur un tabouret bas. Dans la petite pièce, chichement meublée, de nombreuses dames de la cour attendaient, comme elle, bavardant et s'occupant à des travaux d'aiguille.

Elle ne savait pas pourquoi son père, lord Kelsey, lui avait demandé de venir à Windsor. Elle avait obéi, mais à contrecœur. Une fois, déjà, elle avait paru à la cour. Son père, qui n'appréciait pas plus qu'elle la vie de courtisan, ne lui avait pas caché qu'il préférait de loin vivre sur ses terres, où il était son propre maître.

Plus elle observait ses compagnes d'un moment, plus son désir de quitter les lieux grandissait. Elle se rappelait que, durant son premier séjour, elle avait parfois surpris les regards méprisants de toutes ces dames, sans comprendre pourquoi l'adolescente qu'elle était alors pouvait s'attirer tant de méchanceté.

Elle avait grandi depuis, mais c'était toujours la même hostilité. Comme elle aurait aimé échapper à ces regards et rentrer à Dragonwick ! Mais pouvait-elle désobéir à son père ? Il était le maître de son destin et ne se privait pas de le lui rappeler.

Bien qu'elle parût parfaitement calme, et même indifférente, Isabelle agitait dans sa tête mille questions inquiétantes. Pourquoi son père l'avait-il fait appeler ? Quand il l'avait quittée pour se rendre à la cour, il semblait troublé, mais n'avait pas consenti à lui parler.

Il était venu à l'esprit de la jeune fille qu'il s'agissait peut-être de rencontrer un soupirant. Mais elle supposait que son père lui aurait alors demandé de se montrer docile, comme chaque fois qu'elle avait eu à rencontrer de possibles maris à Dragonwick.

Et l'occasion s'était présentée souvent ! Nombreux étaient ceux pour qui épouser la fille d'un comte puissant était une chance de faire grandir leur propre pouvoir. Chaque fois, pourtant, lord Kelsey avait refusé, et Isabelle avait fini par comprendre que si son père préférait attendre pour la marier, c'était que tous ces prétendants, tant qu'ils continuaient d'espérer, lui étaient autant d'alliés fidèles.

Le soir précédent, elle n'avait vu son père qu'au dîner. Il s'était contenté de lui adresser un regard appuyé, avant de lui dire qu'il voulait qu'elle se vêtît avec soin le lendemain. Elle avait jugé inutile de lui demander pourquoi. Depuis sa petite enfance, elle savait qu'il ne lui confiait jamais rien de ses secrets, aussi enjôleuse qu'elle pût se montrer.

Si c'était pour un mariage que son père lui avait demandé de paraître à la cour, elle pouvait tout craindre de l'homme que son père lui choisirait.

Ce serait, à n'en pas douter, le plus faible, et le plus malléable de tous, car lord Kelsey ne pourrait supporter de faire entrer dans sa famille quelqu'un qui pût lui résister. Tout bien considéré, c'était peut-être mieux ainsi, car elle aussi pourrait régner sur cet homme, et jouir enfin d'une liberté que son père lui avait toujours obstinément refusée.

En attendant, il lui fallait continuer de contrefaire la fille obéissante. C'était un rôle qu'elle n'aimait pas, mais qu'elle jouait à merveille.

Pour détourner son esprit de ces pensées obsédantes, Isabelle concentra son attention sur les vêtements et les bijoux qu'elle portait. Elle caressa le velours de sa robe bleue, dont elle aimait la taille étroite et le profond décolleté de forme carrée. Du doigt, elle dessina les motifs brodés d'argent qui couraient sur le bord des manches. Elle avait choisi, pour l'assortir à cette robe, un diadème d'argent auquel était fixé le long voile transparent qui couvrait sa tête et tombait sur ses épaules, ainsi que les mules de même couleur qu'elle avait chaussées.

Le souvenir lui revint alors de l'étranger qui s'était arrêté le jour précédent pour proposer son aide. Elle avait trouvé très beaux les traits masculins de son visage, intelligent son front haut, encadré par la masse d'une chevelure sombre, et très séduisant le regard chaleureux qu'il lui avait adressé.

C'est à penser à ces yeux qu'elle s'attarda. Il l'avait regardée avec gentillesse, pour elle-même, sans savoir qu'elle était la fille et l'unique héritière du puissant comte de Kelsey. C'était elle qu'il avait vue, et pas le pouvoir qu'elle représentait. Que cette pensée avait de charme, comme elle était réconfortante !

L'appétit de pouvoir des autres lui était d'autant plus familier que son père en était dévoré, au point d'avoir un jour trahi et tué son propre frère, Wallace, l'oncle d'Isabelle, celui que les autres barons appelaient le Dragon, à cause de son ardeur au combat, de son sens de l'honneur et du devoir. C'était à lui qu'elle devait le vaste héritage qui lui valait tant de succès auprès des hommes.

Isabelle souffrait toujours d'avoir perdu cet oncle si tendre et si attentionné. Bien qu'elle fût encore très jeune quand il était mort, elle ne se souvenait pas d'avoir jamais aimé quelqu'un comme elle l'avait aimé. Et voilà que cet être, qui représentait pour elle tout ce qu'il y avait de beau dans le monde, avait été la victime d'un homme qui ne pensait qu'au mal. Isabelle en était venue à détester son père, et plus encore pour ce crime que pour toutes les cruautés dont il s'était rendu coupable envers sa fille, sa maisonnée, ses vassaux et ses paysans.

Mais il était tout ce qu'elle avait. Isabelle avait perdu sa mère quand elle était encore toute petite, et elle ne savait rien de sa famille maternelle, sinon qu'elle vivait en Normandie. Un jour, peu de temps après la mort de cette mère dont elle ne se rappelait rien, une femme était venue la voir, qui disait être sa tante, mais lord Kelsey lui avait fait comprendre qu'elle était indésirable, et elle n'était jamais revenue.

Tout ce qu'Isabelle pouvait faire, c'était se consoler en se disant qu'un jour les biens de cet oncle lui reviendraient. Elle vivrait en maîtresse à Dragonwick et y élèverait son fils dans le souvenir de son grand-oncle.

On frappa à la porte. Une des femmes alla ouvrir.

Sur le seuil se tenait sire Frédéric, l'homme de confiance de lord Kelsey. Isabelle, qui s'attendait à être appelée à tout moment, n'en fut pas autrement surprise. Sans hâte, elle se leva, défroissa de la main le tissu de la robe, puis, la tête droite, quitta la pièce, sous le regard des dames de la cour. Quand la porte se referma sur elle, elle fut soulagée de ne plus se sentir l'objet de toutes les spéculations.

Tandis qu'ils avançaient dans les couloirs du château, sire Frédéric ne lui prêta aucune attention, se contentant d'écarter la foule pour la laisser passer. Elle savait bien que ces efforts n'avaient pas pour but de lui être agréable, mais d'exécuter au mieux les ordres du comte, son maître.

Aussi loin qu'elle se rappelait, sire Frédéric avait toujours été au service de son père, et, toujours, il avait fait preuve du plus entier dévouement. Isabelle ne pouvait que le constater, en se demandant comment un homme aussi froid et aussi distant que lord Kelsey pouvait susciter pareille fidélité.

Ils se dirigèrent vers une partie du château plus somptueusement aménagée, et s'arrêtèrent devant une porte. Le chevalier l'ouvrit, sans frapper, avant de s'effacer. Isabelle continuait d'affecter le plus grand calme. C'était le moment de montrer à son père qu'elle avait appris, dès sa plus tendre enfance, à maîtriser ses émotions, comme il le lui avait enseigné.

Elle entra dans une pièce étroite, au fond de laquelle elle aperçut, debout, lui tournant le dos, son père et le roi Jean, accompagnés d'un prêtre et d'un homme inconnu d'elle dont les larges épaules étaient vêtues de velours vert sombre. Tous se tournèrent vers elle. Feignant de ne pas les voir, elle regardait son père avec insistance, comme si elle avait attendu une explication. Celui-ci lui jeta un regard satisfait. Et pourtant Isabelle savait que ce n'était pas elle qu'il voyait, mais la fille du comte Kelsey, qui se devait de ne pas le décevoir. Il en avait toujours été ainsi.

— Très bien, dit-il. Ma fille est arrivée. Nous pouvons commencer.

Le regard d'Isabelle croisa celui du roi. Elle demanda :

— Commencer quoi, mon père ?

Elle se félicita d'avoir réussi à dire ces quelques mots avec assez de détachement. Rien ne trahissait l'émotion qui lui faisait battre le cœur plus vite en ce moment. Puis ses yeux se posèrent sur l'homme au vêtement vert. Et son cœur s'arrêta.

C'était le cavalier qu'elle avait rencontré sur la route, le jour précédent, l'homme qui, malgré elle, avait tellement occupé ses pensées. Il sembla aussi surpris de cette rencontre. Que faisait-il donc, dans cette pièce, avec le comte de Kelsey, le roi et un prêtre ?

— Commencer quoi, mon père ? répéta-t-elle du même ton uni.

Il y eut un moment de silence.

— Vous ne lui avez donc rien dit ?

C'était l'étranger qui venait de parler. Il regardait lord Kelsey avec un mécontentement visible.

Isabelle trouva surprenante cette réaction, et plus surprenante encore la déception qu'elle en éprouva. Aussi fut-elle soulagée de le voir tourner les yeux vers son père, qui, les sourcisl froncés, répondit :

— Ce que je dis ou ne dis pas à ma fille ne vous regarde pas.

— Cela me regarde quand il s'agit de ma fiancée.

Fiancée. L'homme avait prononcé ce mot à voix plus basse, comme hésitant.

— Nous pouvons donc commencer, reprit lord Kelsey. Mais n'oubliez pas, Warleigh : si ma fille vous appartient, vous, vous m'appartenez.

— Il en est ainsi parce que vous avez agi par tromperie. Si vous ne m'aviez pas accusé faussement…

— Par tromperie ? Je vais vous faire rentrer ces paroles dans la…

— En voilà assez ! intervint le roi Jean en levant la main. Vous m'aviez assuré, dit-il en s'adressant à Kelsey avec un regard menaçant, que vous aviez tout arrangé. Je veux que vous régliez pacifiquement cette affaire avec Warleigh.

— Ce sera fait, sire, répondit Kelsey en s'inclinant.

— Quant à vous, messire, reprit le roi en se tournant vers Simon, n'oubliez pas que c'est à mon indulgence que vous devez d'être encore en vie. Ne compromettez pas cette chance en vous opposant à votre beau-père. Suis-je assez clair, Warleigh ?

Warleigh. Durant toutes ces années, Isabelle n'avait pas oublié le nom des trois écuyers qui avaient témoigné contre son oncle. Warleigh était l'un d'eux. De nouveau, elle se sentit envahie par une immense déception. L'homme séduisant de la route de Windsor n'était qu'un coléreux et un lâche qui lui ferait sans doute payer bien cher ce mariage forcé.

Si Isabelle n'avait jamais cru qu'elle se marierait par amour, ni même par inclination, elle avait espéré que son père lui trouverait au moins un mari bienveillant. Et voilà qu'il lui fallait épouser un ennemi, et un ennemi blessé dans son orgueil.

Elle n'aurait pas trop de toute son énergie pour traverser une épreuve pareille sans en être brisée. Mais elle se promit de ne parler à personne de ses souffrances, comme elle l'avait appris de son père.

*
* *

Simon, placé à côté du prêtre, pouvait observer le beau visage impassible d'Isabelle.

Cette femme, qu'il avait rencontrée, le jour précédent, sur la route, était donc la fille du comte de Kelsey. Elle était toujours aussi séduisante, mais son indéniable beauté ne pouvait le convaincre que ce mariage fût une bonne chose.

Le souvenir lui revint de l'enfant qu'il avait vue quelques fois à Dragonwick, tant d'années auparavant. Mais c'était avec plus de précision qu'il se rappelait la jeune cousine d'Isabelle, la rousse Rosalinde, fille du Dragon, qui était morte en même temps que son père, le jour où Gérard de Kelsey avait attaqué le château. Et, comme chaque fois, Simon sentit renaître sa colère.

Comment se pouvait-il que cette Isabelle parût si calme dans un moment pareil ? Ce mariage, qui allait engager toute sa vie, semblait ne pas la concerner.

Simon cherchait à découvrir une lueur dans ses yeux lilas, une rougeur sur ses joues de porcelaine, un tremblement sur ses lèvres d'incarnat, qui eussent trahi une émotion. Mais en vain. Elle se tenait très droite, la tête gracieusement tournée vers son père, les mains posées sur le riche tissu de sa robe, comme indifférente à la nouvelle qu'elle venait d'apprendre. Pour Simon, c'était proprement incompréhensible.

De nouveau, il se rappela les statues de marbre des déesses païennes qu'il avait vues à Rome. Comme la leur, la beauté d'Isabelle parlait à l'esprit, mais pas au cœur.

Avec un élégant mouvement de la tête et des épaules, Isabelle tourna les yeux vers lui. Mais l'impression de grâce que donnait ce beau corps souple était anéantie par l'indifférence du regard. Il n'était pas normal, pour une jeune femme, de se montrer aussi froide dans un moment pareil. Même la plus obéissante des filles ne pouvait que se révolter d'être mise ainsi devant le fait accompli.

Mais Simon pouvait-il attendre un autre comportement de la fille du comte de Kelsey ?

Lorsque Isabelle s'avança pour se placer à ses côtés, Simon remarqua le raffinement de sa mise, qui mettait en valeur la perfection de son corps et l'élégance de sa démarche. Sa robe, d'un bleu profond, soulignait la finesse de sa taille, moulait délicieusement les formes de sa poitrine et s'échancrait pour laisser apparaître un cou d'une blancheur de lait qui portait haut un visage parfait. Autour de sa taille, elle avait passé une ceinture dorée qui pendait sur le devant et bougeait au rythme de ses pas.

Simon baissa les yeux, les poings serrés, concentrant ses pensées sur les résolutions qu'il devait prendre dès le début de son union, afin d'échapper au pouvoir de cette femme et, donc, à celui de son père.

Mais avait-il vraiment compris, à cet instant, que ce n'était pas à la fille de Kelsey qu'il aurait à résister, mais à la jeune inconnue de la route de Windsor ?

Le roi Jean interrompit le cours de ses réflexions.

— Pouvons-nous enfin commencer ? D'autres affaires m'appellent.

— Bien sûr, sire, répondit Kelsey avant que Simon ait pu réagir. Je ne me pardonnerais pas que cette affaire causât le moindre désagrément à Votre Majesté.

Simon fit une moue railleuse ; on ne pouvait être plus courtisan. Il ne fallait pas qu'il oubliât qu'élevée par un tel homme, Isabelle de Kelsey ne pouvait avoir qu'une moralité des plus douteuses.

Après avoir quitté la pièce où avait eu lieu le mariage, Simon s'arrêta dans le vestibule et poussa un soupir silencieux. Le roi, qui était resté à l'intérieur avec Kelsey, lui avait demandé de les attendre dehors. Quant à Isabelle, elle était sortie quelques instants plus tôt, sans avoir, de toute la cérémonie, manifesté la moindre émotion, pas même lorsqu'elle avait répondu au prêtre. Ce fut d'ailleurs la seule fois que Simon avait entendu le son de sa voix.

Un homme était là, qui montait la garde devant la porte. Il appartenait à Kelsey, dont il devait partager les sentiments, à en juger par ses regards méchants. Voilà qui en disait long sur ce qui attendait Simon à Dragonwick.

Dragonwick. Ce nom rappelait à Simon tant de souvenirs. Il y avait vécu deux ans, lorsqu'il était écuyer du Dragon. Combien d'heures heureuses il avait passées là, montant à cheval, s'entraînant à l'épée, parcourant la campagne en compagnie de

Jarrod et de Christian, écuyers comme lui. Non pas que Wallace de Kelsey eût été un homme facile. Il exigeait beaucoup de ceux qui étaient sous ses ordres, mais il savait les aimer.

La vie avait été belle jusqu'au jour où le Dragon avait été accusé de soutenir et de rencontrer les conjurés qui avaient pris le parti du prince Richard contre son père, le roi Henri II. Le Dragon avait protesté de son innocence et de son dévouement. Il avait alors fallu que Simon, Jarrod et Christian vinssent témoigner en sa faveur.

Mais les choses s'étaient aggravées. Devant la virulence des attaques de ses ennemis, le Dragon avait décidé de ne pas renoncer sans résistance. Simon, comme ses amis, n'aurait pu imaginer ce qui se produisit alors. Gérard de Kelsey, le propre frère de Wallace, demanda au roi de lui confier des troupes pour mettre fin à ce qu'il appelait une rébellion. Et le roi Henri, trompé par les apparences, consentit.

Le jour de l'attaque, Simon avait été enfermé, avec Jarrod et Christian, malgré leurs protestations, dans une chambre basse du château. C'était un ordre du Dragon, qui craignait pour leur vie.

Quand ils avaient été libérés, ils n'avaient pu que constater le drame. Dragonwick avait été pris. Dans la cour gisait le Dragon, mort, et, à ses côtés, le corps brisé de sa fille de trois ans, Rosalinde, qu'une servante avait charitablement recouvert d'un drap. Gérard de Kelsey avait alors déclaré qu'il regrettait la mort de cette enfant, tombée du haut de l'escalier en tentant de rejoindre son père, qui combattait dans la grand-salle. Mais tout le monde avait compris que Rosalinde étant l'héritière du Dragon, Gérard de Kelsey avait tout intérêt à sa mort et qu'il n'y était certainement pas étranger. Une nouvelle fois, Simon se rappela la douceur de cette petite fille aux cheveux roux, qui les accompagnait dans leurs promenades autour du château, et il sentit les larmes lui venir aux yeux.

C'étaient tous ces souvenirs, les bons comme les mauvais, qu'il allait retrouver à Dragonwick. A condition qu'il s'y rendît. Car, plus il réfléchissait à sa situation, plus il se convainquait qu'il allait trouver un moyen d'y échapper. Le roi Jean n'avait-il pas assez de soucis avec la colère des barons, avec son divorce et son remariage pour ne pas se désintéresser très vite du cas de Simon de Warleigh ?

Soudain, dans son dos, Simon entendit la voix de Kelsey :

— Nous quitterons la cour dans une heure.

Simon se raidit, se retourna et lui répondit :

— Il faut encore que je cherche mes affaires à l'auberge où je suis descendu.

— N'essayez pas de vous échapper, messire, prévint Kelsey. J'ai pour mission de vous emmener à Dragonwick, coûte que coûte.

Simon haussa les épaules, puis, jetant un regard à l'homme qui gardait la porte, il répondit :

— Faites-moi accompagner, si vous le souhaitez. Ça ne fera que me retarder. Je n'ai aucune intention de fuir, pour la simple raison que j'aime trop mes terres d'Avington pour risquer de les perdre sur un coup de tête.

— Très bien, dit Kelsey, l'air désapprobateur, après un moment d'hésitation. Mais sachez que je saurais vous retrouver, où que vous alliez, et que le roi serait immédiatement prévenu.

— Vous n'aurez pas à vous plaindre à lui.

Simon avait du mal à déguiser le dégoût que lui inspirait celui qu'il devrait appeler désormais son beau-père. Sans plus s'attarder, il s'éloigna, alla chercher son cheval aux écuries et partit au galop en direction de l'auberge.

Pendant ce temps-là, Isabelle était descendue dans la cour, où l'attendaient sa jument, sellée, et la petite troupe d'hommes qui devait l'accompagner à Dragonwick.

Elle était pressée de quitter ces lieux où elle ne sentait qu'intrigue et malheur. Il lui était trop pénible d'être toujours sur ses gardes, de se maîtriser continuellement. Au moins, à Dragonwick, retirée dans sa chambre, elle pourrait redevenir elle-même. Subrepticement, elle jeta un regard aux cavaliers de son escorte. Son mari n'était pas parmi eux.

Son mari. Le mot lui parut étrange. Le mariage avait été expédié si rapidement et si discrètement qu'il lui semblait complètement irréel. Elle n'avait pas échangé un mot avec l'homme dont elle devait à présent partager la vie ; elle ne lui avait pas seulement touché la main. Et, sitôt donnée la bénédiction du prêtre, son père l'avait renvoyée en lui ordonnant de se tenir prête à prendre la route de Dragonwick.

Au moment où elle se disait qu'elle n'éprouvait pas beaucoup d'attirance pour ce Simon Warleigh, elle le vit franchir au galop la porte du château. Il était monté sur un puissant étalon bai, avec lequel il ne semblait faire qu'un. Ses cheveux épais, rejetés en arrière par le vent de la course, dégageaient complètement son visage aux traits virils. Il lui parut beau, ainsi, fort et libre. Elle sentit son cœur battre plus vite dans sa poitrine.

Rapidement, elle se mit en selle et s'absorba dans de petits gestes de cavalier, bien décidée à concentrer son attention sur son cheval et sur le voyage qui commençait. Une exclamation lui fit lever la tête.

— Où donc est mon cheval ?

C'était son père, qui s'emportait. Il avait sur le visage une impression d'impatience, qui avait remplacé l'air satisfait qu'elle lui avait vu durant la cérémonie du mariage.

Elle regarda son nouveau mari. Pendant un instant elle avait presque éprouvé de la sympathie pour lui. Sans doute à cause de l'impression de force qu'il donnait.

Elle avait toujours admiré la force chez un homme. C'était une qualité dont son père, hélas, manquait singulièrement, malgré tout son pouvoir. S'il n'avait pas été aussi odieux, elle aurait pu éprouver au moins de la pitié pour lui.

Elle se mordit la lèvre, embarrassée de constater qu'elle ne pouvait s'empêcher de le plaindre. Mais elle savait qu'il lui aurait été impossible de manifester ce sentiment ou quelque autre, parce qu'il l'aurait utilisé contre elle, comme il le faisait toujours quand il sentait une faiblesse à exploiter. Et ce n'étaient pas les liens du sang qui l'eussent arrêté. Seul comptait son pouvoir.

Inconsciemment, Isabelle regarda Simon une nouvelle fois. II semblait ne pas craindre de soutenir le regard de lord Kelsey. Sa force lui donnait du courage. Mais Isabelle pouvait craindre aussi qu'il ne manifestât la même force dans sa rancune à l'égard, bien sûr, de l'homme qui le tenait à sa merci, mais aussi de celle qui était sa complice.

Un bruit de chevaux au galop leur fit lever la tête. Deux cavaliers entraient dans la cour à vive allure.

L'un, encore jeune, pouvait avoir trente ans. Son visage, aux traits fortement marqués, était encadré d'une épaisse chevelure blonde en désordre. L'autre était plus âgé. Il avait de larges épaules, des cheveux gris, un regard assuré. Son vêtement annonçait un chevalier. Les deux hommes arrêtèrent leurs chevaux devant Simon.

— Messire, dit le chevalier, nous sommes à vos ordres.

Simon fronça les sourcils et son front se plissa. Il répondit :

— J'apprécie votre sens du devoir, sire Edmond, mais je n'aurai pas besoin de vos services pour l'instant. Si cela avait été le cas, je ne vous aurais pas demandé de rentrer à Avington.

— Certes, messire, répondit le chevalier en levant haut la tête, de façon que son regard dominât celui de Simon, mais d'autres ont pensé qu'il serait bon que nous vous accompagnions.

Isabelle observait son mari. Il prit une inspiration profonde avant de répondre :

— Je vous le répète : je n'aurai pas besoin de vous.

Puis, après avoir jeté un coup d'œil au cavalier plus jeune, qui devait être, à en juger par sa tenue, un écuyer, il ajouta :

— Vous emmènerez Wylie avec vous à Avington.

— Mais, messire..., reprit le chevalier.

Gérard de Kelsey intervint alors, et, d'un ton péremptoire, déclara :

— Il ne sert à rien d'insister. Vous ne pouvez pas nous accompagner.

Mais les deux cavaliers, sans tenir compte de Kelsey, continuaient de regarder Simon Warleigh, les yeux pleins d'une inquiétude sincère. Isabelle fut surprise de découvrir chez ces hommes une loyauté qui n'était pas commandée par la peur.

L'écuyer, que Warleigh avait appelé Wylie, s'écria :

— Messire, nous ne pouvons pas partir en vous laissant ici avec…

Il ne termina pas, mais le regard de colère qu'il jetait aux compagnons de voyage de Simon en disait long sur ses sentiments.

Kelsey, dont la patience était à bout, s'approcha des deux hommes et ordonna à ses gardes :

— Débarrassez la cour de ces gens-là !

Deux gardes s'avancèrent alors pour se saisir des rênes des cavaliers. L'écuyer fit reculer son cheval afin de leur échapper. Simon, une nouvelle fois, intervint :

— Allez en paix, à présent. Et ne vous inquiétez pas pour moi. Tout ira bien.

— Voilà qui est bien dit, Warleigh, lança Kelsey avec un rire froid, mais vous n'avez pas voix au chapitre. Chassez ces hommes !

Isabelle se sentit soudain envahie par un sentiment d'indignation. Elle n'avait aucune raison de prendre parti pour Simon Warleigh, et donc aucune raison de sortir de la réserve qu'elle observait systématiquement quand il s'agissait des affaires de son père. Aussi fut-elle surprise de s'entendre dire :

— Laissez-les venir avec nous, père. Qu'avons-nous à craindre ?

Kelsey parut surpris. Il réfléchit un instant, puis acquiesça de la tête avant de répondre :

— Vous avez raison, ma fille. Il ne faudrait pas que ces deux-là, si nous les laissons en liberté, soient tentés de faire des bêtises pour Warleigh. A Dragonwick, ils seront sous notre... protection.

Isabelle crut voir, dans les yeux de Simon, de l'étonnement, qui se changea en embarras. Ce fut très bref. L'instant d'après, le regard de Simon paraissait de nouveau indéchiffrable.

Elle constata, une nouvelle fois, que les hommes de Simon ne prêtaient aucune attention à elle ni à son père. Ils attendaient la réponse de leur maître.

— Vous pouvez m'accompagner. Mais vous, précisa Simon en regardant l'écuyer, vous obéirez aux ordres qu'on vous donnera. A la moindre désobéissance, je vous renvoie à Avington.

L'écuyer approuva de la tête. Kelsey s'adressa de nouveau à Simon :

— Vous me consulterez avant de donner le moindre ordre. Même pour autoriser vos hommes à quitter Dragonwick. Je dois répondre devant le roi de tous vos faits et gestes.

— Comme vous voudrez, messire, répondit Simon en soutenant le regard de Kelsey. Nous ne serons pas trop de deux pour examiner le bien-fondé des ordres que je pourrais avoir à donner.

L'expression de mécontentement qui se peignit sur le visage de lord Kelsey donna à Isabelle l'envie de sourire, mais elle se retint. Une nouvelle fois, elle fut surprise de constater que Simon Warleigh ne craignait pas de provoquer son père. C'était courageux, mais très imprudent. Lord Kelsey obtenait toujours ce qu'il voulait, quel qu'en fût le prix. N'avait-il pas réussi à tenir Warleigh dans des lisières fort étroites ? Sans doute à bon droit, car on disait que cet homme avait conspiré contre le roi.

Isabelle se demanda pourquoi elle était ainsi intervenue dans les affaires de son père. Quel intérêt pouvait-elle avoir à défendre Simon Warleigh ? Elle n'attendait de lui qu'une chose, qu'il lui donnât un enfant. Et, pour cela, il n'avait pas besoin de la protection de sa femme.

Un enfant. C'était le but qu'elle chercherait à atteindre. Elle y gagnerait sa liberté. Elle savait bien qu'elle trouverait le courage, le moment venu, de demander cela à son mari.

Mais quand ce moment viendrait-il ? Et comment cela se passerait-il ? Personne ne lui avait parlé de ce qui arriverait quand son mari la prendrait dans ses bras, quand elle sentirait le corps de cet homme se presser contre le sien. Elle regarda Simon et se félicita d'avoir au moins la chance qu'il fût beau. A cette idée, elle sentit une étrange chaleur l'envahir, dont elle eut honte.

Comme s'il avait deviné les pensées qui passaient par la tête d'Isabelle, Simon la regarda. Elle le vit détailler avec attention le voile qui couvrait ses cheveux, son manteau, et la robe bleue qu'elle portait en dessous. Isabelle savait que cette robe était un peu légère pour voyager, mais elle avait été si pressée de partir qu'elle avait refusé d'en changer quand sa suivante, Helwys, le lui avait demandé.

Il lui sembla, au moins, que Simon ne paraissait s'intéresser qu'à sa mise. Pas une fois, durant cette journée, il ne lui avait donné l'impression qu'il pensait à leur nuit de noces. Encore moins qu'il semblât la souhaiter.

Isabelle et Simon tournèrent les yeux en même temps quand, une nouvelle fois, lord Kelsey réclama sa monture. Karl, l'écuyer, apparut enfin, tenant par les rênes l'étalon noir de son maître. L'animal était si agité que le jeune homme avait grand-peine à le conduire. Les cheveux en désordre, le regard inquiet, il arriva à la hauteur de Kelsey.

Isabelle, qui observait son père, se crispa en découvrant sur son visage une expression de colère froide qu'elle ne connaissait que trop bien. D'une main, Kelsey se saisit brusquement des rênes, et de l'autre frappa violemment son écuyer au visage. Karl tomba dans la poussière. Il porta la main à sa joue. Sans un mot, sans un regard, Kelsey se mit en selle. Le silence impressionnant qui régnait dans la cour fut soudain déchiré par le rugissement que poussa Simon.

— Espèce de fou !

Kelsey se tourna vers lui, et, méprisant, jeta :

— Je m'occupe de mes gens comme je l'entends, Warleigh. Si ça ne vous convient pas, allez vous plaindre au roi Jean.

Isabelle savait que la contrariété pouvait faire enfler encore la colère de son père. Le courage de Simon ne servait à rien. Désespérée, elle regarda son mari et, d'une voix que l'émotion rendait rauque, s'écria :

— N'insistez pas ! Vous n'avez aucun pouvoir ici !

Elle était bien consciente que Simon découvrirait dans ses yeux plus d'émotion qu'il n'aurait cru possible d'en voir. Mais peu lui importait. Il lui fallait d'abord venir en aide à Karl. Pendant un bref instant, elle fut surprise d'avoir ainsi laissé libre cours à ses sentiments et craignit la réaction de son père. Mais lord Kelsey, après lui avoir jeté un regard approbateur qui la soulagea, donna l'ordre du départ. Et la petite troupe se mit en marche pour Dragonwick.

3.

Le soir tombait. Kelsey ordonna de faire halte et de dresser le camp. Simon obéit sans réfléchir, tant son esprit était occupé par les mille questions que faisait naître en lui sa nouvelle femme. Il se rappelait la scène de la cour, la brutalité de Kelsey, et la réaction d'Isabelle, son regard surtout, où il avait cru lire la peur et la pitié. C'était l'expression de ce regard qui l'avait déterminé à prendre sur lui. Mais ne s'illusionnait-il pas ? N'avait-elle pas seulement voulu lui faire comprendre qu'il était désormais au pouvoir de son père ? Pourquoi aurait-elle parlé sur ce ton à son père pour l'aider, alors que manifestement elle était indifférente à tout ce qui n'était pas elle ?

Depuis le départ de Windsor, elle ne lui avait pas marqué la moindre attention. Elle avait chevauché, au milieu de l'escorte, ne regardant ni à gauche ni à droite, ne parlant à personne, comme perdue dans ses pensées. Simon, lui, l'avait observée à la dérobée, plus séduit qu'il n'aurait voulu l'avouer. Le soleil, tout le jour, avait rehaussé sa beauté en mettant des reflets de flammes dans les tresses de ses cheveux noirs, en soulignant l'élégance de son profil et la pureté de son teint. Chaque fois qu'il l'avait regardée, il en avait été subjugué.

Une seule fois, elle s'était retournée. Son regard bleu lavande avait glissé sur Simon, étrangement hésitant, puis elle avait baissé les yeux. Au cours de la journée, Simon avait essayé de comprendre ce que ce regard signifiait, mais sans y parvenir, parce qu'il n'y avait rien vu. Cette femme était d'une beauté exceptionnelle, mais c'était une beauté froide, que n'animait aucune vie intérieure. Il ne devait pas oublier qui elle était. Même attiré par sa beauté, il devait se garder d'y succomber, s'il ne voulait pas le payer très cher.

Quand Isabelle et son père descendirent de cheval et commencèrent à se préparer pour la nuit, il détourna le regard, préférant concentrer son attention sur le travail des hommes d'escorte qui s'employaient à monter les tentes. Ceux-ci dressèrent tout d'abord un pavillon pour Isabelle et sa suivante, qui ne tardèrent pas à s'y retirer. Quand l'autre tente fut montée, Kelsey, d'un ton rogue, donna à l'un de ses hommes l'ordre de surveiller de près Simon Warleigh durant la nuit, avant de disparaître sous la portière, suivi du chevalier qui ne le quittait pas.

Simon se sentit soulagé de se voir momentanément débarrassé de Kelsey. Il se fit la remarque que, de la journée, ni Kelsey ni Isabelle ne lui avaient adressé la parole. Dans ces conditions, il semblait difficile d'aller rejoindre sa femme pour leur nuit de noces. Le mieux était qu'il s'étendît près du feu, avec les hommes. Ce ne serait pas la première fois qu'il passerait la nuit à la belle étoile. Et il se rappela les innombrables ciels sous lesquels il avait dormi durant son voyage en Terre sainte. Mais se pouvait-il qu'Isabelle l'attendît ? A l'idée qu'il pût se glisser sous sa tente, dans l'obscurité, il sentit grandir dans ses reins une agréable chaleur. Si tel était le cas, comment refuser de la rejoindre ? Il ne devait pas donner l'impression qu'il refusait de se considérer comme marié. Kelsey serait trop heureux d'en tirer parti contre lui et le roi ne lui pardonnerait pas cette désobéissance.

Ne sachant que faire, Simon se tourna vers son écuyer.

— Wylie, il faudrait aider les hommes à panser les chevaux et à préparer nos lits pour la nuit.

Wylie se renfrogna. Il jeta un coup d'œil aux hommes de Kelsey, qui s'occupaient à différentes tâches. Il n'avait manifestement aucune envie de se mêler à eux. Mais Simon savait que, avec sire Edmond à proximité, rien de fâcheux ne pouvait arriver à son écuyer. Il lui lança un coup d'œil engageant. Sire Edmond, qui avait compris la situation, l'encouragea à son tour :

— Allons-y, mon garçon, nous avons du travail.

Et Wylie s'exécuta. Simon savait que le jeune homme ferait au mieux pour le satisfaire. L'esprit plus libre et sans rien à faire pour l'occuper, Simon erra çà et là, avant de se diriger vers la frontière du camp. Une main se posa soudain sur son bras. Il sursauta. L'homme que Kelsey avait chargé de le surveiller le regardait d'un air déterminé.

— Milord Kelsey m'a demandé de ne pas vous laisser vous éloigner.

Simon tenta d'écarter la main qui le retenait, mais l'homme ne lâcha pas prise. D'une voix qu'une colère rentrée rendait plus sourde, il répondit :

— Je commence à en avoir assez de donner à tout bout de champ ma parole d'honneur. Je ne m'enfuirai pas, si c'est ce que vous voulez savoir. Mais je refuse de demander la permission de m'éloigner du camp, et tant pis pour les ordres de votre maître.

L'homme fronça les sourcils, et jeta un coup d'œil vers la tente de Kelsey. Simon continua :

— J'ai l'intention d'aller me baigner dans la rivière. Et maintenant, si vous tenez à votre main, je vous conseille de me lâcher.

Pendant un long instant, l'homme le regarda, puis retira sa main et recula d'un pas.

— Milord, j'exécute des ordres.

— Je comprends. Vous faites votre devoir, et vous le faites bien.

Simon préféra renoncer à sa sortie. Il ne tenait pas à créer d'ennuis à ce soldat qui obéissait. C'était à lui-même qu'il faisait des reproches, parce qu'il s'était engagé sur l'honneur envers un homme qui ne savait pas seulement ce que le mot honneur voulait dire.

*
* *

Isabelle se sentait à l'étroit dans sa petite tente, dont elle touchait les parois au moindre mouvement. Pour occuper Helwys, qui ne cessait de poser sur elle des regards soucieux, elle lui demanda de la coiffer. Mais la suivante ne parut pas s'apaiser en accomplissant ces gestes familiers et, n'y tenant plus, elle demanda, tout à trac :

— Madame, pensez-vous qu'il va venir cette nuit ?

— Je ne sais absolument pas ce qui va arriver.

— Oh, madame, fit Helwys, qui devinait combien la situation devait être embarrassante pour sa maîtresse.

Bien qu'elle eût beaucoup d'affection pour sa vieille suivante, Isabelle se serait passée parfois de ses excès de sollicitude. Elle ne pouvait manifester la moindre faiblesse sans courir le risque de provoquer des démonstrations d'affection fatigantes. C'était le cas ce soir-là. Aussi s'efforça-t-elle de répondre le plus sobrement qu'elle put :

— Mon père doit me faire savoir ce qu'il désire pour moi en la circonstance. Il nous faut attendre qu'il ait pris sa décision.

— Ce n'est pas normal de vous traiter ainsi, répondit la suivante.

Isabelle leva la main pour l'empêcher d'en dire plus.

— Tais-toi. Ces murs de toile ne sont pas une protection contre les oreilles et les yeux qui renseignent mon père. S'il pensait que tu lui es hostile, il pourrait te renvoyer... ou même te...

La voix d'Isabelle s'altéra. Elle se rappelait qu'Helwys avait été battue, un jour, parce qu'elle avait osé reprocher à Kelsey d'obliger sa fille, alors âgée de cinq ans, à s'asseoir sans manger à la table du dîner, tous les soirs, durant deux semaines, pour avoir eu la maladresse de renverser son verre. Isabelle respira profondément.

— Nous ne pouvons pas prendre le risque de le mécontenter.

Plusieurs fois, par la suite, Helwys avait été battue. Mais, depuis quelques années, Kelsey s'était montré moins brutal, et Isabelle souhaitait que cela continuât. A en juger par ses regards, il était visible que la vieille suivante partageait son point de vue.

Pour avoir vécu tant d'années ensemble, les deux femmes se connaissaient bien, et s'aimaient. Mais Isabelle cachait ces sentiments à son père, comme elle lui cachait tout ce qui comptait pour elle, parce qu'il y aurait vu de la faiblesse et s'y serait opposé.

La tristesse et l'inquiétude ne quittaient pas le regard d'Helwys. Isabelle sentit qu'elle ne pourrait pas feindre le détachement durant toute la soirée. Elle se saisit du manteau, d'un rouge vif, qu'elle utilisait toujours en voyage, et déclara :

— Je vais faire un tour avant la nuit.

— Mais, madame...

— Si je ne fais rien, je vais devenir folle.

Les yeux ronds, la bouche ouverte, Helwys n'ajouta rien. Isabelle se glissa hors de la tente.

Pour échapper sans tarder aux regards, elle entra sous le couvert des pins qui poussaient à l'entour. Puis elle descendit vers la rivière, que bordaient des bouquets de frênes et de saules. Les bruits du camp ne lui parvenaient plus. Elle respira profondément et, de la main, se frotta vigoureusement le cou et la nuque. Une chaleur agréable lui envahit les joues.

Elle approcha de la rive en avançant au milieu d'une végétation de broussailles, écartant les branches, éprouvant du pied la solidité du sol. Sous ses pas, la mousse s'enfonçait, mais le terrain était ferme. Elle descendit jusqu'à l'eau. Au moment où elle allait s'agenouiller pour se rafraîchir le visage et les mains dans le courant, elle entendit un bruit d'éclaboussure et releva la tête. A proximité, un peu en aval, au milieu de la rivière, il y avait un homme. Il était debout, de dos, nu, dans l'eau jusqu'à la taille, et s'aspergeait à l'envi.

Instinctivement, Isabelle recula, avant de reconnaître Simon Warleigh, son mari, qui avait occupé ses pensées durant une partie de la journée.

Devait-elle s'éloigner avant qu'il remarquât sa présence ? Mais s'il la voyait s'enfuir sous les arbres, que penserait-il d'elle ? Le mieux était de rester là, sans faire de bruit, afin qu'il ne s'aperçût pas de sa présence. Après tout, il était son mari. Quel mal y avait-il à ce qu'elle le vît nu ? Ne faudrait-il pas,

quand le moment serait venu, que leurs deux corps s'unissent s'ils voulaient avoir un enfant ? Il lui fallait se préparer sans peur à ce moment.

Elle recula d'un pas, pour se mettre à l'abri de quelques branches touffues, et observa. Simon avait de larges épaules blondies par le soleil et un dos puissant qui s'étrécissait en descendant vers les hanches. Lorsqu'il leva les bras pour se frictionner la tête, elle en vit jouer tous les muscles et se rappela l'impression de force qu'il lui avait faite dans la cour de Windsor. Si le corps de Simon, grand et svelte, lui rappelait un peu celui son père, il ne faisait pas de doute qu'il était mieux découplé et plus puissant.

Il était aussi étrangement attirant. Isabelle, immobile, les yeux grands ouverts, sentait son propre corps s'émouvoir sans bien comprendre ce qui lui arrivait. Elle regrettait que cet homme si séduisant ne semblât pas plus attiré par elle. Leur union n'aurait pour but que d'avoir des enfants, rien de plus.

Simon disparut sous l'eau pour émerger tout près de la cachette d'Isabelle. Le cœur battant, elle se tapit plus étroitement derrière les buissons, sans cesser de l'observer à travers les branches. Lentement Simon sortit de l'eau, et Isabelle retint son souffle. La lumière dorée du soleil couchant faisait briller les gouttelettes qui couvraient sa peau et sa chevelure. Il avait l'air, ainsi, de quelque dieu païen des anciens temps, sortant des eaux où il faisait sa demeure. De nouveau, Isabelle éprouva dans ses entrailles la même étrange et délicieuse sensation. Mais elle préféra ne pas s'y

attarder. Depuis son enfance, on lui avait appris à se maîtriser. Il n'était pas d'entraînements du corps et de l'esprit qu'elle ne fût parvenue à vaincre quand elle l'avait voulu. Et, toujours, elle avait voulu prévenir les critiques en se conduisant comme on l'attendait d'elle. Mais, à présent, en face de cet homme beau et nu dont le corps lui apparaissait progressivement, elle ne savait pas trop comment se comporter.

Elle ferma les yeux, les rouvrit, comme fascinée. Puis, se relevant lentement, le plus silencieusement possible, à reculons, elle s'éloigna.

Le regard de Simon fut attiré par une tache rouge dans le feuillage qui bordait la rivière. Il s'arrêta, de l'eau jusqu'à mi-cuisses. Du regard, il fouilla la berge. En vain. Pourtant il était sûr de n'avoir pas rêvé. C'était un rouge trop franc pour qu'il pût le confondre avec quelque reflet de l'eau.

Peut-être était-ce un homme de Kelsey, embusqué là pour s'assurer que Simon ne cherchait pas à s'enfuir. Mais il n'avait pas remarqué que les hommes de Kelsey portassent des couleurs vives. Soudain, il pensa à Isabelle. Toute la journée, elle avait voyagé vêtue d'un manteau d'un rouge franc.

Il en demeura coi. Pourquoi Isabelle serait-elle venue l'espionner ? Il ne pouvait pas croire que son père le lui eût demandé. Même un Gérard de Kelsey respectait trop sa fille pour lui imposer ce genre de mission. Et cependant, il semblait plus incroyable encore d'imaginer qu'Isabelle eût pu venir de son propre chef. Pourquoi cette beauté froide, qui n'avait jamais manifesté le moindre intérêt pour lui, Simon, serait-elle venue au bord de la rivière pour l'observer ? Il y avait bien ce regard qu'elle lui avait lancé en se tournant sur sa selle, mais qu'était-ce en comparaison de son attitude distante de toute la journée ? A moins qu'elle n'eût voulu lui signifier quelque chose. Et Simon, partagé entre ses préventions contre cette femme et le désir de lui plaire, sortit de l'eau sans hâte et se rhabilla.

Puis il se rendit à l'endroit où il avait vu la tache rouge. Dans le sol humide de la berge, il découvrit la trace de deux petits pieds. Tous les hommes du camp, même les écuyers, avaient de plus grands pieds. Et ceux d'Helwys n'avaient rien à leur envier. Il restait Isabelle.

Cette découverte ne résolvait rien. Perplexe, Simon regagna le camp, essayant, une nouvelle fois, d'imaginer les raisons qui avaient pu conduire la jeune femme sur la berge de la rivière. L'obscurité augmentait. Au milieu du cercle des tentes, les hommes avaient allumé un feu. Parmi eux se trouvait Helwys, mais Simon ne vit pas Isabelle. Déçu, il alla s'asseoir à côté de sire Edmond, sur un tronc abattu, un peu à l'écart des autres.

— Tout va bien ? demanda Simon.

— Pas trop mal, répondit le chevalier avec un mouvement des épaules. Il semble que nous soyons tolérés par presque tout le monde.

Simon savait que sire Edmond ne commencerait à se plaindre que si la situation devenait insupportable.

Il appréciait cet homme pondéré et optimiste, qui avait servi son frère aîné, déjà, et que le régisseur d'Avington lui avait chaleureusement recommandé.

— Et Wylie ? demanda Simon, qui n'avait pas une aussi grande confiance dans son écuyer.

— Il est descendu à la rivière abreuver les chevaux. Je lui ai demandé d'en prendre grand soin.

— Parfait, approuva Simon, satisfait de constater que sire Edmond avait compris qu'il était important d'occuper le plus possible l'écuyer.

Il passa la main dans ses cheveux mouillés que la chaleur du feu commençait à sécher. C'est alors que, du coin de l'œil, il crut voir passer quelque chose de rouge. Isabelle. Il tourna la tête. C'était elle, en effet, arrêtée près de sa tente. Son regard bleu lavande se posa sur Simon, glissa, revint se poser sur lui. Pendant un bref instant, ils se regardèrent. Puis Isabelle, toujours aussi impassible, détourna la tête et entra dans sa tente. Mais, aussi fugitive qu'ait été cette rencontre, Simon avait eu le temps d'apercevoir une rougeur sur les joues d'Isabelle.

Perplexe il passa une nouvelle fois la main dans ses cheveux. Cette rougeur semblait trahir une émotion. Se pouvait-il que cette statue eût un cœur ? Et ce cœur pouvait-il trouver quelque charme à un homme comme lui ? Il lui vint alors à l'esprit des images si troublantes qu'il préféra penser à autre chose.

Pour se dégriser tout à fait, il observa Kelsey, qui venait de sortir de sa tente suivi, comme toujours, de sire Frédéric. Le comte jeta un regard circulaire sur le camp, avec une moue désapprobatrice. Simon fut surpris de cette réaction. Il savait que les hommes avaient travaillé avec beaucoup d'efficacité à établir le camp. Les siens, pourtant formés aux réalités des champs de bataille, n'auraient pas pu faire mieux.

Kelsey avait remarqué que Simon le regardait. Il s'approcha de lui, suivi de son ombre.

— Alors, Warleigh, j'espère que vous ne trouvez pas notre compagnie trop pesante.

Le ton de Kelsey disait assez qu'il souhaitait exactement le contraire.

— Je suis satisfait, messire, répondit Simon avec un haussement d'épaules. Pour le moment.

— Eh bien, restez dans ces dispositions, car je ne tolérerai pas le moindre manquement aux ordres du roi.

Simon supposa que la sentinelle qui avait tenté de l'empêcher de sortir du camp n'avait pas fait de rapport à Kelsey. C'était aussi bien ainsi. Il s'inclina pour répondre :

— Soyez sans crainte, messire. Je n'ai aucune intention de déplaire au roi.

— Très bien, très bien.

Soudain l'attention de Kelsey fut attirée par quelque chose, dans le dos de Simon. Il se mit à crier :

— Tu n'as donc pas compris la leçon ? Quand sauras-tu que cet animal a plus de valeur que ta carcasse !

Simon se retourna. Il aperçut le jeune écuyer que Kelsey avait violemment puni à Windsor. Il conduisait de nouveau, par la bride, le même magnifique étalon noir. L'animal caracolait, mâchait son mors, décochait des coups de pieds. Il était manifeste que ce cheval était un animal vicieux que Kelsey n'avait acquis qu'en raison de son apparence flatteuse, sans se soucier de son caractère. L'écuyer n'était pour rien dans son comportement, et c'est injustement qu'il avait été puni.

— C'est un bel animal, se contenta de dire Simon.

— Je n'ai rien de plus précieux, lui répondit Kelsey, dont le regard, méprisant, se posa sur la tente où Isabelle s'était retirée.

Simon ne pouvait pas croire que Kelsey fît allusion à sa fille. Incrédule, il demanda :

— Hormis votre fille.

— Même pas, répondit le comte avec un haussement de sourcils provocant.

Comment un homme pouvait-il parler ainsi de son enfant ? Et qui plus est, devant un de ses hommes, même si cet homme était sire Frédéric, son âme damnée. Simon se surprit à observer le visage de Kelsey pour y trouver une trace d'affection paternelle. Mais il n'y vit que vanité et suffisance.

Curieusement, il en éprouva une certaine satisfaction. Si le père et la fille ne s'entendaient pas aussi bien qu'il l'aurait cru, il lui fallait peut-être entendre l'exclamation d'Isabelle, dans la cour de Windsor, comme un désaveu de la conduite de lord Kelsey.

Mais, l'instant d'après, Simon se reprenait. Isabelle semblait plus que satisfaite de son sort, en dépit de ce qu'elle pouvait penser de son père. Il perdait son temps à échafauder ainsi des conjectures, et une énergie qui serait mieux employée à trouver le moyen de se débarrasser de Kelsey et de récupérer Avington.

Soudain, la voix mécontente de son écuyer le tira de ses réflexions. Simon soupira. Que se passait-il encore ? S'il avait su que son voyage à Windsor se terminerait ainsi, il n'aurait pas emmené Wylie, mais Martin, qui avait été son écuyer durant de longues années, en Terre sainte notamment. C'est parce que Martin était sur le point de recevoir ses éperons que Simon avait cru bien faire en le remplaçant par Wylie, fils d'un chevalier d'Avington, qui lui avait paru assez vif et entreprenant pour devenir un bon écuyer. Et l'idée lui avait plu d'affiner et de discipliner cette jeune intelligence au contact du monde.

Wylie n'était pas un ingrat. Il avait de l'admiration et de la reconnaissance pour Simon. Mais il avait aussi un caractère impulsif. Ce n'était pas pour simplifier les choses.

Rapidement Simon se rendit à la lisière du camp. Wylie, les poings sur les hanches, le regard furibond, s'agitait au milieu d'un groupe d'hommes, près de l'endroit où les chevaux étaient attachés.

— Que se passe-t-il ici ? demanda Simon.

Wylie tourna la tête vers lui, puis, montrant du doigt un garçon de son âge, il explosa :

— Il dit que nous ne pouvons pas mettre nos couvertures près du feu, messire ! Il dit que ces places sont réservées aux hommes de lord Kelsey !

— Je suis sûr que cet écuyer n'a pas voulu nous faire de tort. Il ne fait que défendre les intérêts des hommes de son seigneur. Ne fais-tu pas de même en ce moment ? Comment pourrions-nous prétendre aux meilleures places alors que nous venons tout juste d'arriver ? Mais je suis sûr que, à Dragonwick, nous serons tous logés au large.

Wylie continuait de dévisager méchamment son adversaire, qui souriait finement. L'attitude satisfaite de cet écuyer finit par irriter Simon lui-même. Mais que pouvait-il faire ? Il savait qu'il lui était impossible de rien obtenir de cet homme ni des autres, tant que leur maître se montrerait aussi hostile.

Sur ces entrefaites arriva Kelsey. D'un ton brusque, il s'en prit à Simon :

— Vous devriez avoir plus d'autorité sur vos gens.

Même s'il convenait que Wylie avait des torts, Simon ne pouvait trouver qu'intolérable cette intervention. Une nouvelle fois, pourtant, il se contint.

— Bien sûr, messire. Cela ne se reproduira pas, n'est-ce pas, Wylie ?

L'écuyer marqua un peu d'hésitation, puis inclina la tête, en signe d'assentiment. L'absence de résistance de Simon sembla apaiser Kelsey, qui continua cependant de toiser tout son monde avec hauteur.

— Je dois à présent régler encore quelques affaires. Sire Frédéric, je compte sur vous pour que l'ordre règne désormais.

Toujours aussi peu loquace, sire Frédéric se contenta d'un mouvement de la tête, pour marquer qu'il avait compris. De la main, il caressait la poignée de son épée, et fixait sur Simon un regard sans aménité. Puis il se pencha à l'oreille de Kelsey et murmura quelques mots. Le comte secoua la tête et répondit, à voix basse, mais audible :

— Pas maintenant, mon ami. Nous devons nous rappeler les ordres du roi Jean.

La déception du chevalier était visible. Il ne fallait pas être grand clerc pour deviner le sujet de leur brève conversation. Simon comprenait qu'il lui faudrait, à l'avenir, avoir un œil sur ce sire Frédéric, qui pourrait se montrer dangereux si son maître l'y autorisait. Pour l'instant, il semblait que Kelsey jugeât préférable, pour le bien de la Couronne, de garder Simon en vie. Mais il était à prévoir qu'il changerait d'avis un jour.

Sire Frédéric s'était assis un peu à l'écart du feu et du cercle des hommes, d'où il observait Simon. Celui-ci ne prêtait aucune attention à lui. Il suivait des yeux Kelsey qui allait et venait dans le camp, sans se préoccuper de savoir si les quelques mots qu'il avait échangés avec le chevalier avaient pu être entendus. Inconsciemment, Simon serra les poings. Il se força à se détendre en se rappelant Avington et ses habitants. C'était ce qui devait lui importer maintenant, et non pas son amour-propre froissé. Si Kelsey lui voulait du mal, il ne lui simplifierait pas la tâche.

Tout occupé de son ressentiment, il n'entendit pas Wylie approcher.

— C'est une honte pour vous, messire, d'être ainsi au pouvoir de cette canaille.

Simon fit un effort pour se dominer. Il posa la main sur l'épaule de l'écuyer, avec assez de fermeté pour que celui-ci comprît l'avertissement.

— Je te demande de garder ta langue, mon garçon. Je ne suis pas heureux de ce qui vient de se passer, mais je sais ce que je fais. Bientôt, tout s'arrangera.

— Vous êtes trop accommodant avec eux, milord, répondit le garçon en levant vers Simon un regard plein d'espoir. Vous devriez les combattre, comme vous avez combattu les Sarrasins en Terre sainte. C'est Martin qui me l'a raconté.

— Ecoute-moi, Wylie, dit Simon en se rapprochant de lui, la situation n'est pas la même. Là-bas, nous combattions des ennemis. Ici, c'est le roi lui-même qui m'a demandé de me placer sous l'autorité de lord Kelsey. En désobéissant à Kelsey, c'est le roi que je défierais. Ce serait une trahison, c'est-à-dire un acte non seulement répréhensible, mais suicidaire. Comprends-tu, mon garçon ? Si tu veux me rendre service, tu dois garder la tête froide jusqu'à ce que je parvienne à convaincre le roi que je n'ai eu et que je n'aurai jamais aucune intention de comploter contre lui.

Wylie accepta ces exigences avec un « oui, messire » si maussade que Simon ne fut qu'à moitié rassuré sur ses intentions véritables. Les mâchoires serrées, le regard obstinément fixé sur l'écuyer de Kelsey, qui faisait le glorieux au milieu de ses camarades, Wylie aurait été incapable de faire plus en ce moment. Et Simon fut bien obligé de se contenter de sa réponse.

Il espérait que Wylie devinerait ses intentions véritables. Comment lui faire comprendre, sans le lui dire, que, le jour venu, il saurait affronter ce Kelsey, mais qu'il lui fallait patienter en attendant, afin de ne pas risquer de perdre Avington ? Il était nécessaire que Simon fît croire à Kelsey qu'il n'était plus une menace, quoi qu'il dût en coûter à sa fierté. Peut-être la vigilance du comte finirait-elle par faiblir. Mais, si tel était le cas, il n'en profiterait pas pour l'assassiner, comme le souhaitait Jarrod, parce qu'il savait qu'il serait immédiatement suspecté. Cette solution, certes peu élégante, mais efficace, n'était envisageable que si les barons prenaient alors sa défense.

Mais, comme rien n'était moins sûr, il lui fallait trouver autre chose. Et c'était d'autant plus difficile qu'il ne savait pas que penser de l'attirance qu'il éprouvait pour la fille de son ennemi. Comment laisser vivre en lui ce sentiment, et prétendre échapper à cette femme et à son redoutable père ?

4.

Isabelle continua sa promenade jusqu'à la nuit tombante, mais à l'entour du camp, pour ne pas avoir à rencontrer Simon. Quand elle revint, elle l'aperçut au milieu des hommes, debout, les cheveux secs, vêtu élégamment.

Elle évita de croiser son regard, sans pouvoir s'empêcher, cependant, de se rappeler la beauté de son corps nu. Simon ne semblait pas l'avoir aperçue au bord de la rivière. Il ne savait donc rien de son embarras. Ou alors, il se montrait discret, et elle ne pouvait que lui en être reconnaissante, malgré les sentiments désagréables que lui inspirait leur étrange mariage. Un flot de sang colora ses joues à cette évocation.

Elle baissa la tête pour entrer sous sa tente. En voyant le soulagement se peindre sur le visage d'Helwys, elle se sentit coupable. Elle ouvrait la bouche pour s'excuser, quand un brouhaha leur parvint du dehors. Les deux femmes échangèrent un regard surpris.

Isabelle, qui ne souhaitait pas se trouver face à face avec Simon, demanda :

— Pourrais-tu aller voir ce qui se passe ?

La suivante acquiesça de la tête et s'empressa de sortir, manifestement curieuse.

Isabelle continua de prêter l'oreille au bruit confus de voix d'hommes qui venait du camp. Parmi elles se faisait entendre une voix un peu plus haute, apparemment celle d'un adolescent, qui parlait plus fort que les autres. Mais il était impossible de distinguer ce qu'elle disait. Quand Helwys rentra, précipitamment, dans la tente, Isabelle l'interrogea.

— C'est l'écuyer de lord Warleigh, madame. Il s'en prenait à l'écuyer de votre père qui lui refusait une place pour dormir près du feu.

Isabelle s'était assise sur la couche de fourrure qui lui servait de lit. Elle laissa Helwys continuer son récit.

— Votre mari s'est conduit avec beaucoup de doigté, madame. Il a calmé tout le monde en disant que les hommes de milord Kelsey avaient un droit de priorité. On le sentait vraiment résolu à ramener la paix. C'est très différent de ce que votre…

Helwys pâlit, en se rendant compte qu'elle était sur le point de blâmer lord Kelsey. Et c'est plus prudemment qu'elle continua :

— Messire Warleigh s'est conduit d'une façon admirable. C'est bon signe, madame, je suis sûr qu'il sera un bon mari.

Isabelle fut troublée de voir sa suivante à ce point conquise. Mais elle n'avait aucune intention de chercher des qualités à Simon Warleigh. Tous les hommes qu'elle avait connus jusque-là l'avaient déçue, excepté son oncle Wallace. Elle se rappela que Warleigh, tout beau et tout diplomate qu'il fût, avait été de ceux dont le témoignage avait accablé son oncle.

— Et si mon mari n'était que faible ? répondit-elle avec précipitation.

Tandis que ces mots franchissaient ses lèvres, elle savait qu'elle ne pensait pas ce qu'elle disait. Helwys lui jeta un regard désapprobateur.

— Je ne dirais pas ça, madame. Lord Warleigh s'est conduit avec beaucoup d'assurance.

Isabelle n'avait aucune envie de discourir plus longtemps sur le sujet, ni de penser plus avant à Simon et à son corps puissant. Elle s'apprêtait à le dire à Helwys, quand une voix d'homme se fit entendre au-dehors :

— Madame ?

Isabelle aurait reconnu cette voix n'importe où. Elle se leva et ouvrit la portière de la tente.

— Sire Frédéric ?

— Milord Kelsey souhaiterait vous voir dans sa tente, lui annonça le chevalier sans la regarder dans les yeux.

— Dites à mon père que je m'y rends à l'instant.

Sire Frédéric s'inclina, tandis qu'elle laissait retomber la portière. Elle s'adressa à Helwys, qui commençait à se tordre anxieusement les mains :

— Je vais aller parler à mon père.

Toutes les deux savaient la raison probable de cette convocation. Isabelle, sans ajouter un mot, quitta la tente, laissant Helwys au comble du désarroi.

Arrivée devant la tente de son père, elle hésita. Elle ouvrit la bouche pour appeler, mais aucun son n'en sortit. Elle aurait aimé pouvoir s'enfuir en courant.

— Lady Isabelle est ici, milord, dit soudain la voix de sire Frédéric, qu'Isabelle n'avait pas vu arriver.

— Vous pouvez entrer, Isabelle, répondit, de l'intérieur, lord Kelsey, d'une voix neutre qui ne laissait rien deviner de ses intentions.

Après avoir pris une inspiration profonde, Isabelle se composa le visage indifférent et froid qui la servait si bien dans ses rapports avec son père. Elle entra sous la tente.

L'intérieur était éclairé par des chandelles. Lord Kelsey, assis sur un tabouret, un gobelet d'argent à la main, leva les yeux quand sa fille entra. Isabelle fut frappée par l'expression de solitude qu'elle crut lire dans le regard de son père. Ce fut si fugace qu'elle se demanda si ce n'était pas un effet de la lumière.

Plus troublée qu'elle n'aurait pu le dire, Isabelle cherchait à conserver son air indifférent.

— Vous m'avez fait appeler, père ?

Lord Kelsey lui adressa un sourire sans chaleur.

— Je voudrais que vous vous prépariez pour Warleigh.

Même si elle s'était attendue à vivre ces instants, Isabelle ne put manquer de ressentir un choc. Ce Warleigh, qu'elle avait rencontré pour la première fois le matin même et qui n'avait pas caché son aversion pour le mariage qu'on lui organisait, allait donc exercer à présent ses droits de mari. D'une voix enrouée par l'émotion, elle répondit, comme incrédule :

— Vous voulez dire que je me prépare à passer la nuit avec lui ?

— Voudriez-vous que je ne vous le demande pas, ma fille ? dit lord Kelsey en la regardant plus attentivement.

Le ton et le regard inquisiteurs de lord Kelsey impressionnèrent Isabelle, qui sentit un frisson la parcourir. Elle avait fait une grave erreur en se dévoilant ainsi. Il lui fallait, pour se protéger, feindre de nouveau l'indifférence. Elle se rappela la leçon qu'il lui avait donnée, alors qu'elle avait douze ans. C'était au cours d'une chasse au daim. Son père, qui avait remarqué qu'elle détournait la tête au moment où on s'apprêtait à égorger l'animal, l'avait forcée à regarder la scène en lui expliquant qu'elle devait apprendre à ne jamais s'émouvoir. Chaque fois que, par la suite, Isabelle avait participé à une chasse, son père avait exigé d'elle la même insensibilité. Elle ne devait pas, aujourd'hui, lui donner l'impression qu'elle n'avait pas retenu ses leçons.

Elle le regarda dans les yeux, et lui dit, d'une voix qui ne laissait rien paraître de son trouble :

— Au fond je n'ai pas d'avis sur ce Warleigh. J'étais simplement fatiguée par le voyage. Je vais me préparer, puisque vous me le demandez.

— Ne ressentez-vous vraiment rien pour lui, Isabelle ? demanda Kelsey, sans détacher d'elle un regard qui se faisait de plus en plus étrange et indéchiffrable. J'en suis heureux. J'ai toujours veillé à ce qu'aucune émotion, que ce soit l'amour ou la haine, ne vous dicte votre conduite. Je constate aujourd'hui que mon éducation porte ses fruits.

Isabelle acquiesça de la tête. Elle savait que son père croyait lui avoir fait un compliment. L'épreuve qu'elle venait de subir l'avait affectée, mais elle n'en laissait rien paraître et, sans baisser les yeux, elle répondit :

— Je ferai ce qu'il vous plaira, père.

— C'est bien, répondit Kelsey en lui adressant un sourire froid pour lui exprimer sa satisfaction. Je vous dirai donc ce qui me ferait plaisir.

L'estomac noué par l'inquiétude, Isabelle attendait, sans rien laisser paraître.

— Je pense qu'il serait judicieux que vous partagiez le lit de Warleigh dès ce soir. Voyez-vous, Isabelle, j'aimerais que vous ayez un fils. Si Warleigh venait à mourir avant l'heure, ses biens reviendraient à cet enfant, dont je deviendrais le tuteur. Et comme votre douaire de veuve m'échouarait aussi, cette union avec Warleigh se révélerait des plus profitables.

Isabelle dut faire un grand effort sur elle-même pour ne rien laisser paraître du dégoût que lui inspiraient ces calculs. Jamais elle n'accepterait que son fils fût élevé par son grand-père. Jamais elle ne laisserait lord Kelsey détruire la sensibilité de cet enfant comme il avait essayé de détruire la sienne. Son père avait réussi à lui apprendre à dissimuler ses sentiments, mais il ne les avait pas tués. Elle se sentait capable d'aimer et elle était bien décidée à donner à son fils tout l'amour qu'elle avait été obligée d'enfouir au fond de son cœur. Elle lui apprendrait à distinguer le bien du mal. Elle lui ferait comprendre que la véritable force est de ne pas avoir peur de l'amour. Et son fils, un jour, serait digne du Dragon.

— Qu'est-ce donc que je vois dans vos jolis yeux, ma fille ? Rassurez-moi, ce n'est pas de l'inquiétude, au moins.

— Pourquoi donc y verriez-vous de l'inquiétude ? demanda-t-elle en rajustant son masque. Qu'est-ce qui vous fait penser cela ?

— N'êtes-vous pas inquiète à l'idée que votre mari pourrait connaître une fin prématurée ? Ce ne serait nécessaire, d'ailleurs, que dans le cas où le roi lui permettrait de rentrer à Avington. Comme j'ai dénoncé son complot, il me considère désormais comme sa cible. Il faut bien que je me défende. Mais, même si je ne me charge pas de l'éliminer, cet homme est en danger, parce qu'il s'est fait beaucoup d'ennemis. Il pourrait être tué à n'importe quel moment. S'il n'a pas d'héritier, le roi Jean sera tenté de s'approprier ses biens. Voilà pourquoi il faut qu'il vous donne un fils, et vite.

Kelsey, tout en parlant à sa fille, la sondait du regard, épiant la moindre de ses réactions. Isabelle se demanda pourquoi il était soudain si disert et supposa que c'était la perspective de s'emparer bientôt d'Avington qui le rendait heureux. Il se tut, sans cesser de l'observer. Pour se donner une contenance, Isabelle dit, très vite :

— C'est à Warleigh de voir.

Warleigh, ainsi que l'avait dit lord Kelsey, était coupable de complot contre son roi, mais Isabelle regrettait qu'il dût le payer si cher. Elle tentait de se rassurer en se disant qu'il ne risquerait rien tant qu'il ne retournerait pas à Avington. Et ce qu'elle savait de cet homme l'incitait à croire qu'il ne serait pas facile à abattre.

— Très bien, approuva lord Kelsey, qui ne semblait pas se douter des pensées de sa fille.

— N'est-il pas normal que je pense comme vous, père ?

La soumission d'Isabelle dut paraître suspecte à Kelsey, qui fronça les sourcils et dit :

— Et vous avez intérêt à continuer, ma fille, si vous voulez agir pour votre bien. J'ai mille et un moyens de vous ramener à l'obéissance, si vous étiez tentée d'oublier mes leçons. Que diriez-vous, par exemple, si je vous privais de cette jolie robe et de ces bijoux ?

Isabelle baissa les yeux, pour que son père n'y vît pas briller la colère qui la submergeait. Comment aurait-il pu comprendre que les beaux vêtements et les bijoux qu'elle portait n'avaient pour elle aucune importance ?

Un jour, se disait-elle, elle serait libérée de cette tyrannie. Elle aurait sa propre vie. Elle serait libre d'aimer. Mais, si elle voulait atteindre ce but, il lui fallait d'abord avoir un enfant et feindre d'entrer dans les vues de son père.

Lord Kelsey la tira de sa rêverie.

— Je vais dire à Warleigh de faire le nécessaire.

Il avait dit ces mots avec la satisfaction qu'il éprouvait quand il pensait tenir quelqu'un à sa merci. Isabelle ne put s'empêcher d'éprouver, à cet instant, de la sympathie pour Simon Warleigh. Mais elle ne pouvait s'arrêter à ce sentiment. Warleigh était assez grand, comme elle l'avait dit, pour savoir où était son intérêt. C'était bien plutôt à elle qu'elle devait penser à présent. Comment cet homme qu'elle ne connaissait pas allait-il se comporter durant la nuit qui commençait ? Le souvenir lui revint de son corps puissant de guerrier, et elle se sentit mal à l'aise.

Simon, occupé à manger un morceau de viande rôtie, leva les yeux quand sire Frédéric s'arrêta devant lui. Le regard hostile, sans faire le moindre effort de politesse, le chevalier lui dit :

— Milord Kelsey m'a chargé de vous demander de rejoindre lady Isabelle dans sa tente.

Simon se raidit. Il savait que tous les yeux étaient tournés vers lui. Il lui était impossible d'argumenter devant les hommes, et surtout avec le chevalier. Ç'aurait été insultant pour lady Isabelle. Il ne pouvait manquer de respect ainsi à une femme, fût-elle la fille de son ennemi.

Mais déjà le chevalier, sans attendre sa réponse, avait tourné les talons et s'éloignait à grands pas.

Lentement, Simon se leva. Il continuait de sentir sur lui le regard de tous les hommes. Pendant un instant, il resta sur place, devant le feu, respira profondément, puis se dirigea vers la tente d'Isabelle.

Il pensait à l'annulation du mariage qu'il continuait d'envisager comme la seule solution pour échapper à Kelsey. Mais comment conserver sa position sans offenser une femme qu'il avait prise le matin même pour épouse ? Ce n'était pas parce que ce mariage avait été célébré sous la contrainte qu'il souhaitait l'humilier.

Arrivé devant la tente, il s'arrêta, respira de nouveau profondément et dit, à voix basse :

— Je suis Simon Warleigh. Puis-je entrer ?

La réponse tarda à venir. Puis une voix sourde répondit :

— Vous pouvez entrer, messire.

Simon entra et s'arrêta. Au centre de la petite pièce de toile, debout, se tenait Isabelle, sa femme.

Elle lui parut si belle, ainsi, éclairée par la lumière des chandelles que, pendant un instant, il fut tenté d'abandonner ses résolutions. Elle portait une chemise blanche dont le tissu très fin laissait deviner la peau laiteuse de son corps. Dans ses cheveux noirs, qui tombaient en vagues jusqu'à ses hanches, chaque mouvement de sa tête allumait de chauds reflets d'incendie.

Simon, ému jusqu'au plus profond de lui-même, préféra détourner les yeux. Il parvint, sans trop savoir comment, à cacher son trouble, que seul trahissait peut-être un léger enrouement de la voix.

— On m'a dit que vous m'attendiez.

— Mon père, répondit doucement Isabelle, sans rien laisser paraître de ses sentiments, m'a demandé d'être prête à vous recevoir.

Simon comprit qu'elle avait été mise au courant de la volonté de lord Kelsey avec aussi peu de ménagements que lui. Il lui fallait trouver un moyen de sortir de cette situation embarrassante. Il fit un pas vers elle.

— Isabelle, ne pensez pas que vous soyez obligée d'en passer par là maintenant. Après tout, nous ne nous connaissons même pas.

— Je suis prête à obéir aux ordres de mon père.

Elle avait dit ces mots d'un air aussi détaché que si elle avait parlé du temps, mais Simon avait remarqué que ses épaules s'étaient contractées.

— Je vois, se contenta-t-il de répondre.

Simon se sentait fatigué. La journée avait été rude mais il lui fallait réfléchir vite, cependant, s'il voulait trouver un moyen d'éviter à cette femme d'avoir à choisir entre un viol conjugal et une humiliation publique.

— Avez-vous quelque chose à boire ? demanda-t-il, conscient du ton las de sa voix. J'ai grand soif.

Sans le regarder, Isabelle se retourna pour atteindre la petite table qui portait les chandelles. Elle se saisit d'un pichet, puis d'une coupe qu'elle remplit de vin.

Simon faisait des efforts pour ne pas remarquer le jeu de la lumière sur les formes sveltes d'Isabelle. Quand elle lui tendit la coupe, en avançant d'un pas, il concentra son attention sur le vin qui y dansait. Il la prit avec un remerciement, et la porta à ses lèvres. La main d'Isabelle y avait laissé une légère odeur de jasmin. Il leva les yeux, s'arrêta sur le décolleté de la robe, où apparaissait la naissance des seins. Il se força à regarder plus haut et rencontra deux yeux violets qui l'observaient. Sans penser à mal, Isabelle passa la langue sur ses lèvres pour les humecter. Ce simple geste fit naître un tel désir chez Simon qu'il sentit tout son corps s'émouvoir. Il préféra regarder ailleurs, porta une nouvelle fois la coupe à ses lèvres et en but une longue rasade.

Isabelle recula d'un pas pour reprendre sa place, et Simon respira plus librement.

Il but de nouveau, observant, dans la coupe, les chauds reflets du vin qui lui rappelaient ceux de la chevelure d'Isabelle. Mécontent de s'être montré aussi faible, il lui adressa la parole avec, dans la voix, une tension qui trahissait la lutte qu'il se livrait à lui-même.

— Je ne dois pas vous mentir, Isabelle.

— Que voulez-vous dire, messire ? répondit-elle, soudain tendue.

Simon prit une inspiration profonde avant de répondre :

— Il n'est pas dans mes intentions de consommer le mariage cette nuit.

— Vous ne voulez pas consommer ce mariage ? fit-elle rapidement, l'air choqué.

— Non.

— Ne serais-je pas à votre goût, messire ?

Le corps de Simon disait assez qu'Isabelle était à son goût, et plus qu'il ne l'aurait imaginé. Mais le moment n'était pas venu de le lui prouver.

— Je comprends que vous souhaitiez obéir à votre père, mais, comme je l'ai dit, nous ne nous connaissons pas. Nous nous serions vus pour la première fois au mariage si, par un étrange coup du sort, je n'avais croisé votre voiture accidentée peu de temps auparavant.

Sous le regard attentif des grands yeux d'Isabelle, Simon se surprit à parler plus qu'il n'en avait l'intention, à lui révéler la vérité.

— Vous pensez bien que si j'obéis en tout à votre père, c'est qu'il y a une raison. En m'accusant faussement devant le roi, il a obtenu que mes biens — sans parler de ma tête — ne me seraient conservés que si j'acceptais de vous épouser. Mais il y a une chose qu'il ne peut me forcer à faire : c'est partager le lit de sa fille.

— Vous avez raison, repartit Isabelle. Mais, dans cette affaire, vous ne faites que payer le prix de votre trahison. Si quelqu'un a été lésé, c'est moi, qui n'ai rien à me reprocher.

Simon fit un pas vers elle.

— Il est vrai que j'ai été accusé d'avoir trahi le roi. Mais je n'ai pas commis ce crime. Ma faute est d'avoir sous-estimé votre père. Si j'avais été plus sage, j'aurais agi contre lui avec plus de prudence.

— De quoi parlez-vous ?

— C'est votre père que je visais, pas le roi. Et il le savait.

— Pourquoi mon père aurait-il menti sur ce sujet ? demanda Isabelle, troublée, en fronçant les sourcils.

— Votre père espérait que le roi, après m'avoir fait exécuter, lui confierait l'administration des terres d'Avington. Mais ni lui ni moi n'avions prévu que la situation évoluerait comme nous le voyons. A présent que je suis devenu son gendre, il cherche à renforcer son pouvoir sur moi en vous demandant de l'aider.

Isabelle le regardait, les yeux ronds. Simon pouvait y voir passer des émotions nombreuses qu'il aurait été bien en peine d'identifier.

— Je ne sais pas..., commença-t-elle.

— A quel point il vous utilise ?

— Il ne m'utilise pas.

Une expression de douleur passa dans les yeux d'Isabelle. Sa respiration, plus rapide, trahissait les émotions qui se partageaient son cœur.

— Alors pourquoi vous offrez-vous à un homme que vous ne connaissez pas, et dont vous ne voulez pas ? Etait-ce pour obéir à un ordre de votre père que vous vous trouviez au bord de la rivière aujourd'hui ?

— Mon Dieu, vous m'avez vue ? fit Isabelle en blêmissant.

Simon attendit une fraction de seconde avant de répondre :

— Oui, je vous ai vue.

— Ce n'est pas lui qui m'a envoyée là-bas, dit-elle en baissant la tête pour regarder ses mains.

— Etes-vous en train de me dire que…

Simon s'arrêta, repensant au regard d'Isabelle, ce matin-là, sur la route. Il plaça un doigt sous le menton de la jeune femme pour lui faire lever la tête et l'obliger à le regarder.

— Je me rappelle que vous vous êtes retournée, ce matin sur la route, pour me regarder, mais je ne pensais pas que…

— Je ne nie pas, dit Isabelle sèchement en remettant son masque, que je vous ai regardé avec une certaine… indulgence, ce matin. Mais ne vous en flattez pas trop vite, messire. Je ne savais pas alors qui vous étiez. Quant à notre rencontre à la rivière, c'est le fruit du hasard. Je vous ai aperçu et je me suis dit que... ne pouvant reculer...

Isabelle hésita, puis haussant les épaules, ajouta :

— ... il valait mieux que j'affronte l'épreuve.

— L'épreuve ?

— Et comment voulez-vous que j'appelle ça ? répondit Isabelle en soutenant le regard de Simon.

Simon paraissait contrarié de susciter pareille réaction. Mais il savait qu'il aurait dû s'en réjouir, au contraire, puisqu'il ne souhaitait pas que la fille de son ennemi s'attachât à lui.

— Et vous acceptez de subir cette épreuve simplement parce que votre père vous l'a ordonné ?

— Pourquoi n'obéirais-je pas ? demanda Isabelle du même ton froid. Il est mon père, et je lui dois obéissance. Il serait très... déçu que je ne fasse pas ce qu'il me demande.

— Et ce que je viens de vous dire de lui ne vous fait pas réfléchir ?

— C'est votre parole contre la sienne.

Simon avait risqué cette question, parce qu'il lui avait semblé percevoir de l'inquiétude dans le regard d'Isabelle, comme si elle avait commencé à douter. Mais sa réponse ferme le dissuada de continuer. Après tout, quel intérêt avait-il à vouloir l'amener à ses vues ? Il ne désirait pas s'en faire une alliée. Il se reprocha de lui avoir confié que c'était lord Kelsey qu'il avait cherché à atteindre. Non pas qu'il courût de grands risques si elle rapportait ces propos à son père : Kelsey savait à quoi s'en tenir sur son compte. Ce qui le troublait, c'était que, touché de la sentir vulnérable après l'avoir crue si indifférente, il avait perdu toute prudence devant elle.

Simon en voulait au père d'Isabelle de le mettre dans une situation pareille. Mais il se reprochait aussi de se montrer aussi empressé à ménager une petite jeune femme qui ne méritait peut-être pas tant d'égards. Et c'est avec de l'irritation dans la voix qu'il déclara :

— Votre père n'a pas à savoir que nous n'avons pas exécuté ses ordres. Je dormirai ici, avec vous, mais sur une couverture.

Isabelle se sentit honteuse. Elle ne pouvait croire ce qui lui arrivait. Simon la repoussait, en lui faisant comprendre qu'il ne voulait pas de la fille de son ennemi. Et elle, stupidement, qui était allée jusqu'à s'offrir à lui !

Le pire était qu'elle ne lui avait pas caché ses émotions. Qu'y avait-il chez cet homme qui la rendait si faible ?

Pourquoi fallait-il que tout allât si mal ? Isabelle s'enfonça dans sa tristesse, mais elle gardait la tête haute.

— Ne vous inquiétez pas pour moi, messire. Vous n'êtes pas obligé de rester ici, s'il vous en coûte tant.

— Je ne voudrais pas que votre père vous fasse des difficultés, répondit Simon en fronçant les sourcils.

— Je n'ai pas besoin de votre charité.

Simon, pensif, la regarda plus attentivement. Elle leva un sourcil interrogateur, et ne cilla pas quand il lui répondit :

— Je ne fais pas la charité, Isabelle. Je ne me le permettrais pas.

Isabelle ne savait plus ce qu'elle devait faire. Une chose seule comptait à présent : que Simon ne devinât pas combien elle avait été affectée par son refus de passer la nuit avec elle.

Elle ne comprenait rien à cet homme, mais elle était trop fatiguée pour se poser plus de questions. Ce qu'elle désirait le plus ardemment, à présent, c'était qu'il s'éloignât, qu'il la laissât en paix pour panser ses blessures.

Mais Simon n'était pas disposé à quitter les lieux. Il s'approcha du lit, qu'Helwys avait ouvert pour le couple, hésita, puis se saisit d'une fourrure qu'il posa sur le sol.

— Nous devrions souffler les chandelles, dit-il, si nous ne voulons pas que nos ombres soient visibles de l'extérieur.

Isabelle comprit qu'il ne changerait pas d'avis. Elle se dirigea vers une chandelle pour la souffler. L'obscurité serait la bienvenue pour laisser couler des larmes que ses yeux ne pouvaient plus retenir. Malheureusement, Simon avait eu la même idée qu'elle. Il se retourna pour éteindre la chandelle au moment où Isabelle se penchait. Quand son chaud regard brun rencontra les yeux embués d'Isabelle, il parut surpris, puis embarrassé.

Rapidement, Isabelle avait baissé les yeux et soufflé la chandelle. Etendue sur le lit, elle tremblait des pieds à la tête. Simon semblait s'attarder.

— Isabelle ?

Elle avala la boule de tristesse et d'angoisse qui lui serrait la gorge et, la voix plus assurée qu'elle ne s'y attendait, répondit :

— Qu'y a-t-il ?

— Vous allez bien ? demanda Simon, si aimablement qu'elle en fut surprise.

Comme elle aurait voulu croire à cette gentillesse ! Comme elle en avait besoin ! Mais elle savait qu'elle ne pouvait se permettre la moindre faiblesse avec cet homme. Non seulement il n'était pas plus digne de confiance que les autres, mais il était en outre l'ennemi déclaré de son père. L'honnêteté l'obligeait cependant à reconnaître qu'il pouvait dire la vérité quand il prétendait avoir été injustement calomnié devant le roi.

Elle ferma les yeux, en priant pour qu'il ne remarquât pas à quel point sa gentillesse la touchait.

— Je vais bien. Mais je suis fatiguée. Dormez, maintenant.

Simon resta immobile encore un instant. Puis il se coucha à ses pieds. Ce n'est que lorsque sa respiration fut devenue plus profonde et plus régulière qu'Isabelle s'autorisa enfin à relâcher la tension des muscles de son corps.

Elle se sentit alors submergée par une détresse indicible. Des larmes brûlantes lui montèrent aux yeux et coulèrent silencieusement sur ses joues. Elle pleura comme elle n'avait pas pleuré depuis la mort de son oncle, le seul être qui lui eût jamais manifesté de l'amour. Son père lui avait fait payer cet excès de sensiblerie en l'enfermant dans ses appartements durant plusieurs jours, pour lui apprendre à maîtriser ses émotions. A présent, c'était un rêve évanoui qu'elle pleurait, l'espoir d'avoir un enfant.

Simon se leva avant qu'Isabelle fût réveillée. Il quitta la tente sans faire de bruit et fit quelques pas dans la fraîcheur de l'aube. Aucun de ceux qui l'avaient observé, la veille au soir, alors qu'il s'en allait rejoindre Isabelle, n'était levé à cette heure matinale. A la vérité, il en fut soulagé, car il ne tenait pas à affronter les regards entendus de tous ces hommes. Il comprenait que la beauté d'Isabelle pût exciter l'imagination ; elle avait bien excité la sienne. Au moins jusqu'au moment où il avait entendu le bruit doux, mais caractéristique, des larmes qu'elle avait versées. Il en avait été plus ému que par tout ce qu'elle aurait pu lui offrir cette nuit-là. Et Dieu sait si ce qu'elle avait à offrir pouvait émouvoir !

Puis il avait réfléchi. Il s'était demandé si ces larmes étaient sincères. Comment savoir si elles n'étaient pas l'expression du chagrin d'une enfant gâtée à qui l'on disait non pour la première fois ?

Levant les yeux, Simon aperçut, à quelque distance, Kelsey, immobile, qui posait sur lui un regard haineux et triomphant. Il feignit l'indifférence et s'éloigna pour se préparer à la journée de voyage qui l'attendait.

Dans l'intérêt d'Isabelle, il lui fallait garder le secret de leur première nuit. Mais il ne pouvait manquer de trouver curieux que Kelsey s'y intéressât tant. Pourquoi tenait-il tellement à ce que le mariage fût consommé sans tarder ?

Tandis que la petite troupe faisait route vers Dragonwick, Simon, plongé dans ses réflexions, croyait entendre de nouveau le bruit léger de la détresse d'Isabelle. Et son cœur s'emplissait de pitié.

Il la regarda, chevauchant derrière son père, sur sa jument noire et se demanda s'il devait vraiment plaindre une femme qui était la fille et l'unique héritière d'un des hommes les plus puissants d'Angleterre, qui était belle au-delà du possible et dotée comme une reine ?

5.

— Puis-je entrer ?

Surprise, Isabelle leva les yeux de l'ouvrage de couture qu'elle tenait à la main. Son mari était debout, sur le seuil de la porte de la chambre. Ils étaient arrivés à Dragonwick le jour même, dans l'après-midi, et c'était la première fois que Simon adressait la parole à Isabelle depuis deux jours. Même la nuit précédente, ce fut sans un mot qu'il vint s'étendre de nouveau sur le sol de la tente.

Et Isabelle ne tenait pas à lui parler. Elle avait tout fait pour l'éviter. Quand la petite troupe était arrivée à Dragonwick, elle avait envoyé Helwys dire à son père qu'elle ne souhaitait pas apparaître au déjeuner, qui avait été servi tardivement au château. Elle était sûre que son père n'y verrait rien là d'étrange et ne devinerait rien de ses pensées.

Elle se leva, désagréablement surprise de voir son mari dans sa chambre. Ce qu'il lui avait dit, la première fois qu'ils s'étaient parlé, l'avait affectée plus profondément qu'elle n'aurait voulu l'admettre.

Elle avait été blessée dans son amour-propre d'avoir été repoussée. Mais, surtout, elle ne se consolait pas d'être obligée de renoncer à l'enfant qu'elle désirait tant.

Sans rien laisser paraître de son trouble, elle répondit :

— Mais je vous en prie, messire.

Warleigh la regarda, un peu trop longtemps au goût d'Isabelle. Puis il entra dans la pièce en foulant la natte épaisse qui recouvrait le sol. Son regard se promena sur les tapisseries pendues aux murs, sur les portières de velours rouge qui fermaient le lit, avant de revenir à Isabelle. Inexplicablement, elle se sentit frissonner. Quand il s'arrêta devant elle, elle le salua d'un mouvement de la tête et lui dit fort poliment :

— Messire Warleigh ?

Simon leva un sourcil surpris :

—Voilà un salut bien cérémonieux pour un mari. Vous devriez m'appeler Simon, malgré nos relations difficiles.

— Cela fait deux jours que vous ne m'adressez pas la parole, même la nuit dernière. Pourquoi voudriez-vous que je me montre plus familière avec vous ?

Simon grimaça un sourire, leva les épaules, plus embarrassé qu'Isabelle ne s'y attendait.

— Je me disais que, maintenant que nous sommes à Dragonwick, nous pouvions faire un effort pour nous connaître un peu mieux.

Isabelle contenait son chagrin du mieux qu'elle pouvait. Elle ne voulait pas entretenir de relations familières avec cet homme qui avait déjà fait assez de dégâts dans sa vie, et apparemment sans le vouloir. Elle désirait avoir un enfant, il avait anéanti ce rêve. Qu'y avait-il donc à apprendre de plus sur son compte ?

Soudain, elle se demanda si la situation n'avait pas changé, si ces avances n'étaient pas le signe qu'il envisageait autrement leurs relations. Et le souvenir lui revint du corps nu de Simon Warleigh, doré par la lumière du soleil couchant, au milieu de la rivière. Au plus intime d'elle-même, elle éprouva une délicieuse titillation, qu'elle chercha à oublier en se reprochant cette faiblesse.

Le regard scrutateur et froid, elle lui demanda :

— Vous ne pensez quand même pas que je vais...

— Non, je ne pensais pas à cela, répondit Simon, surpris.

Isabelle voulut se persuader que c'était le soulagement qui continuait de lui remuer agréablement les entrailles. Elle continua :

— C'est très bien comme ça. Je n'y tiens pas pour l'instant.

— Non seulement je n'y pensais pas, mais, pour tout vous dire, je n'en ai aucune envie.

Il avait fortement contracté ses mâchoires avant de parler. Ce fut la seule manifestation de son trouble. Isabelle, qui aurait dû s'attendre à ce genre de réponse, la reçut comme un coup. Mais elle avait trop l'habitude de feindre pour montrer qu'elle avait été touchée.

— Mais alors, à quoi dois-je ces avances inattendues, messire Warleigh ?

— Simon, se contenta-t-il de répondre avec un petit sourire.

— Simon, soit, répéta Isabelle d'une voix monocorde.

Sans plus y prêter attention, il s'approcha du banc, devant la cheminée, et demanda :

— Puis-je m'asseoir ?

Isabelle inclina la tête et se rassit sur son siège. En posant les mains sur ses genoux, elle s'avisa qu'elles tremblaient. Afin que Simon ne s'aperçût de rien, elle s'occupa à caresser les broderies d'argent de sa manche. Elle sentait sur elle le regard de Simon, mais ne leva pas les yeux quand il demanda :

— Je suppose que la situation doit vous paraître étrange. Tout comme elle me paraît étrange.

— Assez étrange, en effet, répondit Isabelle, satisfaite de constater que le ton de sa voix ne laissait rien paraître de son émotion.

Le silence qui suivit sa réponse lui parut si lourd qu'elle leva enfin les yeux. Simon la regardait, les sourcils froncés, l'air réprobateur.

— Je n'arrive pas à croire que vous soyez aussi insensible que vous le paraissez. La première fois que nous avons parlé, sous votre tente, vous… vous ne pouvez pas nier que vous avez failli vous mettre en colère.

Isabelle se raidit, mais parvint à ne pas montrer à quel point ces souvenirs l'importunaient.

— Cela ne me ressemble pas ; et cela ne se reproduira pas. Vous ne méritez pas que je vous accorde tant d'attention.

— A moi peut-être pas, mais je n'en dirais pas autant de la situation que nous vivons. Il est tout à fait normal que vous soyez bouleversée par ce qui vient d'arriver.

— Je n'ai jamais imaginé ma vie autrement, répondit Isabelle en regardant de nouveau ses mains.

Elle leva les yeux, se demandant pourquoi elle lui disait la vérité. Puis elle ajouta :

— Quand on n'attend rien, on ne peut pas être déçu.

Simon parut un peu déconcerté. Doucement, il lui dit :

— N'est-il pas triste qu'une jeune femme comme vous mette si peu d'espoir dans l'avenir ? Je regrette que le roi n'ait pas tenu plus grand compte de vos souhaits. Si j'avais été votre père, j'y aurais veillé, malgré les désirs du roi.

Les propos de Simon et l'expression de ses beaux yeux bruns donnaient à réfléchir à Isabelle. Elle repensa à la vie qu'elle menait, loin du monde, et se sentit envahie d'un tel désir de changement qu'elle en eut un instant le souffle coupé. Et si, pour la première fois depuis la mort de son oncle, elle acceptait de faire confiance à quelqu'un qui ne serait pas elle ?

Au souvenir de cet oncle, un sentiment affreux l'envahit. Comment pourrait-elle faire jamais confiance à Simon Warleigh, qui avait trahi le Dragon des années auparavant ? Elle oubliait à quel point cet homme était dangereux. Jusqu'à quel point ne devait-elle pas craindre qu'il ne lui fît du tort auprès de son père, au moins par imprudence ?

Rapidement, et avec le détachement que lui inspiraient la peur et une longue pratique, elle répondit :

— Ne me plaignez pas, messire. Je fais confiance à mon père dans tout ce qu'il décide, et je ne souhaite pas, en pareille matière, faire valoir mon point de vue.

En achevant ces mots, Isabelle avait baissé les yeux, comme si elle avait craint qu'il n'y lût la vérité. Quand elle leva le regard sur lui, elle s'aperçut qu'il l'observait sans indulgence.

— Excusez-moi d'avoir été aussi naïf, madame. Je constate que vous êtes bien la fille de votre père.

Isabelle aurait voulu voir disparaître l'expression de mépris qui s'était peinte sur le visage de Simon. Mais elle se reprit. Il n'était pas question de succomber à l'ascendant que cet homme semblait avoir sur elle.

— Je n'aurais pas dû venir, continua Simon en se levant. J'espérais pouvoir me faire pardonner d'avoir peut-être eu ma part de responsabilité dans les pleurs que j'ai entendus la nuit de notre mariage.

Isabelle sursauta. A la pensée que Simon Warleigh avait été le témoin de ce moment de faiblesse, elle se sentit parcourue d'un frisson qui lui tordit l'estomac. Elle protesta :

— Les pleurs ? Quels pleurs, messire ? Vous devez vous tromper ; je ne pleure jamais.

Elle se rappela ce qu'il lui avait coûté d'avoir pleuré à la mort de son oncle.

— Pardonnez-moi encore, milady, répéta Simon, en se levant, les sourcils froncés. Vous ne me trouverez pas impoli, je l'espère, de vous laisser à présent. Je dois vous avouer que je ne me sens plus d'humeur à bavarder avec la fille de Kelsey, même s'il se trouve qu'elle est ma femme.

Isabelle prit une inspiration pour répliquer, mais préféra ravaler ses paroles. Même si elle ne supportait pas d'être ainsi provoquée, elle était trop heureuse de le voir quitter la pièce pour courir le risque d'engager une nouvelle discussion.

Arrivé à la porte, Simon s'arrêta. La main sur la poignée, sans se retourner, il jeta un regard sur sa droite en montrant le sol du doigt.

— Encore une chose. Je vais m'installer un lit ici, comme je l'ai fait dans votre tente.

— Mais…, commença Isabelle en se levant de son siège, le cœur battant.

Simon continua, le dos toujours tourné à Isabelle :

— Ne vous inquiétez pas. Je ne fais pas ça pour vous. Bien que je ne sache pas pourquoi votre père tient tellement à me voir partager votre lit, je veux qu'il pense que je lui obéis. J'ai l'intention de rentrer un jour à Avington, et je ne le pourrai que si je fais la paix avec lui.

Puis, se tournant vers Isabelle, il ajouta, le regard dur :

— Même si vous ne souhaitez pas me recevoir chez vous, j'espère que vous aurez l'intelligence de ne pas aviser votre père de notre arrangement. Ce serait lui révéler la part que vous avez déjà prise dans ce mensonge.

Isabelle se mordit la lèvre, se retenant de lui dire qu'elle n'avait jamais eu l'intention de parler à son père de sa vie privée. Mais elle n'était pas fâchée qu'il continuât de penser qu'ils ne s'accordaient sur rien. C'était ainsi que les choses devaient continuer entre eux. Elle n'aurait pas su comment se comporter si leurs rapports étaient devenus plus cordiaux.

Il était difficile à Isabelle de se faire à l'idée que cet étranger allait occuper sa chambre, son domaine depuis toujours, et le seul qu'elle possédât en propre. Elle n'avait jamais pensé qu'on pût la forcer à le partager un jour. Et pourtant, elle aurait dû se douter qu'en se mariant elle ne pourrait pas éviter cet envahissement.

Elle préféra considérer que Simon ne la dérangerait pas beaucoup. Il se lèverait tôt le matin, comme il l'avait fait durant le voyage, et ne quitterait la chambre que pour n'y revenir qu'à la nuit. Il valait mieux supporter cette intrusion que de risquer que son père apprît la vérité.

D'un mouvement sec de la tête, Isabelle donna son accord. Simon lui répondit avec le même geste, puis tourna le dos. Il ouvrit la porte brusquement, arrachant le loquet de la main d'Helwys qui, de l'autre côté, s'apprêtait à entrer. La pauvre femme, saisie, balbutia :

— Oh... pardon... je...

— Que faites-vous ici ? demanda Simon en la prenant aux épaules.

Les cheveux défaits de la suivante lui tombaient sur les yeux. Elle essaya de les relever, mais Simon la secoua, et les cheveux retombèrent.

— C'est Kelsey qui vous a envoyée pour nous espionner ?

Helwys le regardait, effarée. Son innocence était patente.

— Non, messire. Jamais je ne trahirais madame. Je pensais seulement... je... j'avais peur que vous ne lui fassiez du mal.

Simon se reprocha son emportement. Pour la première fois, dans cette sinistre maison, il découvrait un peu de bonté. Il avança la main pour relever les mèches de la vieille femme, qui rentra la tête dans les épaules.

— N'ayez pas peur de moi. Je ne vous ferai pas de mal.

— Oui, messire. Pardon, messire, disait la suivante en levant vers lui un regard hésitant.

— Pardon de quoi ? demanda Simon en fronçant les sourcils. Comment pourrais-je vous reprocher de prendre soin de votre maîtresse ? Je ne sais pas si elle se rend compte de la chance qu'elle a de vivre avec quelqu'un qui veille sur elle en dépit de son mauvais caractère.

— Madame n'a pas mauvais caractère.

— Vous défendez lady Isabelle avec beaucoup de loyauté, mais contre l'évidence, ce me semble.

Helwys ouvrit la bouche pour répondre, puis renonça. Elle n'avait pas l'intention de discuter avec Simon, mais son regard disait assez qu'elle n'était pas d'accord avec lui.

Simon fit un petit mouvement de la tête, comme pour lui donner raison de ne pas chercher à le convaincre, et la laissa.

Les jours s'écoulaient lentement à Dragonwick. Simon passait son temps à attendre de pouvoir parler à Isabelle. La frustration était si grande que, chaque heure, dans ce château, lui paraissait une semaine. Le mariage avec la belle et froide Isabelle se révélait aussi difficile que Simon l'avait craint. Il aurait tant aimé rentrer chez lui, s'occuper de ses biens, comme son père et son frère l'avaient fait avant lui. Il évoquait souvent le souvenir de ces deux hommes, se rappelait leur ressemblance physique et morale, et concluait, chaque fois, qu'ils ne seraient certainement pas tombés dans le piège de Kelsey.

Il lui fallait être patient, comme eux l'auraient été dans la même situation. C'était trop précipitamment et trop imprudemment qu'il avait agi pour se venger de Kelsey. Il prendrait sa revanche un jour, mais avec plus de circonspection. Cette pensée seule lui permettait de trouver le courage de continuer à vivre dans sa prison.

Mais il ne pouvait pas non plus rester inactif. Son besoin d'agir l'eût poussé à quelque imprudence s'il ne l'avait pas assouvi. Il descendit dans la grand-salle pour y retrouver Wylie et sire Edmond, qu'il avait laissés quelques instants auparavant, quand il était allé si stupidement parler à Isabelle. La salle n'était éclairée, en cette fin d'après-midi, que par la faible lumière que laissaient entrer les meurtrières percées dans le mur du côté de la campagne. Assis à une table à tréteaux, Wylie et sire Edmond buvaient de la bière. Simon vint prendre place à leur côté. Il promena un regard observateur sur les quelques domestiques qui allaient et venaient autour d'eux. Aucun ne semblait avoir envie de frayer avec les nouveaux venus. Il était vraisemblable qu'ils n'auraient pas été différents si ces trois étrangers n'avaient pas été là. Certes, leurs vêtements étaient propres et correctement ravaudés, mais ils semblaient n'éprouver aucune joie. Ils accomplissaient leur tâche en silence, avec un sérieux excessif. Et Simon comprit leur comportement en se rappelant la gifle qu'avait reçue l'écuyer dans la cour de Windsor.

Après quelques instants, il demanda aux deux hommes de prendre leurs armes et de le suivre. Ceux-ci obéirent instantanément, mais sans dissimuler leur surprise. Simon se dirigea vers la lourde porte de la pièce, l'ouvrit, descendit l'escalier qui conduisait à la cour, puis, à grandes enjambées, prit à gauche avant le portail du château. Il savait exactement où il allait. Le moindre recoin de Dragonwick lui était connu. Christian, Jarrod et lui les avaient tous explorés au cours de leurs jeux d'enfants et d'adolescents, à l'époque où ils étaient heureux et fiers d'être les écuyers du Dragon. Ces souvenirs trop vivaces le faisaient souffrir à présent.

C'est à l'âge de onze ans que Simon était arrivé à Dragonwick. Il était ému de quitter la maison de ses parents, bien qu'il cherchât à le cacher. Il avait trouvé un second foyer, ici, et un second père, qui souhaitait se montrer digne de remplacer le premier, entre deux visites à Avington.

Ces pensées firent naître dans le cœur de Simon un terrible sentiment de frustration et de colère. Il accéléra le pas. Wylie et sire Edmond suivaient, l'air perplexe.

Quand la lice fut en vue, les deux hommes commencèrent à comprendre ce qui allait se passer. Ils sourirent en voyant Simon entrer sur le terrain et tirer son épée. Sire Edmond dégaina la sienne et affronta Simon avec la même impatience, comme si lui aussi avait eu besoin de dépenser un trop-plein d'énergie.

Les hommes de Kelsey qui se trouvaient à proximité abandonnèrent ce qu'ils étaient occupés à faire pour les regarder. Simon les ignora, tout entier occupé par le choc des épées et les mouvements des corps.

Au bout de quelques instants, sire Edmond leva la main pour demander une pause. Il essuya dans sa manche son visage couvert de sueur et de poussière. Mais Simon n'avait aucune intention de s'arrêter. Son regard passa sur Wylie, sans s'arrêter. Bien qu'il fût fatigué, il ne pouvait combattre sans injustice un blanc-bec inexpérimenté dans le métier des armes. Il baissa les yeux sur sa tunique empesée de sueur et de poussière, passa la main dans ses cheveux mouillés et se demanda à quoi devait ressembler son visage. Mais il ne voulait pas en rester là. Depuis quelques jours il avait vécu trop de moments difficiles pour ne pas avoir le plus urgent besoin de se vider la tête.

— Personne pour me défier en combat singulier ? lança-t-il à la cantonade.

Il sourit en voyant se détacher du groupe des spectateurs un homme de Kelsey, un soldat, à en juger par ses vêtements.

Sire Edmond fronça les sourcils et serra la main sur la poignée de son épée. Baissant la voix, pour n'être entendu que de Simon, il dit :

— Ne vous battez pas contre lui, messire. Pas avec tous ces ennemis autour de nous. Ce serait un moyen si facile de se débarrasser de vous.

Mais Wylie n'était pas de cet avis. Il protesta, l'air méprisant :

— Ne l'écoutez pas, messire.

Simon se rappela ce que Kelsey avait dit à sire Frédéric. Même s'il avait l'intention de faire du tort à Simon, il n'était pas encore prêt.

— Il ne se débarrassera pas de moi aussi aisément.

— Oui, milord ! s'écria Wylie, soudain enthousiaste. Nous allons leur montrer de quel bois nous sommes faits !

Simon regarda l'homme de Kelsey. C'était un géant vêtu d'une tunique mal taillée, de laine grossière. Lui aussi observait son adversaire, d'un œil dur et pénétrant, où Simon vit de la colère.

Mais il ne s'en soucia pas. Il n'en était pas surpris. Peut-être même était-ce là la garantie d'un combat de meilleure qualité. Il lança, avec un mouvement de la tête :

— Approche !

L'homme souriait. Il fit quelques pas, l'épée levée. Simon l'imita, et le combat commença.

De nouveau, Simon se sentit plein d'énergie. Il savait qu'il allait se battre jusqu'à l'épuisement pour oublier un instant sa condition de prisonnier d'un fou tyrannique, et de mari malheureux d'une statue de marbre.

Il ne lui fallut pas longtemps pour se rendre compte que son adversaire n'était pas animé par le seul désir de combattre. Il y avait trop de colère et de ressentiment dans le regard de ses yeux gris, qu'il attachait avec insistance à celui de son adversaire chaque fois que le combat les rapprochait.

Simon s'était assez battu en duel au cours de sa vie pour savoir que cet homme avait autre chose dans la tête que le désir de se mesurer loyalement à lui. On aurait dit qu'il avait un compte personnel à régler. Et chacune de ses attaques semblait vouloir tuer ou humilier.

Progressivement, les habitants du château s'étaient assemblés, attirés par ce combat peu commun. Il était clair que leur sympathie allait au soldat de Kelsey. Chaque fois que le géant portait un coup particulièrement brutal à Simon, un soupir de satisfaction parcourait les spectateurs.

Il n'en fallait pas plus pour donner à Simon plus grande envie de le battre. Mais l'homme ne se laissait pas faire et répliquait vigoureusement à chaque attaque.

Simon semblait hésiter et faiblir.

— Oh non ! cria quelqu'un dans la foule quand le géant, revenant à la charge, avec plus de résolution encore, s'apprêta à frapper.

Simon levait son épée pour parer ce nouveau coup quand son adversaire, ouvrant des yeux ronds, perdit soudain l'équilibre, et tomba à la renverse. Le public poussa une exclamation sourde.

Une poutre, providentiellement abandonnée sur le terrain, avait décidé de la victoire. Simon s'approcha de l'homme et, appuyé sur son épée, se pencha vers lui.

— Vous rendez-vous ?

Le regard gris du vaincu se fit inquisiteur. Il se redressa sur un coude, et, d'une voix sourde, demanda :

— Pourquoi avez-vous trahi le Dragon ?

La question surprit Simon, au point qu'il répondit, sans le vouloir, avec la même voix basse :

— Grand Dieu, si vous saviez combien j'ai regretté, chaque jour de ma vie, ce qui est arrivé au Dragon ! Et je continuerai à en souffrir jusqu'à mon dernier souffle. Mais pourquoi cette question ? Et comment se fait-il qu'il y ait ici quelqu'un qui lui soit encore loyal ?

— C'est difficile à expliquer.

— Comme il est difficile d'expliquer ce qui s'est réellement passé.

— Oui, peut-être, fit l'homme, dont le regard s'était fait moins dur.

Simon lui tendit la main. Après un moment d'hésitation, il la saisit, et se releva.

En parcourant des yeux la foule, Simon y aperçut le visage de sa femme. Il lui lança un regard où l'excitation du combat mettait de l'insolence. Elle soutint ce regard, puis tourna les talons.

Il n'était pas peu surpris de constater qu'elle avait assisté à ce duel. Mais il se demanda si ce n'était pas dans l'espoir de le voir terrassé par son adversaire. Pourtant l'expression qu'il avait lue dans ses yeux si bleus ne lui permettait pas de faire pareille supposition.

En quittant la lice, il se rappela l'exclamation anxieuse qu'il avait entendue. Il se demanda un instant si… puis chassa cette idée. Ce ne pouvait être Isabelle, qui ne devait souhaiter rien tant que de le voir mort.

Il observa sa svelte silhouette qui s'éloignait, quand la voix du géant le rappela à la réalité. Elle était à présent assez forte pour que tous pussent l'entendre :

— Vous vous êtes bien battu, messire. Allons maintenant chercher de quoi apaiser notre soif.

Simon fut surpris par l'invitation. Même si cet homme acceptait de ne plus le considérer comme un ennemi, il avait un maître qui ne voyait pas les choses du même œil.

Avant d'accepter l'invitation de son adversaire, Simon voulut en savoir un peu plus sur son compte.

— Vous savez, dit-il, qui je suis. Mais j'ignore votre nom.

— Jacques, milord.

Simon inclina la tête. Le nom était trop banal pour qu'il pût lui en apprendre bien long sur l'homme. Il lui faudrait attendre que celui-ci acceptât d'en dire plus sur son compte. S'il le voulait bien.

— Eh bien, Jacques, dit Simon, j'accepte votre invitation très volontiers. J'ai grand soif, moi aussi.

— C'est une bonne raison.

Se tournant vers les badauds qui n'avaient pas encore quitté les lieux, Jacques lança :

— Y a-t-il quelqu'un pour nous tenir compagnie ?

Les gens se regardèrent. Certains préférèrent s'éloigner. Soudain une voix fusa :

— Je suis votre homme !

— Parfait, Antoine ! dit Jacques en souriant. Approche. C'est bien de ne pas refuser un verre à un homme qui s'est fait battre à plate couture.

— A plate couture ? fit Simon. Vous étiez en train de me mettre en difficulté.

Jacques hocha la tête, l'air modeste. Mais il continuait de regarder Simon avec le même air curieux. Simon lui montra Wylie et sire Edmond, qui se trouvaient à proximité.

— J'espère que vous ne voyez pas d'inconvénient à ce qu'ils se joignent à nous ? Ils s'ennuient un peu ici.

— Qu'ils fassent comme il leur plaira, répondit Jacques. Ou plutôt comme il vous plaira, messire, puisque vous êtes leur seigneur.

C'était vrai, mais Simon fut surpris de constater une nouvelle fois que cet homme avait du respect pour son autorité et son rang. C'était d'autant plus surprenant qu'il avait été particulièrement hostile au début de leur duel.

C'est en agitant toutes ces pensées que Simon se dirigea vers la grand-salle du château. Les autres le suivaient sans parler.

Tous s'assirent autour d'une table et se firent apporter des hanaps de bière mousseuse.

Simon sentait peser sur lui le regard insistant de Jacques. N'y tenant plus, il lui demanda :

— Pourquoi me regardez-vous ainsi ?

L'homme baissa les yeux. Il eut un haussement d'épaules, puis commença à parler, prudemment.

— C'est que beaucoup de choses me passent par la tête depuis une heure. Savez-vous, milord Warleigh, continua-t-il en levant les yeux sur Simon, que je me souviens bien de vous ? Vous n'étiez qu'un jeune homme quand je vous ai vu pour la première fois.

Simon sonda plus attentivement les yeux gris de son interlocuteur avant de répondre :

— Excusez-moi de ne pas me souvenir de vous.

— C'est le contraire qui serait surprenant. J'étais un des…, continua Jacques avant d'hésiter, pour reprendre, à voix plus basse, je venais tout juste d'arriver au château du Dragon, tout droit sorti de la ferme de mon père.

Il était patent, au son de sa voix et à l'expression de son regard, que Jacques avait de l'estime pour l'ancien seigneur des lieux. Simon restait silencieux, attendant la suite. Jacques reprit, lentement, choisissant ses mots avec soin.

— J'étais là, comme vous-même, le jour que ce bon lord Wallace rencontra les conjurés qui complotaient contre le roi Henri. Ce fut un bien triste jour que ce jour-là.

— Vous l'aimiez ?

— Oui. Et je me demande à présent si ce n'était pas votre cas aussi, bien que vous ayez témoigné contre lui, vous et vos amis.

La douleur était perceptible dans la voix de Jacques. Après les treize longues années qui s'étaient écoulées depuis la mort du Dragon, il continuait de souffrir. Simon en fut ému. Il éprouvait la même peine, mais s'il se retint de céder à ses sentiments, c'est qu'il lui apparut soudain que ce Jacques pouvait très bien jouer la comédie, à la demande de Kelsey, afin de le faire parler.

Prudemment, il répondit, mais sans dissimuler :

— Il est vrai que nous n'avons pas compris ce que nous faisions. Lord Wallace nous avait appris la valeur de la vérité ; nous ne pouvions pas agir autrement.

La voix de Simon trahissait son émotion. Il continua cependant.

— On nous a demandé, d'abord, si nous étions présents quand le Dragon avait rencontré les conjurés, puis si cette rencontre avait été tenue secrète, et, chaque fois, nous avons dit la vérité.

— Oui, je comprends, répondit Jacques avec un soupir. Mais comment avez-vous pu vivre, ensuite, en sachant qu'un aveu pareil était aussi grave qu'une accusation ?

Simon ne pouvait rien objecter à cela. C'était en partie à cause de son témoignage que le roi Henri avait accepté l'attaque de Dragonwick, au cours de laquelle Wallace et sa fille avaient été tués. Il leva son hanap pour réclamer à boire. Que pouvait-il ajouter ? Il valait mieux, pour l'instant, qu'il restât sur ses gardes, en attendant d'en savoir un peu plus sur le compte de ce Jacques et de ses rapports avec son maître.

6.

Très agitée, Isabelle faisait les cent pas dans sa chambre. Elle avait décidé de chasser Simon Warleigh de ses pensées, et voilà que les événements de la journée conspiraient contre elle.

Quand il avait quitté la pièce, Helwys était entrée. L'air pensif, elle avait regardé Isabelle avant de dire :

— J'ai l'impression qu'il n'est pas si mauvais homme que cela.

— Qui ça ? Mon père ? demanda Isabelle, qui était encore trop exaspérée par Simon pour penser qu'il pût s'agir de lui.

— Mais, non, votre mari, madame, fit Helwys en secouant la tête.

Isabelle ouvrit des yeux ronds.

— Qu'est-ce que tu me racontes là ?

— Oui, votre mari, lord Warleigh. Peut-être n'est-il pas nécessaire de vous faire tant de souci à propos de ce mariage.

Isabelle ne comprenait pas ce qui passait dans la tête d'Helwys. Par affection pour sa suivante, elle accepta d'aborder calmement ce sujet.

— Et peut-on savoir ce qui t'amène à pareille conclusion ?

— Quand lord Warleigh était ici, tout à l'heure, dit Helwys rougissante, les yeux baissés, j'ai écouté derrière la porte. Je dois avouer que j'ai écouté aussi de l'autre côté de la tente, quand vous avez passé ensemble votre première nuit.

Isabelle ouvrit la bouche pour protester, mais Helwys s'empressa d'ajouter :

— Je voulais m'assurer qu'il ne vous arriverait rien.

Même si Isabelle était reconnaissante à Helwys de sa sollicitude, elle ne pouvait lui laisser dire n'importe quoi sur lord Warleigh. Elle protesta :

— Si tu étais derrière la porte, Helwys, tu as pu te rendre compte à quel point cet homme était arrogant et intraitable.

— Peut-être un peu fier, madame. Mais ça ajouterait plutôt à son charme.

Sans tenir compte du regard mécontent de sa maîtresse, Helwys continua :

— Lord Warleigh s'est montré désagréable, madame, seulement après que vous l'avez été vous-même. Et quand il m'a trouvée derrière la porte, il aurait pu me battre, mais il ne l'a pas fait. Il s'est montré compréhensif avec moi et m'a demandé de prendre soin de vous.

— C'est ridicule, soupira Isabelle en levant les yeux au ciel.

— Pardonnez-moi, madame, mais c'est loin d'être ridicule. La première nuit que vous avez passée avec lui, continua Helwys en relevant le nez plus hardiment, il vous a ouvert son cœur. Il vous a proposé de ne pas brusquer les choses, parce que vous étiez des étrangers l'un pour l'autre. C'était très délicat de sa part de vous laisser le temps de vous faire à lui avant de partager le même lit. C'était une marque de gentillesse, madame, dont vous auriez dû lui être reconnaissante, car ce n'est pas une chose aisée que de donner son corps à un inconnu. Même quand on obéit aux ordres de son père.

Le ton ne laissait aucun doute sur les sentiments d'Helwys à l'égard des ordres en question. Isabelle ne savait que dire. Peut-être était-elle, pour cela, trop surprise par l'audace de sa suivante. Peut-être, aussi, souhaitait-elle, sans oser se l'avouer, que tout cela fût vrai. Elle s'apprêtait à répondre que Simon Warleigh n'avait pas été très délicat de lui rappeler qu'elle avait pleuré la première nuit, mais, déjà, Helwys avait repris son petit plaidoyer :

— Peut-être mes prières ont-elles été enfin exaucées. Et si ce mariage était une bonne chose ? Et si vous découvriez enfin qu'il n'y a pas, dans la vie, que la maîtrise de soi et les rapports de pouvoir ?

Jamais Helwys ne s'était permis d'exprimer pareilles idées. Isabelle leva la main pour la faire taire.

— Non, Helwys, je ne veux pas en entendre plus.

Elle ne pouvait pas, en effet, en entendre plus sans remettre en cause ce qu'elle savait de Warleigh. Après tout, cet homme se trouvait dans une situation difficile par sa faute. Il avait ourdi un complot manqué contre lord Kelsey, et si celui-ci, pour se défendre, avait un peu arrangé la vérité, cela ne changeait rien à l'affaire. Simon Warleigh avait joué, et il avait perdu.

— Désormais, ne me parle plus de cet homme qu'en cas d'absolue nécessité.

— Mais...

— Non, il suffit. Je suis assez grande pour savoir ce que j'ai à faire.

Isabelle fut soulagée de constater qu'Helwys n'insistait pas. Mais son air réprobateur disait assez qu'elle ne s'exécutait qu'à contrecœur.

— Peux-tu sortir du coffre ma robe de velours bordeaux ? lui demanda-t-elle.

Tandis que la nourrice se dirigeait vers le coffre, Isabelle se remit à penser à Simon Warleigh. Elle aurait bien voulu qu'Helwys eût raison, mais elle ne pouvait aller contre l'évidence. Certes, elle faisait confiance au jugement sûr de sa vieille suivante, qui l'aimait profondément et voulait son bien en tout. Mais c'était une femme, aussi, qui pouvait ne pas être insensible à un beau visage d'homme et à quelques marques de courtoisie. Et comment aurait-elle pu lui en vouloir, quand elle ne parvenait pas à chasser de sa mémoire la beauté du corps doré de Simon dans la rivière ?

Isabelle secoua la tête. Les séductions physiques de Simon et son apparente gentillesse pour Helwys ne devaient pas affaiblir son jugement. Si son propre père ne lui avait jamais marqué la moindre tendresse, qu'avait-elle à attendre de plus d'un étranger ?

Helwys lui présenta la robe et l'aida à la passer. Elle achevait de la lacer quand une fille de cuisine ouvrit la porte brusquement et, très agitée, les yeux ronds, lança, avant de s'enfuir en courant :

— Milord Warleigh est en train de se battre avec Jacques dans la lice !

L'intérêt de la nouvelle fit oublier à Isabelle les manières de la servante. Elle sortit rapidement de la pièce, Helwys sur ses talons.

La rumeur avait traversé le château comme un coup de vent : Simon Warleigh affrontait Jacques le géant !

Isabelle traversa la foule pour se placer au premier rang, se demandant ce qu'elle faisait là. Ce ne pouvait être que par impatience de voir l'arrogant Warleigh recevoir une leçon.

Le combat avait déjà commencé. Au fur et à mesure que les deux adversaires échangeaient leurs coups, une sorte d'anxiété gagna Isabelle. Il s'y mêlait un sentiment de fierté, inexplicable, pour cet homme qui se battait si vaillamment.

Lorsque Simon commença de faiblir, elle sentit la peur lui étreindre le cœur, une peur qu'elle ne comprenait pas et ne s'avouait pas. Soudain, elle le sentit en danger et laissa échapper une exclamation. Il lui aurait été aussi impossible de retenir ce cri que d'empêcher l'été de succéder au printemps. Et quand le grand Jacques s'écroula dans la poussière, elle éprouva un soulagement dont elle fut encore plus embarrassée.

Avant qu'elle ait eu le temps de quitter les lieux, il lui avait adressé un regard appuyé et vainqueur, qui lui donna l'impression qu'il lisait jusqu'au plus profond de son âme. Et elle ne pensa plus qu'à s'enfuir pour aller s'enfermer dans sa chambre, sans s'occuper de savoir ce que l'on pourrait penser de son agitation.

Les réactions que Simon Warleigh faisait naître en elle étaient trop imprévisibles pour qu'elle pût se sentir bien. Personne, depuis des années, n'avait réussi à rompre les murailles dont elle avait entouré son âme. Personne n'avait pu lui faire éprouver ce qu'elle n'avait pas eu envie d'éprouver. Et voilà que Simon Warleigh y était parvenu. En quelques jours !

Elle voua cet homme aux flammes de l'enfer et se promit de ne pas le revoir avant longtemps. Malheureusement, si lord Kelsey, actuellement absent, rentrait à Dragonwick, il lui faudrait paraître à table. Elle ne pourrait éviter de faire au moins une apparition au dîner. Elle appela Helwys pour lui demander de l'aider à terminer la toilette que le combat avait interrompu. Mais elle ne parvenait pas à s'absorber dans ces petits gestes de la vie quotidienne et s'agitait sur sa chaise. La voix d'Helwys la ramena à la réalité.

— Tout va s'arranger, madame. N'avez-vous pas vu comment lord Warleigh s'est conduit avec Jacques ? Il l'a félicité de lui avoir donné du fil à retordre. C'est tout aussi chevaleresquement qu'il se conduira avec vous.

— Je croyais t'avoir interdit de me parler de lui s'il n'y avait pas nécessité absolue.

Le visage d'Helwys se ferma. Sans un mot, elle continua de préparer sa maîtresse. Isabelle ne voulait pas attacher d'importance à cette bouderie. Elle savait trop ce qu'elle avait à reprocher à cet homme, en partie responsable de la mort de son oncle, pour craindre de froisser l'amour-propre d'une servante.

Quand Helwys, toujours aussi silencieuse, recula d'un pas, Isabelle comprit que le travail était terminé. Il lui fallait maintenant affronter le dîner. Elle se leva, baissa la tête pour admirer sa riche robe de velours bordeaux, bordée de broderies de perles, que mettait en valeur, au col et aux manches, le blanc ivoire de la légère chemise de lin qu'elle portait au-dessous. Elle passa les mains sur sa chevelure sombre pour en vérifier l'ordonnance. Helwys en avait natté les mèches, qu'elle avait réunies en un épais chignon orné de rubans du même blanc ivoire.

Si Isabelle était consciente de son élégance, elle ne se sentait pas rassurée pour autant.

Alors qu'elle approchait de la grand-salle, elle percevait un brouhaha entrecoupé de rires. Elle ne se souvenait pas d'avoir jamais entendu pareille gaieté en ce lieu. Quand elle entra, elle vit son mari assis à l'une des tables, avec plusieurs autres hommes. L'un d'eux n'était autre que celui qui l'avait combattu si âprement quelques heures auparavant.

A leurs manières bruyantes, aux nombreux pichets de vin qui encombraient la table, il était facile de voir que tous avaient trop bu. Le regard d'Isabelle fit rapidement le tour de la salle. Elle fut soulagée de constater que son père ne s'y trouvait pas. Apparemment, c'est son absence qui expliquait ces débordements de gaieté. Tous savaient, au château, que lord Kelsey n'aurait pas accepté ce genre de comportement. En sa présence, le ton des conversations baissait, et l'ivresse se faisait discrète.

Quand un nouvel éclat de rire jaillit de la table des buveurs, le cœur d'Isabelle se mit à battre d'inquiétude. Elle ne savait que faire. Elle aurait voulu prévenir Simon que lord Kelsey pouvait être terrible quand il se mettait en colère. Mais elle sentait qu'il était de taille à se défendre tout seul. Ne l'avait-il pas montré jusqu'ici ?

Son père étant absent, Isabelle se dit qu'elle n'avait plus de raisons de rester dans la salle. Le mieux était de remonter dans sa chambre et de demander à Helwys de lui apporter de quoi dîner sommairement. Elle hésitait encore quand Simon, levant les yeux au-dessus de sa coupe, l'aperçut. Leurs regards se croisèrent ; un sourire équivoque se dessina sur les lèvres de Simon qui laissa ses yeux errer sur les riches vêtements d'Isabelle, avant de chercher de nouveau son regard. Elle sentit, au creux de son ventre, une étrange émotion. Sans se rendre compte de ce que ce geste pouvait signifier, elle laissa tomber ses bras pour croiser les mains devant elle. Simon continuait de la regarder, comme s'il la trouvait désirable.

Isabelle ne baissa pas les yeux, mais son cœur s'affola, et elle se sentit rougir. Il lui sembla que le regard de Simon était devenu plus sombre et ses paupières plus lourdes. Elle s'efforça de respirer posément, en ignorant les émotions de son corps.

Au comble de l'embarras, elle préféra tourner les talons. Elle suivit à vive allure le couloir qui conduisait à l'escalier de l'étage, monta les marches tout aussi rapidement et réussit à regagner sa chambre sans rencontrer personne. Elle referma la porte sur elle et poussa un profond soupir de soulagement, puis alla s'asseoir au bord de son lit. Il fallait qu'elle réussît à ne plus céder aux émotions que cet homme lui inspirait. Mais elle ne parvenait pas à comprendre pourquoi c'était si difficile.

La porte s'ouvrit. Les yeux baissés sur ses mains croisées, Isabelle ne souhaitait pas qu'Helwys vît son visage bouleversé. Elle se contenta de dire, avec fermeté :

— Je ne veux plus entendre parler de ce Warleigh. Je t'en prie, Helwys, laisse-moi un moment.

— Ce n'est pas Helwys.

Isabelle sursauta. C'était Simon. Elle se leva, les jambes tremblantes.

— Milord Warleigh !

— Isabelle, je croyais qu'il était entendu que vous m'appelleriez Simon.

Le vin, manifestement, risquait de le rendre trop familier. Isabelle le sentait à la façon dont son regard s'attardait sur elle. Elle s'apprêtait à lui dire, en levant la main, qu'elle n'était pas d'humeur à supporter le moindre écart, quand il ajouta, avec, dans les yeux, une lueur amusée :

— Vous étiez en train de parler de moi à votre suivante.

Cette audace fit réagir Isabelle vigoureusement :

— Vous n'avez pu manquer de remarquer que je lui demandais justement de ne plus aborder le sujet.

— C'est curieux, répondit Simon avec un soupir feint, je n'ai pas l'impression que vous étiez aussi intransigeante quand vous me regardiez combattre.

Isabelle rougit jusqu'à la racine des cheveux. Ah, Helwys pouvait parler du comportement chevaleresque de cet homme !

— Ce que vous avez pris pour de l'intérêt n'était que le mépris que m'inspiraient vos piètres talents de combattant.

Le regard exagérément incrédule qu'il fixait sur elle lui donna grande envie de lui sauter à la gorge. Mais jamais elle ne lui donnerait la satisfaction de constater à quel point il lui était insupportable.

— Milord Warleigh, continua-t-elle, avec une politesse appuyée, je ne puis vous recevoir en ce moment.

— Vous ne pouvez me recevoir en ce moment ? Mais on dirait que vous avez oublié que je partage cette chambre avec vous.

— Je ne l'ai pas oublié, fit Isabelle en avalant sa salive. Vous pourrez revenir quand la servante aura préparé votre lit. Si toutefois, ajouta-t-elle après avoir marqué une hésitation, si toutefois vous êtes décidé à dormir.

Les sourcils de Simon se froncèrent ; il secoua la tête et répondit :

— Non, il n'en est pas question. Je veux aller et venir ici comme je l'entends. C'est ma chambre, et vous êtes ma femme.

Lentement, il s'avança vers elle, laissant courir sur elle des regards sans équivoque.

— Il n'est pas inconvenant que je me trouve ici seul avec vous…

Il s'arrêta devant elle, continuant de la regarder avec insistance, et poursuivit :

— … pour faire ce que bon me semble avec vous.

Isabelle sentit son corps envahi de quelque chose de sombre et d'inconnu. Désespérément, elle tenta de reprendre sa respiration pour ne pas perdre pied.

— Je ne dirais pas que vous pouvez vous permettre de faire ce que vous voulez de moi, messire. Vous m'avez peut-être épousée, mais ce n'était pas un vrai mariage.

— Dois-je considérer que vous le regrettez, Isabelle ?

La voix de Simon, voilée par le désir, fit courir dans le dos d'Isabelle un frisson qui ne devait rien à la température un peu fraîche de la pièce.

Elle essaya de se dire que cet homme lui avait trop manifesté d'indifférence pour que tout cela eût un sens. Il était trop ivre pour se rendre compte de ce qu'il faisait, disait des choses qu'il ne pensait pas et s'en voudrait de s'être conduit ainsi dès qu'il serait dégrisé.

En attendant, il fallait qu'elle tînt bon.

Pourtant, quand il se pencha vers elle, quand elle sentit son souffle chaud sur sa joue, elle dut faire appel à toutes ses forces pour résister. Mais elle se sentait faiblir. Il lui murmura à l'oreille :

— Il est temps que je rattrape le temps perdu.

— Comment osez-vous, espèce d'ivrogne ! s'écria-t-elle en faisant un pas en arrière.

— Je suis peut-être un ivrogne, mais je suis aussi votre mari, Isabelle, même si je n'ai jamais cherché à faire valoir mes droits jusqu'à présent.

Désespérée, Isabelle ne put que laisser parler son cœur :

— Mais vous ne voulez pas de moi. Vous me l'avez assez dit.

Simon posa ses mains sur les épaules d'Isabelle, et la maintint solidement.

— C'est vrai, je l'ai dit.

Elle s'efforçait de rester calme sous la force de ces deux mains, bien qu'elle en oubliât de respirer. Elle ne devait pas lui donner le plaisir de la voir défaillir. Mais elle ne put rien faire quand il l'attira contre sa poitrine, la maintint fermement dans ses bras durcis par le métier des armes et lui prit la bouche.

Il sentait le vin, l'air du dehors et quelque chose de plus indéfinissable qui lui appartenait en propre. Une vague de chaleur l'envahit, qui la rendit incapable de toute pensée rationnelle.

Aussi soudainement que Simon l'avait attirée à lui, il l'abandonna. Ahurie, confuse, Isabelle le regardait.

— Simon, dit-elle, essoufflée, je ne pensais pas que vous…

— Eh bien, maintenant vous pouvez. Je ne suis pas un pantin.

Soudain elle comprit. Les choses reprenaient un sens : Simon pensait la punir, comme il avait été puni. Jamais il n'avait éprouvé de vrai désir pour elle.

Cette pensée chassa de son esprit tout ce qui lui paraissait confus. Elle se redressa et, avec de la colère dans les yeux, elle lui jeta :

— N'oubliez pas que je ne vous ai rien fait, milord Warleigh. Si vous avez des ennuis, ce n'est pas ma faute. A l'avenir, ne tentez plus de vous venger sur moi des torts que vous avez subis.

Il lui sembla voir, dans les yeux de Simon, de la considération. Finalement, il répondit :

— Très bien, Isabelle, je ne viendrai plus vous voir pour me venger.

Sans rien ajouter, il se dirigea vers le lit. Il y saisit une couverture de fourrure qu'il alla étendre sur le sol, dans un angle de la chambre. Il s'y coucha, le dos tourné, et ne tarda pas à s'endormir.

Le lendemain, Simon se réveilla avec un terrible mal de tête. Le vin !

Il ouvrit les yeux, puis les ferma, et leva la main pour intercepter la lumière du jour qui lui vrillait la tête.

— Par saint Georges, grogna-t-il.

Il avait mal, mais il aurait accepté de souffrir plus encore s'il avait pu en oublier la scène de la veille.

Le silence qui régnait dans la chambre lui fit penser qu'il était seul. Isabelle avait dû se lever tôt et descendre sans le réveiller. C'était aussi bien ainsi. Il préférait attendre un peu que son mal de tête se fît moins intense pour affronter les reproches qu'elle ne manquerait pas de lui faire.

Qu'est-ce qu'il lui avait pris, la veille au soir, de se montrer entreprenant avec ce glaçon ? L'excès de vin lui avait fait prendre pour du désir ce qui n'était que de la colère. Il préféra penser à autre chose.

Simon estimait que c'était la méfiance maladive de cette femme et son ressentiment qui expliquaient qu'il se fût conduit ainsi. Et sa beauté aussi. Mais pourquoi Dieu le Père, malgré toute sa sagesse, avait-il éprouvé le besoin de réunir dans une même personne tant de perfections physiques et de si piètres dispositions morales ?

Peut-être était-elle sur la terre pour tenter les hommes de faible volonté. Mais Simon refusait justement de faire partie de ces hommes faibles qu'une femme suffit à transformer. Et pourtant, il devait bien avouer que, lorsqu'il l'avait prise dans ses bras, il n'avait pu empêcher son corps de s'embraser avec une facilité déconcertante.

Il lui semblait se rappeler que celui d'Isabelle avait répondu tout aussi spontanément et intensément. Mais le vin n'altérait-il pas ses souvenirs ? En se rappelant les propos qu'ils avaient échangés ensuite, il en venait à douter de la réalité de leur baiser. Isabelle ne lui avait pas caché qu'elle ne voulait pas de lui, et qu'elle considérait leur union comme une sorte de punition.

Simon s'assit sur sa couche de fortune. Jamais, de sa vie, il n'avait obtenu par la force les faveurs d'une femme. Il n'allait pas commencer à présent, sous prétexte que cette femme était la sienne !

Il se leva. Le sang qui battait à ses tempes l'obligea à rester immobile pendant quelques instants. Mais son mal de tête déjà allait s'affaiblissant. Il mit un peu d'ordre dans ses cheveux et dans sa mise, puis quitta la chambre, descendit l'escalier et entra dans la grand-salle, l'esprit encore tout occupé de ses pensées.

Un coup d'œil circulaire lui fit découvrir que les habitants du château s'y trouvaient réunis. Mais le silence était impressionnant. Tous, muets, regardaient Kelsey, debout à la table d'honneur.

A ses pieds se trouvait la suivante d'Isabelle, étendue à même le sol, une écuelle à la main. Kelsey la regardait, l'air courroucé, grommelant des injures. Le visage, d'habitude si débonnaire de la vieille femme, était déformé par la peur et ses yeux fixaient avec horreur la tunique de son maître où s'étalait une large tache. Simon comprit alors ce qui venait d'arriver. En faisant le service, Helwys avait renversé par maladresse quelque plat, et elle attendait, terrorisée, la punition. Soudain la voix irritée d'Isabelle couvrit celle de son père :

— Helwys, espèce de sotte ! Regarde ce que tu as fait. Je t'avais pourtant prévenue que j'en avais assez de tes maladresses.

Isabelle s'était levée pour achever sa réprimande. Simon la regardait. Elle avait le visage dur et froid qu'il ne connaissait que trop bien. Impressionné par cette brutalité, il sentait son estomac se nouer. Pourquoi fallait-il que ces gens-là fissent tant de cas de ce qui n'était qu'un accident ?

Kelsey ouvrit la bouche pour ajouter à la déconfiture de la pauvre fille, quand Isabelle l'interrompit de nouveau :

— Helwys, va dans ma chambre. Tu sortiras des coffres tous les vêtements que tu y trouveras. Tu les examineras, jusqu'à la moindre couture, jusqu'à la moindre broderie, et tu répareras tout ce qui doit l'être, même si tu dois y passer le reste de la semaine.

Puis, sur le même ton, froid et coupant comme le vent de décembre, elle ajouta :

— C'est un travail qui devrait être à ta portée.

La suivante se releva, hochant mécaniquement la tête, puis disparut en courant.

Elle n'avait pas encore quitté la pièce qu'Isabelle, se tournant vers son père, lui dit :

— Pardonnez-moi, mon père. J'ai ma part de responsabilités dans l'affront qu'on vient de vous faire. Je n'ai pas su donner à cette écervelée les consignes dont elle avait besoin. Je veillerai à ce que cela ne se reproduise pas.

— Cette femme devrait être battue.

Isabelle se raidit. Elle baissa les yeux sur ses mains.

— Vous avez raison. Mais vous savez comme moi qu'il y a d'autres méthodes. Je l'ai appris du plus consciencieux des maîtres, continua-t-elle en levant les yeux sur son père. A l'avenir, elle prêtera attention à ce qu'elle fait.

Avant que Kelsey eût pu répondre, Simon s'était avancé pour se placer à côté de sa femme.

— Avez-vous perdu la tête tous les deux ? Ce n'était qu'un accident, et vous en faites une affaire d'Etat. Comment pouvez-vous vous montrer aussi cruels ?

Venu d'on ne sait où, sire Frédéric s'était approché de Simon, le regard plein de haine, et lui jeta au visage :

— Comment osez-vous parler ainsi à lord Kelsey ? Vous mériteriez que je vous étripe comme…

Simon repoussa brusquement l'importun, et d'une voix que la colère rendait plus grave :

— Espèce de laquais, n'approche pas si tu ne veux pas tâter de mon épée !

— Frédéric ! s'écria lord Kelsey. Rappelez-vous ce que nous avons dit.

Le chevalier le regarda, fit redescendre dans son fourreau l'épée qu'il s'apprêtait à sortir et recula d'un pas.

— A vos ordres, milord.

Puis son regard revint sur Simon, qu'il dévisagea avec une insolence mêlée de haine.

C'était un avertissement.

A quoi lord Kelsey faisait-il allusion ? Qu'avait-il combiné avec sire Frédéric ? Simon devait se considérer comme prévenu, mais il vendrait chèrement sa peau.

Lord Kelsey jeta un regard méprisant à Simon, en lui disant :

— Je croyais vous avoir dit de vous mêler de ce qui vous regardait, Warleigh.

Apparemment agacée par ce qui venait de se passer, Isabelle prit la parole :

— Père, je vous demande la permission de m'occuper de la punition que mérite ma suivante.

Simon trouva cette insistance écœurante. Ce ne fut pas l'avis de Kelsey, qui, avec un petit sourire, lui répondit :

— Vous avez retenu mes leçons, Isabelle. Je vous confie cette femme. Veillez à ne pas céder à une pitié déplacée qui ne ferait qu'aggraver les choses.

Avec une modestie appliquée, Isabelle inclina la tête. Simon, qui l'observait, avait cru remarquer dans ses yeux quelque chose d'inhabituel, mais il était trop révolté pour se montrer perspicace. C'est avec un regard glacé qu'il prit congé.

— J'en ai assez vu pour aujourd'hui, dit-il en tournant les talons.

Il traversa la pièce sans regarder personne. Si tous, ici, se liguaient contre cette servante, il était prêt à prendre seul sa défense. Il ne pouvait admettre qu'elle fût punie par celle-là même qu'elle aimait, admirait et défendait en toute occasion. Il y avait là une injustice qu'il devait réparer. C'était son rôle de chevalier chrétien que de venir au secours de l'opprimé. Mais comment devait-il agir ? Il se proposa d'aller attendre Isabelle dans sa chambre pour lui demander, au moins, de ne rien ajouter à la ridicule punition qu'elle avait imaginée.

Il monta l'escalier quatre à quatre, et poussa la porte de la chambre. Il s'attendait à trouver les coffres ouverts et la pauvre Helwys occupée à en tirer les vêtements de sa maîtresse pour les disposer sur le lit et les sièges. Ce qu'il vit le laissa figé sur le seuil. La chambre était parfaitement en ordre et la vieille Helwys accoudée, oisive, à la fenêtre, observait le vol des oiseaux. En entendant la porte, elle se redressa et dit, en se retournant :

— Merci, mada…

Elle s'arrêta net en voyant Simon.

— Milord Warleigh ?

Simon s'approcha lentement. Comment se faisait-il qu'Helwys, pensant s'adresser à sa maîtresse, parlât sans émotion particulière, sur le ton affectueux dont elle usait habituellement. La suivante baissa les yeux sur ses mains.

— Que puis-je faire pour vous, messire ?

— Que se passe-t-il, ici, entre vous et lady Isabelle ?

— Je… ? répondit Helwys, fort embarrassée, en se dirigeant vers un des coffres à vêtements. Pardonnez-moi, messire. Je sais que j'aurais dû obéir sans attendre. Pardonnez-moi, je vais commencer tout de suite.

— A quel jeu jouez-vous donc ? répéta Simon d'un ton brusque.

Pour se donner une contenance, Helwys ouvrit le coffre, fit mine d'y fouiller, mais resta silencieuse. Pendant un instant, Simon observa son profil penché. Il savait qu'elle n'en dirait pas plus. Il poussa un soupir et quitta la pièce.

Ces deux femmes commençaient à l'irriter ; Isabelle parce qu'elle était incompréhensible, la servante parce qu'elle refusait de s'expliquer. Une chose était sûre cependant : l'attitude d'Isabelle avait plus pour but de protéger Helwys que de la punir.

Et Simon fut plus troublé de cette découverte que de constater, une nouvelle fois, l'insensibilité d'Isabelle. Il ne comprenait pas pourquoi elle acceptait de protéger Helwys en usant de ruse au lieu d'affronter ouvertement son père. Ç'aurait été là une vraie preuve de courage.

Plus que jamais, il se rendait compte qu'il lui fallait mettre un terme à cette simagrée de mariage.

7.

Toute la semaine, Simon ne décoléra pas. Il passait ses nuits sur le sol, dans la chambre d'Isabelle, et ses journées dans la lice à affronter sire Edmond, Wylie ou, parfois, Jacques et les quelques hommes qui avaient accepté de le rejoindre.

Il ne voyait que rarement Isabelle ; plus rarement encore lord Kelsey, qui passait son temps hors du château. Il est vrai que pour diriger une seigneurie par la peur et l'intimidation, il valait mieux être présent partout.

C'était le soir, quand, étendu sur sa couche, il entendait la respiration légère et régulière de sa femme, que Simon sentait sa colère s'apaiser. Mais il savait qu'il lui faudrait la faire renaître le lendemain pour se protéger des émotions émollientes qui risquaient de la remplacer.

Le septième jour, après une mauvaise nuit, il se leva, traversa la grand-salle, où les domestiques rangeaient les paillasses qui leur avaient servi durant la nuit et les remplaçaient par des tables à tréteaux, puis sortit dans la cour. Le nez en l'air, il se frotta la nuque en considérant le ciel du matin, d'un bleu vif. La fraîcheur de l'air, plus sensible, annonçait la fin de l'automne.

Simon ressentit le désir soudain et irrépressible de profiter de cette belle journée, d'aller respirer dans la campagne à pleins poumons pour se libérer l'esprit de l'atmosphère étouffante qui régnait au château.

A l'écurie, il rencontra Wylie, qui venait de faire ses ablutions matinales.

— Selle mon cheval, ordonna-t-il d'un ton sec qui le surprit lui-même.

Un jeune homme blond, occupé à nourrir les chevaux, s'approcha, hésitant.

— Pardonnez-moi, milord, mais on m'a demandé de ne pas vous donner de cheval.

— Hé toi, lui cria Wylie, comment oses-tu parler sur ce ton à lord Warleigh ?

Simon sentit de nouveau monter en lui la colère. Ce n'est qu'en prenant sur lui qu'il parvint à se dominer. Mais Wylie ne l'entendait pas ainsi. Il était prêt à en découdre avec le garçon d'écurie.

— Ça suffit, Wylie, lui dit Simon. A quoi sert de s'en prendre à ce garçon, qui ne fait qu'obéir aux ordres de son maître ?

Sans rien ajouter, Simon sortit des écuries à grandes enjambées et regagna le logis. Kelsey ne l'empêcherait pas de monter à cheval. Il fallait trouver un moyen de le convaincre qu'il n'avait aucune intention de s'enfuir.

Il trouva le comte dans la grand-salle, où avait été servie la collation du matin. Quand il vit Simon approcher, Kelsey fronça les sourcils. Mais le jeune homme, loin d'en être intimidé, éprouva plus que jamais le désir de lui passer son épée au travers du corps. Seule la crainte de perdre Avington le retenait.

C'est le plus calmement possible qu'il s'adressa à son beau-père.

— Milord Kelsey...

— Ah, le défenseur de la veuve et de l'orphelin, ricana Kelsey.

— Il est vrai, repartit Simon, qui s'était pourtant promis de rester calme, qu'il y a bien longtemps que vous avez oublié vos vœux de chevalerie.

— Ce que je fais ici ne vous regarde pas. Contentez-vous d'être mon prisonnier.

— Il me semble que je suis aussi le mari de votre fille.

Le comte se pencha en avant et le regard de ses yeux gris se fit plus perçant.

— Croyez bien que je n'y suis pour rien. Si vous voulez que je vous considère autrement, commencez par me donner un petit-fils.

— Ce sont là mes affaires.

Kelsey éclata d'un rire bruyant et sans gaieté.

— Tout ce qui se passe dans ce château me concerne.

— Pas quand il s'agit de moi et de ma femme.

— Vous ne tarderez pas à vous rendre compte, espèce de jeune coq, qu'Isabelle est ma fille avant d'être votre femme.

Il était bien clair que lord Kelsey avait raison. En dépit de quelques tentatives de désobéissance, qu'elle gardait secrètes, Isabelle restait soumise à son père.

— Je vous concède ce point, milord.

Il y avait, dans la voix de Simon, une amertume qu'il n'arrivait pas à dissimuler ; il continua :

— Je dois reconnaître qu'Isabelle ne m'est pas une alliée.

— Voilà pourquoi, répondit Kelsey en feignant de se radoucir, vous devez vous convaincre que tout ce que vous faites dans cette maison me concerne au premier chef. Il faudra que vous vous y habituiez.

— Convenez au moins, messire, que c'est toujours ainsi que j'ai agi, même si c'était à contrecœur.

— Vraiment ? demanda lord Kelsey, qui s'était levé pour toiser Simon de la tête aux pieds. J'ai entendu des choses désagréables sur votre comportement.

Le visage de Simon se rembrunit. Isabelle aurait-elle parlé à son père de ce qui était arrivé la nuit où il avait bu ? Le plus insupportable était que Kelsey évoquât ainsi sa vie privée devant les habitants du château.

— J'aurais préféré..., commença-t-il.

Lord Kelsey l'interrompit en lui disant, avec colère :

— Je suppose que vous n'auriez pas été aussi prompt à transformer cette salle en taverne si j'avais été présent. Ecoutez-moi bien, messire, si vous recommencez à agir ainsi, j'en rendrai compte au roi Jean.

La surprise laissa Simon bouche bée. Ainsi, c'était la petite beuverie de l'autre soir qui scandalisait lord Kelsey. Cet homme, qui n'avait pas hésité à trahir son propre frère pour s'emparer d'un comté, se choquait des plaisirs bruyants mais inoffensifs de quelques joyeux compagnons.

Simon n'avait aucune honte à admettre qu'il avait agi inconsidérément en buvant plus que de raison. Il fut d'autant plus à l'aise pour répondre à Kelsey, en soutenant son regard :

— Je regrette d'avoir troublé le calme de cette maison par mes excès de gaieté. Ça ne se reproduira pas.

Lord Kelsey, qui semblait ne pas s'attendre à cette réponse, resta un instant silencieux. Il finit par répondre :

— J'espère que vous dites la vérité.

— Croyez ce que vous voulez, dit Simon en haussant les épaules. Pour moi, l'affaire est close. Ce n'est pas pour cette raison que je suis venu vous voir. Je viens d'apprendre d'un palefrenier que vous m'interdisez d'utiliser mon cheval. Comme je ne tiens pas à créer d'ennuis à ce garçon, je suis venu vous dire qu'il a fait son travail, mais que je monterai malgré tout.

— Ah, vraiment ? dit Kelsey en posant un poing sur sa hanche. Imaginez-vous qu'il vous suffit d'exprimer vos souhaits pour que je les accepte ? Votre assurance ne m'impressionne pas, messire Warleigh.

Simon baissa la voix, mais continua de soutenir le regard du comte.

— J'ai toujours fait en sorte de respecter votre volonté ; et je ne souhaite pas, à présent, m'opposer à vous. Mais j'ai décidé de monter à cheval, et je le ferai, en vous donnant ma parole de chevalier que je ne chercherai pas à m'enfuir.

— Et vous imaginez que je vais me contenter de votre parole ?

— Ne me jugez pas d'après vous, milord.

— Comment osez-vous !

— Vous savez bien que, si je l'avais voulu, j'aurais pu m'enfuir cent fois depuis que nous avons quitté Windsor. Je veux monter mon cheval, c'est tout ce que je vous demande.

— Croyez-vous que je vais demander à l'un de mes hommes de perdre son temps à s'assurer que vous tenez parole ?

— Ce sont vos affaires. Si vous continuez à me considérer comme un menteur, il est vrai qu'il vous faudra affecter un homme à ma garde.

Lord Kelsey promena un regard menaçant sur l'assistance. Il était évident qu'il ne supportait pas que Simon contestât son autorité devant toute la maisonnée, même si personne ne semblait vouloir prendre parti pour lui.

Les yeux de Kelsey s'arrêtèrent soudain, fixant quelque chose derrière Simon. Celui-ci se retourna. Isabelle se tenait à quelque distance, adorablement belle dans une robe de velours pêche, qu'elle portait sur une chemise de lin vert pâle. Bien que l'expression de son beau visage fût aussi imperturbable que d'habitude, il remarqua qu'elle évitait de croiser son regard. Peut-être le savait-elle au courant de la comédie qu'elle avait jouée à son père et en éprouvait-elle quelque gêne.

Simon fut satisfait de la sentir mal à l'aise. Il ne put s'empêcher de sourire.

La voix de Kelsey, dans son dos, mit un terme à cette petite victoire.

— C'est Isabelle qui vous accompagnera.

L'idée de lord Kelsey bouleversa Isabelle, qui ne voulait pas — qui ne pouvait pas — monter à cheval avec Simon. Pas après ce qui s'était passé entre eux la nuit où il avait bu ; pas après ce qu'Helwys lui avait raconté de la visite de Simon dans la chambre.

Si ce Simon Warleigh avait beaucoup de défauts, il était loin d'être un imbécile. Il ne pouvait qu'avoir compris à quel jeu jouaient les deux femmes. Allait-il utiliser contre elles le secret qu'il avait percé ? Au moins devait-elle admettre qu'il s'était comporté élégamment en prenant la défense d'Helwys.

— Non, je..., protesta Simon.

Isabelle fut blessée par cette réaction. Elle fut tentée de lui faire remarquer devant tout le monde qu'il n'avait pas à contester aussi ouvertement les décisions de lord Kelsey.

Mais déjà le comte, satisfait de cette idée qui le tirait d'un mauvais pas, reprenait, avec emphase :

— Oui, c'est ça. Isabelle vous surveillera. Elle n'a pas grand-chose à faire.

Puis il jeta un regard froid à sa fille pour lui ordonner :

— Allez vous préparer.

Elle n'a pas grand-chose à faire. Isabelle regimba intérieurement sous l'insulte. Comment lord Kelsey pouvait-il sembler lui reprocher de ne pas faire grand-chose au château, alors qu'il lui refusait la moindre responsabilité ? Soudain, elle eut envie de le défier, en refusant d'obéir, en refusant désormais d'obéir à tous les ordres qu'il pourrait donner. Mais elle savait que ce serait inutile. Son père avait le pouvoir de lui faire faire ce qu'il voulait. Elle l'avait expérimenté de trop nombreuses fois pour en douter encore. Dans le moment présent, il fallait surtout qu'il ne soupçonnât pas la répugnance que lui inspirait Simon, car il aurait pu en tirer avantage. Imperturbable, elle inclina la tête :

— Je vais me préparer.

— Ne traversez pas le pont qui conduit à la ville. Restez sur les terres du château.

Isabelle se contenta d'acquiescer d'un mouvement de la tête. Elle connaissait peu la ville, où elle ne s'était rendue qu'en de rares occasions. Son père préférait qu'elle restât au château ou sur les terres qui en dépendaient, afin, disait-il, de lui éviter des dangers inutiles.

Du coin de l'œil, elle observa son mari, dont le visage exprimait à présent moins de révolte que de résignation. Cet homme n'était décidément pas facile à comprendre.

Elle se rendit dans sa chambre. Elle aurait aimé prendre son temps pour changer de vêtements. Mais il valait mieux ne pas faire attendre Simon. En quelques instants, elle passa une tunique vert sombre sur une chemise fauve, se couvrit les épaules d'une cape de velours bordeaux, et descendit dans la cour.

Simon l'y attendait, avec leurs deux chevaux sellés. Elle remercia sobrement, d'un mouvement de la tête, puis, s'adressant au palefrenier qui tenait sa jument noire, elle lui dit :

— Votre main, Rob, s'il vous plaît.

Le domestique aida Isabelle à se mettre en selle. Simon feignit de n'avoir pas remarqué qu'elle ne lui avait pas demandé son aide, pour ne pas avoir à le toucher. Il monta sur son cheval sans dire un mot, puis attendit qu'elle fût prête. Une fois en selle, Isabelle nota qu'il l'observait, avec dans le regard une expression qu'elle aurait été incapable de définir. Le mieux, dans ce genre d'incertitude, était de se montrer d'une indifférence polie. Elle lui adressa un sourire de circonstance. D'un mouvement de la main, Simon rejeta une mèche qui lui balayait le front, éperonna son cheval avec un « Allons-y ! » sonore et quitta le château, suivi d'Isabelle.

Le ciel était d'un bleu profond et l'air, un peu froid pour la saison, était tout empli des odeurs de l'automne. Isabelle, remarquant que Simon n'était pas revenu sur l'incident de sa nuit d'ivresse, ni sur l'affaire d'Helwys, finissait par se persuader que cette promenade pourrait être plus agréable qu'elle ne l'avait craint. Elle se redressa sur sa selle, soudain soulagée, et se promit de profiter de cette belle journée.

Simon mit son cheval au galop et Isabelle éperonna sa jument pour ne pas se laisser distancer. Elle aimait sentir sur son visage le vent de la course. Les promenades à cheval étaient un des rares plaisirs que lui permettait son père. Elle avait parcouru dans tous les sens les collines herbues et les forêts épaisses qui entouraient Dragonwick. Parfois il lui semblait être seule à aimer cette campagne. Son père, qui ne montait pas à cheval pour se divertir, ne l'accompagnait jamais.

Isabelle, cependant, se gardait bien d'oublier qu'elle ne galopait pas dans la campagne, ce jour-là, pour le plaisir. Elle avait une mission, qui lui interdisait de se montrer trop insouciante. Elle regardait le dos large et les épaules puissantes de l'homme qu'elle était chargée de surveiller, en se demandant ce qu'elle pourrait bien faire s'il lui prenait l'envie de s'enfuir.

Sa jument ne tarda pas à rattraper l'étalon de Simon et, pendant un moment, ils galopèrent côte à côte.

Simon n'avait pas pu se rendre compte des talents de cavalière d'Isabelle pendant le voyage de Windsor à Dragonwick, parce qu'ils avaient marché au pas. En l'observant à la dérobée, il ne pouvait qu'admirer la façon dont elle se tenait en selle. Il remarqua aussi, sur son visage, le plaisir que semblait lui donner cette promenade et il en ressentit pour elle un désir accru. Il était bien aise de découvrir qu'elle n'était pas aussi indifférente que son habituel air impassible le laissait croire. Pouvait-elle aller jusqu'à se montrer passionnée ?

Pour chasser de son esprit ces pensées qui le troublaient plus que de raison, Simon se tourna vers elle, et, montrant du doigt, à quelque distance, un petit bois, il lui lança :

— Le premier arrivé à ces arbres !

— J'accepte, repartit Isabelle sur le même ton, l'œil soudain plus vif, en piquant vigoureusement des deux.

Avant que Simon ait eu le temps de réagir, son étalon avait bondi, et se lançait à la poursuite de la jument.

Dans les premiers instants de la course, il sembla que Simon et son grand cheval dussent l'emporter aisément. Mais Isabelle se pencha sur l'encolure de sa jument, lui parla, la flatta, et l'animal, fournissant un effort inattendu, atteignit en premier la lisière du bois. Quand Simon arriva à sa hauteur, il ne put que lui adresser un « Bien joué, Isabelle ! » qui colora de plaisir les joues de la jeune femme. Mais, déjà, elle avait glissé de sa selle pour caresser le chanfrein de sa jument, en la remerciant tout bas de ses efforts.

Simon mit pied à terre à son tour.

— Je n'ai jamais vu une femme monter à cheval comme vous. Et je ne connais guère, parmi les hommes, que mon ami Jarrod pour vous battre à la course.

Isabelle rougit. Elle baissa les yeux et protesta :

— Je… vous êtes trop généreux, messire.

Pour la première fois depuis qu'il avait fait sa connaissance, Simon se dit qu'Isabelle ressemblait aux autres jeunes femmes. Et pourtant, elle restait étrangement différente de toutes celles qu'il avait connues. Il y avait en elle un feu intérieur, un besoin de vivre qui la rendait singulièrement attirante.

Séduit, il fit un pas vers elle.

— Isabelle, dit-il sans parvenir à dissimuler ce que sa voix avait de trop suppliant.

Elle leva les yeux vers lui. Une nouvelle fois, il admira son regard lilas.

— Qui êtes-vous, Isabelle ? La femme douce et courageuse qui n'hésite pas à mentir pour protéger une servante, ou la femme froide et distante que nous connaissons tous au château ?

Elle secoua la tête. Ses yeux continuaient de fixer ceux de Simon. A voix basse, elle répondit :

— Je puis vous assurer, messire, que je ne suis en rien une femme douce.

Simon s'approcha encore. Ses yeux se posèrent sur les lèvres d'Isabelle, qui se mirent à trembler.

— Il me semble, dit-il, que vous n'êtes pas vraiment sûre de ce que vous affirmez.

Avant même de savoir ce qu'il allait faire, Simon l'avait prise dans ses bras et posait ses lèvres sur les siennes. Il éprouva leur douceur, qui lui parut un vivant démenti des propos qu'elle venait de tenir. Puis il approfondit son baiser, et Isabelle, la tête renversée, la respiration plus rapide, se pressa contre lui.

Tandis qu'il la tenait fermement serrée contre lui, Simon vint glisser sa main entre leurs deux corps pour caresser ses seins, se délecter de leur forme parfaite, se griser de sentir leur pointe se durcir. Et le sexe de Simon réagissait à la mesure du désir qu'il éprouvait.

Il abandonna les lèvres d'Isabelle pour couvrir son visage de baisers. Il la sentait trembler entre ses bras. D'une voix que le désir rendait plus sourde, il lui dit :

— Que se passe-t-il, Isabelle ? Pourquoi essayons-nous de lutter contre cette passion ?

Il avait à peine dit ces mots qu'il les regretta. Isabelle venait de se raidir entre ses bras. Elle chercha à se dégager de son étreinte. Quand il vit de l'affolement dans ses yeux, il accepta, à contrecœur, de lui rendre sa liberté.

Les mains d'Isabelle tremblaient. Elle les porta à ses joues et fit un pas en arrière.

— C'est de la folie, dit-elle.

— Isabelle, fit Simon en tendant les bras vers elle. Parlez-moi.

— Ne me touchez pas, lui dit-elle en reculant encore.

— Pardonnez-moi de vous avoir embrassée, soupira Simon. Je n'aurais pas dû. J'avais seulement l'intention de vous parler de votre gentillesse à l'égard de la servante, pour tenter de comprendre ce que vous êtes vraiment.

Isabelle secoua la tête.

— Il n'y a rien à en dire. Je n'ai fait qu'éviter une injustice. La maladresse d'Helwys n'était qu'un accident. Et mon père…

— … est cruel et orgueilleux.

L'embarras d'Isabelle se changeait en colère. Elle regarda Simon fixement et déclara :

— Je ne veux plus jamais parler de cela avec vous. Et je ne veux plus que vous vous mêliez à l'avenir de ce qui ne vous regarde pas.

L'attaque surprit Simon, qui se raidit.

— Qu'est-ce qui me regarde, dans cette maison, aujourd'hui ? Je l'ai connue heureuse et pleine de vie. Elle est vide et froide. Quand le Dragon est mort, tout ce qui était beau et bon à Dragonwick est mort avec lui.

Ces mots semblèrent déconcerter Isabelle. Elle réagit avec une flamme qui surprit Simon.

— Et alors ? Est-ce ma faute ? Je ne fais qu'accepter le destin qu'on m'a tracé.

Simon sentit, derrière ces quelques mots, une souffrance qui l'émut. Son ton se radoucit quand il répondit :

— Vous n'êtes pas obligée d'accepter ce sort, Isabelle. Vous pouvez contester les ordres de votre père et désapprouver sa conduite à mon égard.

— Je n'ai rien à reprocher à mon père, fit Isabelle en redressant le menton.

— Si vous êtes si satisfaite de son comportement, pourquoi, alors, vous amusez-vous, vous et votre servante, à lui jouer la comédie ?

— Je n'ai pas l'intention de me justifier devant vous. Mais, comme vous l'avez remarqué, j'ai à cœur les intérêts de cette vieille femme. Elle m'est dévouée ; je ne veux pas qu'on puisse lui faire du tort.

Simon ne savait pas pourquoi il s'entêtait à lui parler d'un sujet qui lui déplaisait, mais il ne pouvait s'en empêcher.

— Isabelle, je sais que vous ne pouvez prononcer le mot aimer, mais c'est lui que je lis dans vos yeux quand vous parlez de cette femme.

— Ça suffit comme ça, Warleigh, dit Isabelle en reculant encore d'un pas. Sachez que, même si le comportement de mon père me déplaisait, je ne tomberais pas dans vos bras pour autant. Car vous êtes l'un de ceux dont j'ai appris qu'on ne gagne rien à leur donner son cœur.

— Ça n'a pas de sens, Isabelle. C'est vous qui avez choisi, depuis des années, de faire taire vos sentiments. Je ne suis pour rien dans ce que vous avez fait de votre vie.

Le chagrin parut assombrir les yeux d'Isabelle. Elle répondit.

— Vous m'avez causé plus grand tort que vous ne le croyez. Et votre manque de compréhension ne vous fait pas honneur.

Ces propos saisirent Simon, au point qu'il ne pensa même pas à aider Isabelle à se remettre en selle. Il l'imita et la suivit. Quelque chose lui disait que, s'il lui avait pris l'envie de lui fausser compagnie en ce moment, elle ne s'y serait pas opposée.

Isabelle offrait son visage au vent de la course, mais il ne suffisait pas à rafraîchir ses joues brûlantes. Rien ne pouvait calmer la colère qui irradiait dans sa poitrine comme un morceau de métal porté au rouge. Elle ne lui en voulait pas de penser qu'elle avait choisi sa vie. Elle avait peur, soudain, qu'il n'eût raison.

Qui était la vraie Isabelle ? lui avait-il demandé. Elle repensait sans cesse à cette question. Etait-ce celle qui éprouvait un désir puissant quand il plongeait ses yeux dans les siens et qui s'émouvait de l'entendre la complimenter sur sa façon de monter à cheval ? Ou celle qui se cachait derrière un masque en protestant qu'elle ne savait pas ce qu'était la douceur ? Grand Dieu ! qui était-elle vraiment ? Et si elle avait porté son masque trop longtemps pour le savoir jamais ? Avait-elle enfoui sa peur et sa haine de lord Kelsey trop profondément pour être aujourd'hui capable de les identifier ? Avait-elle nié si longtemps ses émotions les plus douces qu'elle ne pouvait à présent les comprendre ?

Elle lança sa jument au grand galop. Toutes ces questions n'avaient pas de sens. Elle savait qui était la vraie Isabelle. Elle savait que cette Isabelle-là était capable d'aimer, puisqu'elle aimait Helwys. Mais à peine s'était-elle rassurée qu'une nouvelle objection se présentait à son esprit : quelle différence cela faisait-il pour les autres qu'elle pût aimer si elle continuait de les tenir à distance par une froideur dissuasive ?

Ces pensées la faisaient trop souffrir pour qu'elle pût continuer de les agiter ainsi. Elle préféra les refouler profondément, dans les tréfonds de son cœur, où elle les laisserait ensevelies, avec d'autres souffrances, petites et grandes, aussi longtemps qu'elle le pourrait.

Il fallait qu'elle songeât d'abord à se protéger. Simon Warleigh ne devait pas détruire les murailles qu'elle avait eu tant de mal à élever. Elle en avait déjà trop dit quand elle avait admis qu'elle avait menti à son père pour protéger Helwys. Il fallait à présent qu'elle empêchât Simon d'entrer plus avant dans son monde secret. Son oncle Wallace avait fait confiance à cet homme, et il avait payé cette confiance de sa vie. Isabelle ne pouvait se permettre de l'oublier.

Elle décida de continuer à vivre comme elle l'avait toujours fait. Elle obéirait en tout à son père, gardant pour elle ses sentiments. Elle accepterait même de se promener avec Simon Warleigh, si lord Kelsey le lui ordonnait.

Et, machinalement, elle continuait d'éperonner son cheval, comme si la griserie de la course dût calmer la tristesse qui lui poignait le cœur.

Surpris, Simon s'arrêta devant la porte entrebâillée. Il aperçut, au fond de la chambre, sa femme, occupée à consoler Helwys, qui pleurait d'abondance. Que devait-il faire ?

Deux jours avaient passé depuis leur regrettable sortie à cheval. Pendant cette période, Simon avait fait son possible pour ne pas penser à la femme exaspérante qu'il avait épousée. Et il devait avouer qu'il n'y était pas parvenu même en s'exténuant dans la lice pour se vider la tête.

C'est qu'il n'était pas facile de faire abstraction d'Isabelle. Chaque nuit était une torture, quand il devait dormir sur le sol à quelques pas d'une femme si belle. Il avait remarqué qu'elle aussi restait souvent éveillée longtemps, à cause, manifestement, des soucis qui occupaient son esprit. Parfois, il imaginait qu'elle revivait, dans ces moments-là, leur baiser passionné. Et il en éprouvait un désir insupportable.

Il était parfois si malheureux qu'il envisageait sérieusement d'aller trouver Kelsey pour obtenir sa liberté en échange de quelque garantie sérieuse. Mais il savait que son beau-père n'accepterait jamais, à moins que la garantie ne fût la seigneurie d'Avington. Et Simon préférait renoncer.

Debout devant la porte, il observait Isabelle, qui tenait Helwys dans ses bras et la réconfortait. Elle avait abandonné le masque d'insensibilité qu'elle lui opposait depuis deux jours. Au moment où il s'y attendait le moins, il la découvrait tendre et attentionnée. Elle ne pouvait pourtant prétendre qu'il ne s'agissait là que de protéger une servante en prévenant une injustice. Il en éprouva une souffrance presque physique.

— Je suis vraiment désolée, disait-elle, en caressant les cheveux gris de la vieille femme. Je sais combien cette petite bête comptait pour toi.

— Le p-p-pauvre petit, hoquetait Helwys, ne faisait de t-t-tort à personne ! Quel mal y avait-il à v-v-voler au-dessus des tours du château ? Et p-p-pourtant, ils l'ont tué.

Un oiseau ! Simon se rappela le petit animal qu'il avait vu un jour dans les mains d'Helwys. Manifestement il avait été abattu par quelque archer désœuvré qui montait la garde sur les murs du château. Bien que touché, lui aussi, par la douleur sincère de la suivante, il ne pouvait s'empêcher de penser d'abord à la gentillesse d'Isabelle.

De nouveau, Simon se sentit mal à l'aise, comme si ce moment avait une importance qu'il ne pouvait pas saisir complètement.

Il secoua la tête pour disperser ces idées ridicules. Il était venu pour changer de tunique après avoir sali la sienne en combattant une nouvelle fois avec Jacques, le géant. Il était venu se changer et avait vu par hasard Isabelle consoler sa servante. Rien de plus, rien de moins. Il allait maintenant faire demi-tour, et redescendre l'escalier en faisant le moins de bruit possible pour ne pas attirer l'attention.

Quand il arriva dans la grand-salle, il trouva sire Edmond, debout, appuyé au mur du fond. Simon s'approcha de lui, bien qu'il n'eût rien de particulier à lui dire.

— Messire, fit sire Edmond en inclinant la tête.

— Comment allez-vous ? demanda Simon en lui rendant son salut.

Le vieux chevalier le regarda plus attentivement.

— Vous semblez contrarié, messire. Serait-ce parce que j'ai rencontré lord Kelsey aujourd'hui pour lui parler du château ?

— Non. J'ignorais même que vous l'aviez rencontré.

Simon se rendait compte que les épreuves accumulées ces derniers jours laissaient des traces sur son visage. Mais il n'était pas mécontent de la méprise de sire Edmond, qui lui changeait les idées.

Il affecta un ton distrait pour demander :

— Que fait donc mon écuyer ?

— Il a passé un bon moment à graisser votre selle, milord, répondit sire Edmond avec un sourire. Assez longtemps en tout cas pour l'empêcher de faire des bêtises.

— Il est vrai, répondit Simon en lui rendant son sourire, que cette selle n'a jamais été aussi bien entretenue que depuis qu'il est ici.

Une voix grave, dans le dos de Simon, lui fit tourner la tête.

— Milord Warleigh, voulez-vous disputer une partie d'échecs avec moi ?

C'était Jacques. Contrairement à Simon, il avait passé un vêtement propre. Simon l'accueillit avec un sourire amical, même s'il n'arrivait pas à trouver l'homme vraiment intéressant. Sire Edmond, aussi rassis que Wylie était exalté, s'était discrètement renseigné sur ce Jacques parmi les habitants du château. Il y était connu pour n'être pas disert. Mais personne n'avait mentionné l'affection qu'il disait porter au Dragon.

Ces renseignements accentuaient l'impression mitigée que ce Jacques faisait à Simon. Il ne comprenait pas pourquoi, si cet homme avait été si attaché au Dragon, il avait accepté de rester toutes ces années au service de Kelsey. Un homme aussi vaillant que lui aurait pu trouver à s'employer n'importe où ailleurs.

— Très volontiers, répondit Simon à l'invitation.

Il se proposait de profiter de ces instants pour en savoir plus sur ce Jacques. Et même s'il n'y parvenait pas, il aurait au moins l'occasion d'oublier un peu ses soucis.

La partie avait commencé depuis moins d'une heure. Simon, qui venait de s'absorber dans la préparation d'un coup difficile, ne fut pas peu surpris, en levant la tête, de découvrir Isabelle, debout devant la table.

Il ressentit une forte émotion physique et un vif sentiment d'irritation. Car la femme qui se tenait devant lui n'était pas celle qu'il avait vue dans la chambre avec sa suivante, ni celle qui avait paru prendre tant de plaisir à galoper avec lui dans la campagne. C'était la reine du froid, un bloc de glace de la tête aux pieds, qui le regardait froidement, enveloppée dans sa cape de velours bordeaux, et lui dit, sur un ton polaire :

— Mon père m'a demandé de vous accompagner de nouveau dans votre promenade.

— Ah, vraiment ?

— Vous ne semblez pas être d'accord, fit Isabelle en fronçant les sourcils.

Simon haussa les épaules. Il n'avait aucune envie de lui faire part de ses sentiments.

— Comme vous le voyez, je joue aux échecs, répondit-il en jetant un regard à Jacques, qui l'observait.

— C'est bon, je vous laisse.

Isabelle avait incliné sa tête royale, dont les cheveux nattés étaient tressés de rubans assortis à sa cape. Son soulagement était si patent que Simon résolut de contrarier les désirs de cette femme qui le faisait tant souffrir.

Il se leva.

— Ne partez pas. Je ne voudrais pas que vous vous soyez préparée pour rien. Je suis sûr que Jacques acceptera d'attendre mon retour. N'est-ce pas, Jacques ?

— Bien sûr, messire. Nous pouvons reprendre plus tard.

Le géant se leva à son tour, s'inclina et sortit.

Isabelle avait du mal à cacher sa déception. Elle regarda s'éloigner Jacques, la mine déconfite.

— Je ne voulais pas me montrer importune. Mon père disait que c'était urgent.

— Vous n'êtes pas importune. Mais je ne me souviens pas d'avoir dit que je voulais sortir à cheval aujourd'hui.

— Mais mon père m'a..., bégaya Isabelle, qui rougit violemment.

Elle jeta un regard vers la porte qui conduisait à l'étage supérieur. Elle semblait soucieuse. Simon savait qu'elle pensait à sa suivante. Même s'il n'en continuait pas moins à se demander pourquoi lord Kelsey l'avait chargée de l'emmener en promenade, il se surprit à lui parler gentiment.

— Ne vous inquiétez pas pour moi, dit-il. Si vous avez autre chose à faire, nous pouvons renoncer à cette sortie.

— Cela ne dépend pas de moi, répondit-elle en soupirant.

Une nouvelle fois, Simon se sentit attiré par cette femme mystérieuse. Il nota qu'elle ne soutenait pas son regard. Il lui répondit :

— Pourriez-vous seulement me laisser un peu de temps ? Je vais préparer les chevaux. Attendez-moi à l'entrée du château, si vous le voulez bien. Je ne serai pas long.

8.

Ce n'est qu'après qu'ils se furent éloignés du château que Simon remarqua les nuages noirs qui s'amassaient dans le ciel. Il n'était pas étonnant que la pluie menaçât. L'automne était déjà avancé. Mais il aurait pu s'en aviser plus tôt. Comme d'habitude, toutes ses pensées n'avaient été occupées que par Isabelle, au point de lui faire perdre le sens des réalités.

Depuis le début de leur promenade, Isabelle l'inquiétait. Elle n'avait pas dit un mot. Il se tourna vers elle, et, lui montrant le ciel du doigt, déclara :

— On dirait qu'il va pleuvoir. Peut-être devrions-nous remettre notre sortie à demain.

Isabelle regarda dans la direction qu'il indiquait. Bien qu'elle cherchât à le cacher, il y eut de la déception dans ses yeux.

— Si c'est ce que vous souhaitez, se contenta-t-elle de répondre.

— Et vous ? Qu'en pensez-vous ? Je suis prêt à me laisser tremper comme une soupe si vous êtes d'accord. Vous savez que j'aime la pluie. J'ai passé plusieurs années en Terre sainte, où le soleil, jour après jour, brûle tout, les maisons, la campagne, les gens. Sa présence constante donne une impression d'éternité, comme s'il avait figé ces pays pour jamais. Ici, en Angleterre, j'ai retrouvé la pluie, et les saisons semblent nous encourager à changer, à évoluer, à grandir.

— Qu'êtes-vous allé faire là-bas ? demanda Isabelle, que le sujet intéressait.

— Me battre. Avec Richard. Puis Jarrod et Christian partirent à leur tour. Nous étions à Saint-Jean d'Acre quand…

L'estomac de Simon se noua à l'évocation du jour terrible où tant de gens furent tués.

— Nous sommes restés sur place, continua Simon, quand Richard est rentré. Les chevaliers du Temple avaient besoin de nous pour tenir Jérusalem.

Simon détourna les yeux. Il n'avait plus envie de parler. Ce qu'il avait vécu là-bas ne méritait pas qu'il y restât si longtemps, ni surtout qu'il perdît tant dans sa patrie.

Il semblait qu'Isabelle avait compris ses réticences. Elle s'abstint de poser d'autres questions.

— La pluie ne me gêne pas. Si vous souhaitez continuer, je suis prête à vous suivre.

Curieusement, Simon se sentit tout à la fois soulagé et déçu. Soulagé parce qu'elle ne lui demandait pas de renoncer à sa promenade ; déçu parce que ce n'était pas pour lui qu'elle souhaitait continuer, mais pour obéir aux ordres de son père.

Il savait qu'il n'aurait pas dû laisser ces pensées le torturer. Il ne devait considérer qu'une chose : il avait quitté l'atmosphère pesante du château et devait profiter de ces heures de liberté. Elles lui faisaient oublier qu'il perdait son temps à Dragonwick quand il y avait tant à faire à Avington.

Pendant un court instant, il éprouva une sorte d'apaisement. Les pensées sombres qui l'assiégeaient semblèrent s'évanouir. Il regarda Isabelle et lui lança :

— Eh bien, continuons. Et tant pis pour la pluie.

Les deux cavaliers galopèrent un moment côte à côte dans une prairie grasse. Simon ne cessait de jeter des coups d'œil sur sa gauche pour observer Isabelle. Il s'aperçut qu'elle semblait perdue dans ses pensées. La fraîcheur de l'air avait rosi ses joues. La vitesse de la course, en rejetant dans son dos le capuchon de sa cape, avait découvert ses cheveux sombres et agitait les boucles légères qui pendaient à ses tempes.

Chaque fois que Simon la quittait des yeux, son image lui envahissait l'esprit, au point qu'il ne pouvait s'empêcher de la regarder de nouveau. Il était obsédé par cette femme qui était à lui, mais appartenait tout entière à son ennemi.

Lorsque les premières gouttes de pluie commencèrent à tomber, Simon leva la tête. Les nuages, plus bas et plus épais, avaient pris une couleur de vieil acier. Le vent agitait en rafales la cime des arbres. Il fit la grimace en recevant quelques gouttes dans les yeux.

Il regarda Isabelle qui, elle aussi, avait levé les yeux vers le ciel. Soudain, un éclair illumina la campagne, immédiatement suivi du craquement du tonnerre. A l'instant même, comme si les nuages s'étaient déchirés, une pluie abondante, poussée par un vent froid, s'abattit sur leurs épaules.

Isabelle releva sur sa tête le capuchon de son manteau. Elle n'avait pas imaginé, pas plus que Simon, que la pluie serait aussi violente. Inquiet, Simon se disait que le lourd velours de la cape d'Isabelle ne tarderait pas à se gorger d'eau et serait plus une gêne qu'une protection.

Il se sentait responsable de son bien-être. Sans doute parce que c'était à cause de lui qu'elle se trouvait dans cette situation. Il envisagea tout d'abord de rentrer immédiatement au château, mais il y avait trop de distance à parcourir pour espérer échapper à l'orage.

Il se rappela subitement qu'il y avait, dans les bois, du temps qu'il était enfant, une cabane qui servait de refuge aux chasseurs. C'était la première fois qu'il y pensait depuis toutes ces années. Si ses souvenirs étaient exacts, elle ne devait pas être très éloignée. Mais existait-elle encore ?

— Venez, dit-il, en prenant la direction qu'il croyait se rappeler. Il se pourrait que nous trouvions un abri.

Sans hésitation, Isabelle le suivit. Simon gagna les bois, empruntant des sentiers à demi effacés dont elle ignorait l'existence. Même s'il avait, dans son enfance, avec Jarrod et Christian, exploré jusqu'au dernier hallier du domaine, Simon lui-même s'étonnait que tout cela fût encore si présent à sa mémoire.

La cabane était toujours debout, et en bon état. Il arrêta son cheval devant la porte, descendit de selle pour aider Isabelle. Mais sans attendre, elle avait mis pied à terre. Il prit les rênes de sa jument et lui dit :

— Je vais conduire les chevaux dans l'appentis. Mettez-vous à l'abri.

Simon fit le tour de la cabane. Il trouva, dans l'appentis, un tas de foin encore mangeable qu'il donna aux chevaux. Puis il rejoignit Isabelle dans la cabane.

L'intérieur était tel qu'il se le rappelait, avec un plafond bas, un sol de terre battue et une grande cheminée. Contre un des murs se trouvait une petite table et un banc, et, en face, un lit de bois de chêne. Bien que Simon ne se rappelât pas que quelqu'un eût jamais dormi dans ce lit, il supposait qu'il était destiné au chasseur qui n'aurait pas souhaité rentrer au château de nuit. Inconsciemment, il fit passer son regard du lit à Isabelle. Elle s'était agenouillée devant le foyer, essayant d'allumer un feu avec le bois sec destiné à cet usage qu'elle avait trouvé empilé dans un coin. Simon s'approcha d'elle.

— Laissez, dit-il. Je vais m'en charger.

Il valait mieux qu'il eût quelque chose à faire, pour oublier qu'il était seul, et loin de tout, dans cette maisonnette, avec une femme si belle.

Le feu ne tarda pas à prendre, tant était sec le bois tombé qu'il avait utilisé. Quand il lui fut impossible de s'absorber plus longtemps dans cette tâche, Simon se releva et se tourna vers Isabelle. Il la trouva, parcourue de frissons, debout, au milieu de la pièce.

— Retirez votre manteau, lui dit-il rapidement. Nous allons l'étendre devant le feu.

Isabelle s'exécuta. Simon s'empara du banc, le plaça devant l'âtre et y étendit le manteau.

— Venez. Approchez-vous des flammes. Pour vous réchauffer.

Isabelle avança, lentement, et tendit ses mains au feu. Simon, qui l'observait, s'aperçut qu'elle avait jeté un regard rapide au lit.

— Je ne vous ai pas amenée ici pour...

— Oh, je n'ai jamais imaginé rien de tel, messire.

Puis elle s'éloigna de la cheminée et fit quelques pas dans la cabane, considérant la table, sur laquelle traînait un verre sale, le lit, le sol, les murs. Tout respirait l'odeur du moisi.

— Mon père, expliqua-t-elle en se tournant vers Simon, a expressément défendu à quiconque de venir ici. Même si, selon toute apparence, lui-même n'y est pas venu depuis fort longtemps. Je trouve étrange de l'imaginer ici. C'est si loin de tout, si abandonné.

Il était visible qu'elle avait du mal à se faire à l'idée que son père, qui donnait à tous l'image d'un homme d'ordre et de pouvoir, pût s'accommoder, quand il venait ici, de ce verre sale, de ce banc boiteux, de cette odeur de moisi.

Simon, qui se sentait coupable de l'obliger à faire cette expérience désagréable, lui dit, doucement :

— Je n'aurais pas dû vous amener ici.

— Au contraire. Il me paraît moins…

De nouveau, elle s'interrompit. Elle le regarda, comme irrésolue, vulnérable.

Il se demanda ce qu'elle était sur le point de dire. Voulait-elle lui faire comprendre — ce dont il se doutait déjà — que le comte ne montrait au monde qu'une partie de sa personnalité ?

— Il vous paraît moins quoi, Isabelle ?

Il savait que si elle acceptait d'en dire plus long, elle jetterait un pont entre eux. Mais il n'était pas sûr de bien comprendre pourquoi il souhaitait qu'elle jetât ce pont.

Isabelle ne disait rien. Elle évitait le regard de Simon, parce qu'elle n'était pas sûre de parvenir à dissimuler ses émotions. La question que son mari venait de poser, apparemment anodine, était redoutable.

Une part d'elle-même souhaitait répondre. Elle aurait aimé se confier, parler d'elle, de sa vie, de son père. Peut-être parce qu'elle venait justement d'imaginer, avec mélancolie, ce père, assis seul et solitaire dans la cabane, si différent de l'homme qu'elle connaissait.

Mais c'était là un sentimentalisme dont elle se méfiait. Se laisser aller à des confidences, à cause d'un moment d'attendrissement, ne pouvait conduire qu'à des désillusions. Elle se demanda comment faisait Simon pour parvenir, avec un sourire et quelques mots aimables, à trouver le défaut de l'armure qu'elle s'était forgée, quand son père, avec ses mille petites cruautés, n'y était jamais parvenu. Qu'y avait-il chez Simon qui la touchait à ce point?

Elle s'aperçut soudain qu'elle savait très peu de choses de son mari, de sa vie jusqu'à leur rencontre. Ce qu'il avait dit de son séjour en Terre sainte et de son plaisir d'être revenu en Angleterre lui donnait envie d'en savoir plus. Elle se rendait bien compte qu'il n'aimait pas parler de lui. Et elle avait respecté sa discrétion. Mais, maintenant qu'il lui avait posé des questions, son tour était venu.

— Que voulez-vous, Simon ? Pourquoi avez-vous accepté de m'épouser ?

— La vérité, dit-il en haussant les épaules, n'est pas flatteuse pour moi. Vous savez bien que j'ai accepté ce mariage pour sauver ma tête.

— Non, au-delà de ça. Vous étiez en Terre sainte depuis de nombreuses années. Vous pouviez échapper à la colère du roi en y restant. Ce n'est quand même pas à cause de la pluie que vous êtes revenu.

Simon la regarda, surpris. Elle poursuivit :

— Pourquoi avez-vous accepté de vous laisser ainsi manipuler, au point d'être obligé de faire quelque chose que vous ne vouliez pas ? Je trouve que c'est... que cela ne vous ressemble pas. S'il ne s'agissait que de sauver votre tête, vous auriez pu fuir.

— Puisque vous en savez si long sur moi, vous devez savoir aussi que je suis l'héritier d'Avington et de toutes les terres qui en dépendent. Eh bien, le roi m'a clairement fait comprendre qu'il me priverait de tout si je ne me mariais pas comme il me l'ordonnait.

Ainsi, se dit Isabelle, il avait accepté de faire taire sa fierté, qui n'était pas mince, pour sauver quelques terres. Après tout, elle pouvait le comprendre. Elle avait vu son père faire les pires choses pour agrandir son domaine.

Simon continua de parler. Il y avait, dans sa voix, de la tristesse, mêlée de détermination. Progressivement, Isabelle se demanda si elle ne l'avait pas trop vite jugé.

— Je ferais n'importe quoi pour ne pas perdre Avington. J'ai toujours vu mon père et mon frère Arthur passer leur temps à courir par monts et par vaux, leur vie durant, pour prendre soin des terres d'Avington. Malgré leurs occupations, ils n'ont pas hésité à me consacrer du temps pour m'initier à l'administration de la seigneurie et au maniement des armes. Après leur mort, ce fut à moi de prendre leur place. Je considère cette tâche comme un devoir sacré, que je dois à leur mémoire, et aux habitants d'Avington, qui ont toujours fait confiance à ma famille.

— Et pourtant vous êtes resté absent très longtemps.

— Ils étaient tous les deux si occupés par les terres que je n'ai pas compris qu'ils pouvaient avoir besoin de moi un jour. J'ai tout laissé pour partir à la croisade. J'avais alors à peine quinze ans. A cet âge, on quitte père, mère et terre en pensant tout retrouver au retour. Les jours ont passé, étrangement semblables. En Orient, comme je vous l'ai dit, il n'y a pas de vraies saisons pour vous rappeler que les années passent. Plus de douze ans se sont ainsi écoulés jusqu'à ce que je reçoive un message qui me disait que mon père était malade. Il m'a fallu des mois pour faire le voyage de retour.

Simon s'arrêta un instant. Sa voix, plus rauque, trahissait son émotion. Il reprit :

— Quand je suis arrivé à Avington, mon père et mon frère étaient déjà morts. J'ai compris que je ne pouvais plus vivre dans l'instant, qu'il fallait que je songe à ce que je ferais des années qu'il me restait à vivre.

L'émotion de Simon n'était pas feinte. Pour une raison qui lui échappait, Isabelle était plus émue qu'elle n'aurait pu le dire. Elle fit un pas vers lui.

— Je suis désolée, Simon, de cette perte. Je ne pensais pas… je ne m'attendais pas à vous voir si…

Simon comprenait qu'Isabelle fût surprise. Lui-même avait ignoré jusqu'à ce moment combien sa souffrance, ainsi qu'un serpent qui déroule lentement ses anneaux, avait pris de place en lui. Pour ne pas céder à la sensiblerie, il feignit un ton enjoué.

— Eh, pensiez-vous donc que je ne sais pas ce que souffrir veut dire ?

Isabelle l'observait avec attention. Les yeux de Simon descendirent jusqu'à ses lèvres. Elle lui dit, avec, dans la voix, une sympathie que les mots ne traduisaient pas :

— Pardonnez-moi, je ne pensais pas que…

Simon en fut attendri. La peine, dans son cœur, faisait place au désir. Quand elle passa le bout de sa langue couleur de baie sauvage sur ses lèvres pour les humidifier, Simon comprit qu'il ne chercherait pas à se retenir plus longtemps.

— Il vaut mieux, parfois, ne pas penser, dit-il en s'approchant d'elle.

Il plongea son regard dans celui d'Isabelle, comme pour y chercher un réconfort, puis se baissa pour prendre ses lèvres. Etourdie par un désir qu'elle ne tentait même pas de faire taire, elle s'abandonna à ce baiser en renversant la tête.

Simon resserra son étreinte, pour se griser de la douceur de ce corps qu'il sentait offert et impatient. Elle lui rendit son baiser, avec une chaleur qui le surprit. Et les sentiments, jusque-là si doux et si fragiles, qu'il éprouvait pour elle, devinrent soudain intenses et ardents.

Ce n'était plus de réconfort qu'il avait désormais besoin. Son corps parlait plus haut que son esprit.

Isabelle, qui semblait sentir ce désir, leva les bras pour les nouer autour du cou de Simon, en se serrant plus étroitement contre lui. Mais lui ne pouvait se satisfaire de son propre désir. Il avait besoin de sentir aussi celui d'Isabelle. A l'idée qu'il en était la cause, son cœur battait plus vite.

Simon approfondit leur baiser. La surprise obligea Isabelle à reprendre son souffle. Mais elle ne tarda pas à l'imiter avec tant d'ardeur qu'il poussa un gémissement de plaisir. Simon ne pouvait plus se contenter de baisers. Lorsqu'il posa les mains sur les seins d'Isabelle, elle sentit son cœur s'arrêter, puis battre si intensément qu'il semblait posséder sa vie propre. Elle sentait son ventre s'embraser, et durcir la pointe de ses seins. Simon commença de dénouer les lacets de sa tunique ; elle se serra plus étroitement contre lui pour lui simplifier la tâche. Il la débarrassa de ce vêtement, puis, posant les mains sur les épaules d'Isabelle, il fit glisser la chemise pour dénuder sa poitrine. Le regard de Simon, attaché à celui d'Isabelle, était plus sombre, plus intense, avec ce quelque chose d'incrédule que peut donner l'intensité du bonheur. Simon promena ses lèvres sur le visage d'Isabelle, sur son cou, puis baissa la tête pour descendre jusqu'à ses seins. Ses lèvres, sa langue en caressèrent les mamelons durcis. Isabelle geignait de plaisir. Elle se cambra pour s'offrir plus complètement à cette caresse.

Alors Simon se pencha pour saisir le bas de la robe, qu'il remonta sur les jambes d'Isabelle, jusqu'à sa taille.

— Oh, Simon, je voudrais être votre femme pour de bon.

Ce furent ces quelques mots d'encouragement qui ramenèrent Simon à réalité. Qu'était-il en train de faire ? S'il allait jusqu'au bout de son désir — de leur désir —, ils ne pourraient plus faire marche arrière. Isabelle serait sa femme pour toujours.

Il n'avait pas le droit de trahir ainsi la mémoire de son père et de son frère en cédant à un emportement des sens. Pour quelques instants de plaisir avec cette femme, il risquait de perdre ses terres, sa maison et de se lier irrévocablement à Kelsey.

Il lui fallait revenir de cet éblouissement, faire taire le sang qui battait à ses tempes, apaiser le tremblement de ses mains sur ce corps parfait, ne plus voir l'appel muet des yeux d'Isabelle, oublier son parfum, ses seins entrevus.

Il s'écarta d'elle, s'assit sur le banc où séchait le manteau et baissa la tête.

Les yeux d'Isabelle cillèrent, comme si elle sortait d'un rêve. Elle le regarda sans comprendre.

— Simon ?

Comme il ne répondait pas, elle vint s'asseoir à côté de lui, en tenant sa robe contre sa poitrine. Après s'être montrée si audacieuse, elle se sentait gênée de sa nudité.

— Que se passe-t-il ?

— Nous ne pouvons pas, dit-il en secouant la tête.

Isabelle commençait à comprendre. Elle respira profondément pour calmer les battements de son cœur. Il lui fallait retrouver un peu de sérénité après avoir, comme chaque fois que Simon la touchait, perdu toute maîtrise d'elle-même. Elle concentra son attention sur ses vêtements, dans lesquels elle tenta de mettre de l'ordre. Mais son air faussement détaché cachait la déception et la honte qui lui labouraient le cœur.

Elle fut surprise du détachement de sa voix quand elle lui répondit :

— Vous avez raison. Nous ne pouvons pas. Ce serait de la folie. Nous savons tous les deux ce qu'il faut penser de notre mariage.

Pendant un long instant, Simon resta silencieux. Isabelle s'étonna qu'il parût loin de paraître satisfait de ce qu'il venait de faire.

— Oui, se contenta-t-il de répondre, sèchement.

— Que voulez-vous exactement ? demanda Isabelle, qui continuait de ne pas comprendre comment elle parvenait à conserver son calme. Qu'attendez-vous au juste de ce drôle de mariage ?

— J'en attends la liberté de retourner un jour à Avington, débarrassé de la tutelle de votre père. Et ce ne sera possible que si j'obtiens son annulation.

L'aveu frappa Isabelle comme un coup. Mais elle n'en marqua rien.

— Je comprends. C'est de vous que dépend que notre mariage soit consommé ou non.

— Je ferai tout ce que je pourrai pour remplir mon devoir, pour honorer la mémoire de mon père et de mon frère, en devenant le meilleur des seigneurs.

Isabelle se rembrunit en pensant à son propre père.

— Faites attention à vous, Simon. Quand les intérêts de mon père sont en jeu, il peut être impitoyable. Il est préférable que vous lui obéissiez.

— Pourquoi me dites-vous cela ? demanda Simon en la regardant plus attentivement. Votre loyauté est-elle ébranlée ?

Isabelle prit une inspiration profonde. Elle ne devait pas se dévoiler imprudemment, parce qu'elle n'avait pas de raison de faire une confiance absolue à Simon.

— Non, je... sa haine pour vous est grande, et vous êtes parfois imprudent.

— Je ne crains pas votre père. C'est lui qui ferait bien de prendre garde à lui.

— Si je me mets à votre place, je comprends que vous vouliez dissoudre ce mariage. Mais je ne sais pas si le roi ou mon père vous laisseront faire.

— Le jour viendra où votre père n'aura rien à dire à ce sujet. Je trouverai une façon de me libérer de lui.

Comment Isabelle n'aurait-elle pas compris les sentiments de Simon, elle qui aspirait, et depuis si longtemps, à se libérer de l'autorité de son père ?

Simon sembla lire dans ses pensées. Il s'enquit :

— Et vous, Isabelle ? Que désirez-vous ?

Elle fut si surprise d'être consultée sur ses souhaits qu'elle s'entendit répondre, sans réfléchir :

— Moi ? Ce que je voudrais par-dessus tout, c'est un enfant.

— Un enfant ? fit Simon en ouvrant de grands yeux. Je ne m'attendais pas à cela.

Elle baissa les yeux, regrettant déjà de lui avoir fait cette confidence. Elle n'osa pas aller jusqu'à dire que son fils, par respect pour la mémoire de son grand-oncle, ferait revivre, à Dragonwick, l'époque des jours heureux. Quand Simon la fixa, l'air moqueur, elle se félicita d'avoir tenu sa langue.

— Tentez-vous de me faire comprendre quelque chose, Isabelle ? Est-ce pour cette raison que vous vous montriez si... coopérative, il y a quelques instants ?

Qu'importait-il, après tout, que Simon la crût ou non ? Elle répondit :

— Peut-être. Vous êtes mon mari, après tout.

Simon ne put cacher sa surprise. Si Isabelle fut d'abord satisfaite de le voir réagir ainsi, elle ne tarda pas à déchanter, quand il lui répondit :

— Vous savez que, pour avoir un enfant, il faudrait que notre mariage soit un vrai mariage.

— Je sais, s'appliqua-t-elle à répondre imperturbablement. Il faut non seulement que je sois mariée, mais que je partage aussi le lit de mon mari.

— Pas nécessairement de votre mari.

Isabelle préféra ne pas se laisser entraîner sur ce terrain. Certes, elle pouvait avoir un enfant hors du mariage, mais son père ne permettrait jamais qu'un bâtard devînt l'héritier de Dragonwick.

— Vous prétendez ne pas savoir ce qu'est l'amour et vous désirez un enfant, continua Simon.

Isabelle s'était détournée, mais elle sentait son regard sur elle. Il reprit :

— Je vous ai vue aujourd'hui, avec votre suivante. J'ai constaté comme vous l'aimiez. Et vous prétendez toujours ne pas être capable d'amour ?

Embarrassée d'avoir été surprise dans cette situation, Isabelle se montra plus arrogante.

— Vous venez de me dire que vous souhaitiez la fin de notre mariage. Je ne vois pas pourquoi vous vous inquiéteriez de savoir si je suis capable d'aimer ou non. Je n'ose quand même pas imaginer que vous attendiez que je vous aime.

— Non, fit Simon, piqué au vif, même si nous restions mariés, je n'attendrais pas que vous alliez jusque-là. Je me méfierais même si vous éprouviez pour moi ce genre de sentiments. Ce que nous pouvons espérer, c'est seulement la fin de la guerre. Pour ce qui me concerne, une seule chose m'importe, c'est de comprendre pourquoi, quand vous agissez, vous n'êtes pas celle que vous prétendez être. Pourquoi ce mensonge ? N'y en a-t-il pas déjà assez à Dragonwick ?

— Vous ne savez rien de moi. Contentez-vous de prendre les choses telles qu'elles viennent, sans vous poser de questions. Quant à la guerre dont vous parlez, elle n'existe pas. C'est de l'indifférence qu'il y a entre nous.

— C'est du désir.

Isabelle ne sut quoi ajouter à cette repartie. Et il était apparent que Simon ne souhaitait pas en dire plus. Un silence se fit, qui leur sembla durer fort longtemps.

Ce fut Simon qui le rompit. Il s'était levé et approché de la fenêtre.

— Il ne pleut plus, dit-il d'une voix neutre.

Effectivement, la pluie avait cessé, depuis un moment, de battre le toit de la maison. Isabelle risqua un coup d'œil rapide vers Simon, qui se tenait debout, devant la fenêtre, les mâchoires serrées, le regard dur. Elle lui en voulut d'avoir pris l'initiative de l'embrasser avant de la laisser dans une situation aussi inconfortable. Elle se leva, prit sur le banc son manteau encore humide, le posa sur ses épaules et se dirigea vers la porte. Il n'était pas envisageable qu'elle passât une minute de plus dans la compagnie de cet homme.

Cette nuit-là, Simon ne dormit pas dans la chambre d'Isabelle. Ce n'était pas qu'il craignît de ne pouvoir résister à la tentation. Non, c'était parce qu'ils s'étaient dit trop de choses.

Simon se demandait seulement ce que penserait Kelsey quand il apprendrait que le mari de sa fille dormait à présent à l'écurie, avec ses hommes. Il était vraisemblable qu'il ne tarderait pas à apprendre la nouvelle, et prévisible qu'il ne l'apprécierait pas, tant était connu son désir d'avoir un petit-fils.

Durant les jours suivants, Simon repensa souvent à la conversation dans la cabane de chasse. Lui qui pensait ne plus devoir être surpris par tout ce que faisaient ou disaient Isabelle et son père, il devait admettre qu'il avait été surpris d'apprendre de sa bouche qu'elle ne s'était offerte à lui que pour avoir un enfant.

Même s'il ne lui importait pas qu'elle le désirât, il avait du mal à accepter cette révélation. Mais ne se mentait-il pas, quand il pensait que le désir d'Isabelle lui était indifférent ?

Et pouvait-il lui en vouloir d'avoir son plan, comme il avait le sien ? Elle voulait un enfant, et lui une annulation. Mais à présent qu'elle le savait désireux de mettre fin à leur mariage, il était vraisemblable qu'elle serait tout aussi impatiente que lui de retrouver sa liberté et de refaire sa vie.

A moins qu'elle n'ait recours à un autre homme pour obtenir immédiatement l'enfant qu'il lui refusait, et qu'elle ferait ensuite passer pour celui de Simon. C'était d'autant plus crédible que lord Kelsey imaginait le mariage consommé depuis le début.

Cette idée déplut à Simon. Et pas seulement parce qu'il y perdrait la possibilité de demander l'annulation. Sans s'y attarder davantage, il préféra penser que c'était le rôle du mari trompé qui lui semblait insupportable.

Sans qu'il voulût se l'avouer franchement, il regardait Isabelle avec plus d'attention qu'auparavant. Il semblait hypnotisé par ses belles mains blanches, quand elle mangeait et buvait à table ; et, quand elle traversait les couloirs du château, avec une grâce qui ajoutait d'autant plus à son charme qu'elle en était inconsciente, il ne pouvait détacher ses yeux du mouvement de ses hanches.

Le jour où Isabelle le frôla dans l'escalier, alors qu'ils montaient les marches qui conduisaient à l'étage, Simon éprouva un tel désir de son corps qu'il se mordit la lèvre pour étouffer un gémissement. Apparemment inconsciente de l'effet qu'elle produisait sur lui, Isabelle avait continué son chemin sans même lui accorder un regard.

Avait-il été envoûté par cette sorcière ? Peut-être. S'il en jugeait par son expérience des femmes, c'était la première fois qu'il se sentait prisonnier d'un tel pouvoir.

Parfois, il se disait qu'il n'était attiré que par la beauté d'Isabelle. Tout homme eût réagi comme lui. « C'est ainsi que les hommes sont faits », avait coutume de dire Jarrod, qui ne pouvait voir passer un jupon sans succomber. Mais, quand la passion se refroidissait ou quand il arrivait, il est vrai plus rarement, que l'élue ne se montrât pas sensible à son charme, il se remettait bien vite de ses émois.

Simon, lui, n'était pas homme à être obsédé par une femme. Il n'avait jamais connu de ces emportements du corps et de l'esprit qui laissent brisé. Ce qui lui arrivait, en ce moment, ne pouvait être qu'une toquade.

Et même une toquade de ce genre finirait par l'ennuyer. Il lui suffisait d'attendre. Et ce n'était pas le temps qui lui manquait.

Un soir, le troisième après son retour de la cabane de chasse, Simon avait préféré ne pas s'asseoir à la table haute, dans la grand-salle, pour le dîner. Il lui semblait plus prudent de se tenir éloigné d'Isabelle tant que durerait le désir qu'il avait d'elle. Une fois la table desservie, il resta assis, en compagnie de Jacques et de quelques hommes, pour une partie de dés.

Kelsey arriva sur ces entrefaites, manifestement fatigué. Il jeta un regard circulaire sur la salle. Quand il aperçut Simon, il fronça les sourcils. Celui-ci leva un instant les yeux vers lui, puis revint au jeu. Jacques agita les dés dans sa main et les jeta sur la table. Bien qu'il semblât attentif au jeu, Simon savait que Kelsey s'approchait d'eux.

Le comte s'arrêta devant la table.

— Que faites-vous à traîner ici quand ma fille vous attend là-haut ?

Simon, qui sentait se nouer les muscles de son dos, s'efforça de répondre le plus calmement qu'il put.

— Je suis au milieu d'une partie.

— N'essayez pas de m'en conter. Je sais que vous négligez ma fille, au point d'aller dormir dans les écuries.

— Je ne cherche pas à mentir. Je ne vous réponds pas parce que je n'y suis pas obligé.

Puis l'idée lui vint de demander à Kelsey :

— Est-ce Isabelle qui vous a parlé de cela ?

— Je n'ai pas à vous rendre de comptes.

Le mécontentement manifeste de Kelsey laissait à penser que ce n'était pas Isabelle qui l'avait informé. Simon en ressentit d'abord de la satisfaction. Puis il se dit qu'Isabelle n'avait tenu sa langue que parce qu'elle y avait intérêt.

— Comme j'ai déjà eu l'occasion de vous le dire, ce qui se passe entre ma femme et moi ne vous regarde pas.

— Cela ne me regarde pas ? répéta Kelsey, hors de lui. Vous êtes ici pour avoir un enfant !

Simon ne put s'empêcher de trouver amusant que Kelsey et Isabelle fussent aussi impatients l'un que l'autre de lui faire jouer ce rôle de géniteur. Se pouvait-il que la fille ne fît, là encore, qu'obéir au père ? Et Simon qui pensait voir dans ce désir d'enfant une preuve des qualités de cœur d'Isabelle ! Se pouvait-il qu'il se fût trompé ?

La voix de Kelsey le ramena à la réalité.

— Vous n'avez pas le droit de me désobéir, Warleigh, parce qu'en agissant ainsi, c'est au roi que vous désobéissez. Il vous a ordonné d'épouser ma fille et vous n'aurez exécuté cet ordre que lorsqu'elle attendra un enfant.

Simon regardait Kelsey avec, dans les yeux, une colère qu'alimentaient la frustration et le dégoût.

— Et lorsqu'elle aura son enfant, milord Kelsey, le roi pensera-t-il vraiment que j'ai accompli mon devoir et me laissera-t-il retourner à Avington ?

— Oui, peut-être le fera-t-il, répondit Kelsey avec un sourire froid qui semblait cacher bien des arrière-pensées.

Le regard du comte se porta sur lord Frédéric, que Simon n'avait pas vu arriver. Les deux hommes échangèrent un regard entendu. Et Simon comprit que si cette décision dépendait de lord Kelsey, il ne reverrait jamais Avington. Il se félicita que Christian fît tous ses efforts pour trouver des soutiens qui pourraient, un jour, obliger le roi Jean à le laisser aller.

Kelsey tourna le dos à Simon et s'éloigna en lançant, par-dessus son épaule :

— J'attends donc que vous vous montriez plus entreprenant avec ma fille ! Vous m'avez compris ?

Ces derniers mots firent monter le sang à la tête de Simon. En trois enjambées, il avait rejoint Kelsey et lui faisait face. Il savait qu'Isabelle n'apprécierait pas qu'il se mêlât ainsi de défendre son honneur, mais il ne pouvait supporter plus longtemps la goujaterie froide de son beau-père.

— Je vous répète, et pour la dernière fois, que c'est là une affaire entre Isabelle et moi. Je ne veux plus que nous en reparlions, ni maintenant, ni jamais. Même le roi ne peut rien dans ce domaine.

Simon s'interrompit. Il leva la main quand Kelsey ouvrit la bouche pour lui répondre et continua :

— Et rappelez-vous encore qu'Isabelle est ma femme. Ne vous avisez plus d'user de ce ton grossier quand vous parlez d'elle devant moi ou devant mes hommes. C'est une insulte, pour elle en tant que dame d'Avington et, à travers elle, pour toute ma maison.

Puis Simon tourna les talons et s'éloigna. Mais il avait eu le temps de voir le visage de son beau-père s'empourprer avant de virer au violet sous l'effet d'une colère qui n'éclata pas.

Cet éclat avait rasséréné Simon, mais il savait bien que rien n'était réglé pour autant. Particulièrement la question de l'enfant. Jusqu'à quel point Kelsey et Isabelle avaient-ils partie liée dans cette affaire ? Si Isabelle ne faisait qu'obéir à son père, pourquoi avait-elle pris la peine de mettre Simon en garde contre lui dans la cabane de chasse ?

Simon n'avait pas de réponse à ces questions. Mais il se promettait d'en trouver.

9.

Depuis une heure, Isabelle arpentait le chemin de ronde des murailles de Dragonwick, sans éprouver le moindre apaisement. Rien ne pouvait calmer l'agitation qu'elle ressentait au fond d'elle-même. Elle s'arrêta pour considérer la campagne plongée dans la nuit. Le ciel, au-dessus d'elle, était couvert de nuages lourds et noirs qui cachaient la lune et les étoiles.

Sans cesse, elle se rappelait les paroles de Simon à son père, dans la grand-salle. Aucun des deux ne savait qu'elle avait surpris leur altercation, alors qu'elle se rendait aux cuisines, où elle comptait demander une tisane pour la nuit. Certes, c'était moins elle, Isabelle, que la dame d'Avington, que Simon avait défendue, mais il n'empêchait que… que… Au fond, elle ne savait pas que penser de ce qui venait de se passer.

Elle repensa à leurs instants d'intimité, dans la cabane de la forêt, et particulièrement aux derniers mots de Simon, qui avait parlé de désir entre eux.

Cette idée la troublait plus qu'elle n'aurait su dire. Elle était obsédée d'images sensuelles, qu'alimentait le souvenir de leurs étreintes. L'incendie que les caresses et les baisers de Simon avaient allumé dans ses veines ne s'était toujours pas éteint. C'était à la fois délicieux et terriblement frustrant. Isabelle tendit les mains pour s'agripper aux créneaux de la muraille. Elle sentit la pierre mordre ses paumes, insista jusqu'à la douleur, mais sans parvenir à faire taire son désir.

Simon prétendait ne pas vouloir d'elle, mais elle savait, à force de l'observer avec toute l'intensité de son désir, qu'il avait un regard incandescent quand il la regardait à la dérobée, et que son corps vibrait quand il se produisait, comme l'autre fois dans l'escalier, qu'ils fussent l'un près de l'autre.

L'intimité qu'ils avaient partagée dans la cabane avait ouvert les yeux d'Isabelle sur certaines réalités. Et, quelque inexpérimentée qu'elle fût encore, elle comprenait ce que pouvait ressentir Simon.

Un bruit de pas tira Isabelle de sa rêverie. Elle tourna la tête. C'était une sentinelle, chargée de garder la section de muraille où elle se trouvait. L'homme passa à sa hauteur. Bien qu'il s'appliquât à regarder droit devant lui, Isabelle sentit que sa présence l'intriguait. Il devait se demander ce qu'elle pouvait bien faire sur les murailles à une heure aussi avancée.

Elle se contracta à cette idée. Elle ne voulait pas qu'on pût spéculer sur sa vie privée. Que ne devait-on pas dire, dans les cuisines et les écuries du château, de ce qui lui arrivait !

De nouveau, son désir se mit à parler. Que pouvait-elle faire pour qu'il se tût ?

Soudain, elle se mordit la lèvre. Il y avait une solution. Elle pouvait trouver le moyen d'assouvir ce désir tout en obtenant ce qu'elle désirait le plus, un enfant. Mais il lui faudrait du courage.

Elle irait trouver Simon. Elle lui demanderait de lui donner un fils, en échange de la promesse de ne pas chercher à le retenir, de l'aider même à trouver le moyen de partir en lui laissant cet enfant à élever. Car elle avait compris que, si son père avait besoin d'un petit-fils pour s'emparer d'Avington, il lui fallait aussi se débarrasser de Simon.

Elle pouvait faire confiance à son mari. Il avait l'esprit chevaleresque. Il l'avait assez montré en prenant son parti contre lord Kelsey. Personne ne lui avait manifesté tant d'égards depuis la mort de son oncle. Tout ce qu'elle devait faire, c'était lui faire comprendre qu'elle ne le retiendrait pas, qu'il pourrait retourner à Avington. Dans le cas où son père s'irriterait de cette situation au point de refuser de reconnaître son petit-fils, elle s'enfuirait avec l'enfant et irait se réfugier chez la sœur de sa mère, en Normandie. Elle raconterait à cette tante qu'elle était veuve et qu'elle avait quitté son père, dont la femme ne la supportait pas. Elle savait que sa tante, qui avait fait tant de chemin pour la voir, il y avait de nombreuses années, par pure bonté d'âme, ne pourrait manquer d'avoir pitié d'elle et de l'héberger. L'espoir que fit naître cette pensée lui allégea le cœur.

Bien qu'Isabelle souhaitât que son fils fût seigneur des terres du Dragon et qu'il entretînt la mémoire de ce grand-oncle, elle se rendait compte qu'il était encore plus important pour elle d'avoir un enfant à aimer et à guider dans la vie.

Elle vendrait ses bijoux pour subvenir pendant assez longtemps à ses besoins, à ceux du bébé et à ceux d'Helwys.

Elle examina son plan sous tous les angles et se convainquit de son habileté. Il restait à convaincre Simon.

Après être allée s'étendre, elle attendit le matin, trop éveillée pour espérer dormir. Quand il fit jour, elle envoya Helwys demander à Simon de la rejoindre dans sa chambre. Il lui fallait trouver le ton juste. Elle parlerait de leur désir commun. Il avait certes dit qu'il ne voulait pas consommer son mariage, mais ne se rendait-il pas compte qu'il disposait ainsi de la vie de sa femme avec autant d'indélicatesse que son beau-père ? C'était là un argument auquel il devrait être sensible. Elle ne pourrait qu'être aidée par le désir qu'il avait d'elle et qu'il lui avait déjà maintes fois manifesté. A évoquer une nouvelle fois leurs moments de sensualité, elle sentit tout son corps réagir et s'en agaça. Bientôt, elle assouvirait ce désir avec lui, et elle s'en libérerait.

La porte de la chambre s'ouvrit. Isabelle, avant même de se retourner, sut que c'était Simon, à l'odeur d'air du dehors qu'il apportait avec lui.

— Isabelle ?

Son nom, prononcé par les lèvres de Simon, la fit trembler. Elle fut obligée de respirer profondément pour se calmer avant de se retourner. Il ne fallait pas qu'elle parût trop impatiente.

Elle se leva de son siège et se tourna lentement vers lui.

— Simon.

— Vous m'avez fait appeler ? demanda-t-il en levant un sourcil.

— C'est exact, dit-elle avec un mouvement de la tête.

Il y avait entre eux un certain embarras, dû au souvenir de ce qui s'était passé la dernière fois qu'ils s'étaient rencontrés.

Simon la regardait de ses grands yeux bruns, immobile, silencieux, attendant qu'elle voulût bien lui expliquer ce qu'elle voulait.

Maintenant qu'elle était en face de lui, Isabelle se sentait moins sûre d'elle. Ce qui lui avait paru si simple et si logique devenait, sous son regard, extraordinairement difficile à expliquer.

Mais Isabelle n'était pas lâche. Elle prit sur elle et, avec un sourire accueillant, montra de la main la chaise qu'elle venait de quitter.

— Je vous en prie, asseyez-vous.

Ce sourire fit naître dans le regard de Simon une étincelle qu'Isabelle aurait été bien en peine d'interpréter. Lentement, il s'approcha du siège et s'assit. Isabelle fit deux pas en arrière.

— Je crois préférable, dit Simon, que vous me disiez sans détour pourquoi vous m'avez fait venir. Il ne serait pas digne de vous que vous vous perdiez en vaines civilités ou en circonlocutions.

D'un mouvement de la tête, Isabelle lui manifesta qu'elle avait compris, mais elle trouvait ses manières directes exaspérantes. Ce n'était pas la subtilité qui étouffait cet homme.

— C'est entendu, je vais vous parler franchement. Vous savez que nous avons chacun des vues bien précises sur notre avenir.

Simon inclina la tête. Le manque de chaleur dont il faisait preuve était particulièrement agaçant, mais Isabelle aurait desservi sa cause en lui faisant des reproches. Elle continua, sur le même ton posé et courtois :

— J'ai beaucoup réfléchi depuis notre dernière rencontre, et j'ai compris qu'il était possible que nous obtenions l'un et l'autre ce à quoi nous aspirons.

Simon, silencieux, la regardait, et attendait la suite.

— Simon... je...

A présent qu'il lui fallait dire les choses plus précisément, les mots s'embarrassaient dans sa gorge et refusaient de sortir. Elle alla vers la fenêtre pour se donner une contenance et tenter de reprendre ses esprits.

Sans mot dire, intrigué, Simon l'observait. Il se demandait si cet entretien allait lui permettre de savoir quelle était la part de son père dans son désir d'avoir un enfant. Il tenta de l'encourager :

— Qu'essayez-vous de me dire, Isabelle ?

Elle prit une inspiration profonde, carra ses épaules et revint vers lui en affichant un large sourire, qui faisait apparaître, sur sa joue, comme chaque fois, une petite fossette. Et ce sourire, tout conventionnel qu'il fût, fit battre le cœur de Simon.

— Je désirerais simplement que nous trouvions un moyen d'être amis, comme vous l'avez proposé plusieurs fois.

— Il est vrai, fit Simon en tentant de masquer sa déception, que je vous ai parlé de cela à différentes reprises.

Isabelle le considéra plus attentivement, avant de lui demander :

— Etes-vous toujours dans ces dispositions ?

— Pourquoi ne le serais-je pas ? Ce n'est pas moi qui ai renoncé à cette idée.

Il y eut, dans les yeux d'Isabelle, comme l'expression d'une tristesse, qui se dissipa aussitôt. Elle s'approcha lentement de lui, passa derrière son fauteuil, et, d'une voix plus rauque, qui donnait à penser, elle répondit :

— Je suis vraiment heureuse que vous me disiez cela.

Simon se sentit enveloppé du parfum chaud et doux d'Isabelle Elle devait être tout près de lui. Un frisson lui parcourut la nuque. Il avala sa salive.

— Vos paroles sont surprenantes, répondit-il en s'efforçant de parler posément, surtout après ce qui s'est passé dans la cabane. J'ai pensé que vous aviez été... enfin... il est de fait que vous avez été distante ensuite.

— J'étais en colère, murmura-t-elle dans son dos, si près qu'il entendait le frottement de la robe de velours contre le dossier du fauteuil. J'étais en colère, mais ça n'a duré qu'un temps. Ce n'est plus ce que je ressens.

Simon se demanda ce qui allait se passer ensuite. Une nouvelle fois, il avala sa salive.

— Isabelle, dit-il d'une voix qu'il aurait voulue moins émue.

Elle eut un petit rire, qui paraissait nerveux. Mais peut-être Simon interprétait-il les choses d'après ce qu'il ressentait lui-même.

— Simon ? dit-elle très calmement, comme pour démentir ce qu'il avait imaginé.

Il y avait, dans la voix d'Isabelle, quelque chose qui ressemblait à de la séduction.

Simon tenta d'éloigner cette idée. Il ne pouvait pas y croire. Jamais elle n'avait utilisé cette arme. Il estimait que, bien qu'elle fût la fille de Kelsey, elle avait beaucoup d'innocence. Et il continuait de le penser, même si elle avait répondu fougueusement à ses avances.

Il sentit les mains fraîches d'Isabelle se poser sur sa nuque. Une chaleur intense lui traversa le corps et lui coupa le souffle. Il se leva subitement, et se retourna.

— Isabelle, que faites-vous ?

Pendant une fraction de seconde, le regard d'Isabelle vacilla. Mais elle se reprit et, avec détermination, fit le tour du fauteuil pour se placer face à Simon, en fixant sur lui un regard sans équivoque qui le choqua.

— Je suppose que vous savez ce que je fais.

Simon se troubla. Il se sentit envahi, tout d'un coup, par les images qui l'assiégeaient, quand, la nuit, sur sa paillasse, il cherchait le sommeil. Il prit les mains d'Isabelle dans les siennes, les serra fortement, comme pour mettre fin au vertige qui l'emportait. Il se força à réfléchir froidement.

— Est-ce votre père qui vous a demandé d'agir ainsi ?

— Qu'est-ce qui vous fait croire ça ? demanda-t-elle avec une indignation qui paraissait sincère.

— Alors pourquoi cherchez-vous à obtenir de moi ce que votre père semble désirer si fortement ?

— Vous savez que je ne désire rien tant que d'avoir un enfant, dit-elle en le regardant avec des yeux attendrissants. Faisons en sorte que j'en aie un. Et nous nous séparerons. Vous me laisserez l'enfant et je vous aiderai même à rentrer à Avington. Vous pourrez invoquer n'importe quelle excuse, que je suis contrefaite par exemple.

— Jamais, se récria-t-il en se redressant sur son siège, jamais je n'accepterais d'avoir un enfant que je ne connaîtrais pas. J'ai appris à mes dépens, quand j'ai perdu le mien, qu'un père doit connaître son fils, et un fils son père. Non, jamais, répéta-t-il, la voix chargée de tristesse et d'indignation.

Isabelle fut embarrassée par la réaction de Simon. Son ton sans réplique lui fit honte. Elle avait imaginé, après leurs regards, leurs caresses, leurs baisers, qu'elle pourrait… si elle lui faisait comprendre qu'elle ne le retiendrait pas…

Elle s'était lourdement trompée. Soudain, sa solitude, ses rêves évanouis, son avenir sinistre lui furent insupportables. Un corset de fer lui étreignit la poitrine.

— Isabelle, dit, à voix basse, Simon qui paraissait sensible à son émotion.

Elle ne voulait pas de sa pitié. Elle lui tourna le dos et courut vers la porte. A l'aveugle elle trouva le loquet, sortit, descendit l'escalier, et traversa la grand-salle en priant Dieu qu'il ne la suivît pas pour ne pas perdre ce qui lui restait de dignité.

Simon resta immobile un long moment. Il savait qu'il aurait dû accepter la séparation qu'elle proposait, que cela aurait mieux valu pour tous les deux.

Mais il ne le pouvait pas.

Le souvenir l'obsédait du visage d'Isabelle, où se lisait un chagrin qu'elle n'arrivait pas à dissimuler. Il en était bien plus touché que du désir de commande qu'elle avait affiché. Il repensa à l'enfant. Un enfant à l'éducation duquel il ne participerait pas. Comment avait-elle pu imaginer qu'il accepterait une proposition aussi insensée ?

En repensant au corps souple et mince d'Isabelle courant vers la porte, il poussa un gémissement de désir. Sans plus attendre, il sortit de la chambre pour aller à sa recherche. Il descendit l'escalier à son tour. Comme il entrait dans la grand-salle, il vit disparaître sa robe rouge bordeaux par la porte de la cour. Il la suivit, sans se soucier du regard des habitants du château, passa la porte. Ce n'est que lorsqu'il la vit entrer dans les écuries qu'il comprit où elle comptait se rendre. La cabane de chasse. Et elle souhaitait certainement y être seule.

Quelques instants plus tard, Isabelle sortait dans la cour, montée sur sa jument noire, et quittait Dragonwick. Simon se rendit alors en courant dans les écuries et ordonna sans ménagement, à un palefrenier ahuri, de seller son cheval. Le domestique s'exécuta, mais il était trop troublé pour être efficace. Simon fit une grimace, lui prit la selle des mains et acheva le travail.

Après avoir franchi la grande porte du château, il se dirigea vers la forêt. S'il s'était trompé sur les intentions d'Isabelle, il ne parviendrait pas à la retrouver.

Mais il avait vu juste. La jument noire était attachée devant la cabane. Il arrêta sa monture à côté de celle d'Isabelle et poussa la porte de la maisonnette, sans cérémonie.

L'intérieur était trop sombre pour qu'il pût la voir immédiatement, mais l'expression de surprise qu'elle poussa lui fit tourner les yeux vers le lit. Isabelle s'était redressée et essuyait d'un revers de main les larmes qui mouillaient son visage. Elle s'exclama :

— Que faites-vous ici ?

La brutalité du ton déconcerta Simon. Mais il pouvait comprendre la colère de la jeune femme.

— J'ai à vous parler.

— Nous n'avons plus rien à nous dire, fit-elle, le menton levé, mais avec encore des sanglots dans la voix.

— Je pense que si, répondit Simon en faisant un pas vers elle.

— Vous… vous avez dit ce que vous aviez à dire.

Simon remarqua que c'était peut-être moins l'émotion que le froid qui faisait trembler la voix d'Isabelle. Rapidement, il se dirigea vers la cheminée.

— Que fai… faites-vous ?

— Je vais allumer du feu.

— Je n'en ai pas besoin.

— Vous grelottez. Ne dites pas le contraire.

Isabelle n'ajouta rien. Comme la première fois qu'ils s'étaient trouvés dans cette cabane, Simon alluma un feu. Ces quelques instants lui donnèrent le temps de s'apaiser et d'envisager sereinement la suite de leur conversation.

— Vous ne partez pas ? dit Isabelle quand il se releva.

Simon s'approcha, décidé à conserver son calme.

— Je voudrais que vous me pardonniez mon emportement, dans votre chambre. C'était déplacé. Mais je pensais que vous compreniez mon sentiment sur ce sujet.

— Vous avez atteint votre but. Je comprends votre sentiment.

— Il me semble que non, répondit Simon en levant la main. Je voudrais vous exprimer mes regrets de ce que j'ai fait, et ma... sympathie.

— Si vous avez de la sympathie pour moi, messire, je vous conjure de quitter les lieux pour ménager ce qu'il me reste de dignité.

— Il vous en reste peut-être trop.

A sa grande surprise, Simon vit Isabelle se précipiter sur lui en s'exclamant :

— Comment osez-vous ? Comment pouvez-vous m'accuser d'en avoir trop, alors que vous ne cessez de vous draper dans la vôtre ?

Avant d'avoir compris ce qu'il faisait, Simon avait saisi Isabelle aux épaules. Il commençait à perdre patience. Jamais une femme n'était parvenue à le mettre hors de lui, mais il se demandait si celle-ci n'allait pas être la première.

— Voilà une belle insulte, venant de vous !

— Croyez-vous être seul à pouvoir insulter les autres, messire ? On dirait que vous ne voyez même pas ce que vos propos avaient d'injurieux ?

— Je me suis conduit bêtement. Mais vous pouvez imaginer ce qui se passe dans ma tête quand votre père…

— Pourquoi pensez-vous à mon père ? Il ne sait même pas ce qui se passe entre nous.

— Il sait pourtant que je ne dors pas dans votre chambre. Il m'a d'ailleurs redit que j'étais ici pour vous donner un enfant.

Isabelle avait soudain pâli et son regard s'était rempli d'une expression qui ressemblait à de la peur.

— Seigneur Dieu, quand a-t-il fait ça ? Sait-il que nous n'avons pas consommé notre mariage ?

— C'était hier soir. Non, je suis sûr qu'il ne sait rien. Il m'a seulement reproché de traîner dans la grand-salle au lieu d'aller vous rejoindre dans votre chambre pour faire mon devoir.

Isabelle comprenait que cet échange de propos avait eu lieu avant celui qu'elle avait surpris. Elle porta les mains à ses joues.

— Mon Dieu ! s'exclama-t-elle. Comment a-t-il pu faire ça ?

— Eh bien, je commence à comprendre pourquoi la fille obéissante que vous êtes ne peut pas faire autrement que de vouloir un enfant, même de moi.

Simon avait dit ces mots sans reproche, sans ironie, comme on constate un fait dont l'évidence est patente. Mais sa voix, à son insu, s'était tendue.

— Seigneur, aidez-moi, dit Isabelle en enfouissant son visage dans ses mains. Oh, tous ces gens

qui me harcèlent avec leurs volontés, avec leurs suspicions !

De nouveau, Simon fut sensible à sa détresse. Il lui prit les mains, les yeux intensément fixés sur les siens, où la colère avait fait place à la souffrance.

— Il est vrai que quelqu'un d'autre que nous veut et suspecte.

— Maintenant que tout est clair pour vous, dit-elle en relevant la tête, mais sans le regarder, je serais heureuse que vous me laissiez en paix.

— Pourquoi, demanda-t-il après avoir attendu, quelques instants, qu'elle voulût bien le regarder, pourquoi avez-vous tenté ce... rapprochement tout à l'heure ?

— Vous savez que je veux un enfant, répondit-elle en baissant les yeux. Comme je vous l'ai dit, j'ai pensé que vous feriez un aussi bon père que bien d'autres. Je dois reconnaître que, tout insupportable que vous soyez, vous avez quelques qualités. Helwys m'a dit que vous aviez eu des égards pour elle, et que vous vous conduisiez de la sorte avec tous les domestiques du château.

Simon fut surpris qu'Isabelle accordât tant d'importance à ces détails. Il n'avait fait qu'agir avec le plus élémentaire savoir-vivre. Mais il était vrai qu'elle découvrait, avec lui, que tous les hommes n'étaient pas comme son père.

— Outre cela, continua Isabelle, la voix un peu altérée, il y a ces sentiments au fond de moi. Ces impressions étranges quand vous me touchez. Je...

Elle rougit, et baissa les yeux.

Simon, à présent, sentait son émotion grandir. Il était touché qu'elle eût admis déjà qu'il ferait un père satisfaisant. Il l'était plus encore de sentir qu'elle commençait à lui ouvrir son cœur. C'est d'une voix étrangement plus sourde qu'il lui dit :

— Je comprends qu'il ne vous soit pas facile de me parler de ces choses. Mais il ne faut pas que vous ayez honte de vos sentiments. Il est humain de réagir ainsi, de désirer quelqu'un, d'exprimer ce que l'on ressent.

La tête obstinément baissée, Isabelle ne répondit pas. Elle était si désemparée, si vulnérable que Simon ne put s'empêcher de prononcer son nom, à voix basse :

— Isabelle.

Elle leva sur lui des yeux qui semblaient deux violettes humides de rosée. Simon y pouvait voir un désarroi, une fragilité qui les rendaient encore plus beaux, et son cœur se mit à battre si violemment qu'il semblait être à l'étroit dans sa poitrine.

— Comme je vous l'ai dit, je ne veux pas de votre pitié.

Isabelle avait déjà tenu ces propos intransigeants, mais elle n'avait plus la tête haute, ses épaules avaient perdu leur raideur, tout son corps paraissait plus doux. Simon eut envie de la serrer contre lui et son désir s'enflamma à cette idée.

Peut-être avait-il eu tort d'envisager aussi sérieusement l'annulation de leur mariage. Si Isabelle et

sentait son regard sur elle. Elle se cacha le visage dans les mains, gênée qu'il la vît ainsi. Elle avait conscience que ce qu'elle avait ressenti, que ce qu'elle avait montré surtout, la laissait plus vulnérable que jamais, exposée à la volonté de cet homme.

Et cela, elle ne pouvait l'accepter.

Simon Warleigh restait pour elle un inconnu, et, à ce titre, elle ne pouvait lui laisser prendre sur elle un ascendant dont elle avait tout à craindre.

10.

Simon fut conscient de ces réticences. Il en fut déçu. Mais il savait qu'il ne devait s'en prendre qu'à lui s'il avait épousé cette femme dans d'aussi lamentables conditions et s'il la désirait à présent comme un forcené même lorsqu'elle le repoussait. Isabelle n'avait pas cherché à jouer un rôle. Dès le début, elle ne lui avait pas caché ses sentiments. Et ce n'était pas parce que les plaisirs physiques partagés avec elle surpassaient tout ce qu'il avait connu jusque-là qu'il devait s'attendre à la voir changer.

Doucement, il lui dit :

— Je suis désolé, Isabelle. Je comprends que ce que nous venons de vivre ne nous engage à rien. Cependant, continua-t-il d'un ton plus ferme, je voudrais que vous sachiez que je veux un enfant de vous, quel que soit l'état de nos relations.

Il la sentit tendue soudain. Elle prit une inspiration profonde et baissa le bras qui lui cachait le visage. Ses beaux yeux, que le plaisir avait rendus si brillants, ne trahissaient à présent aucune émotion.

— Je comprends vos sentiments, répondit-elle, mais je vous demande une chose.

Simon leva un sourcil surpris. Elle continua :

— Je voudrais que vous ne parliez pas de l'avenir maintenant.

— Comme vous voudrez. Mais pouvez-vous me dire, au moins, si vous avez toujours l'intention d'avoir un enfant de moi ?

Isabelle s'assit dans le lit. Elle répondit, en regardant droit devant elle :

— Oui, bien sûr. Je… oui.

Puis, tournant le visage vers lui, elle ajouta :

— C'est mon désir. Et je ne vois pas pourquoi il y aurait quelque chose de changé à cela.

— Alors, pour être plus sûr de notre affaire, nous pourrions peut-être…

Simon se reprocha de parler avec autant de désinvolture, comme s'il s'agissait d'aller faire une promenade à cheval dans la campagne. Elle aurait pu douter de la sincérité de son désir d'avoir d'elle un enfant, un fils, un héritier, qui aimerait Avington comme lui, et comme, avant lui, son grand-père et son grand-oncle.

— Vous voulez dire… maintenant ? s'étonna Isabelle.

Malgré son excitation, il n'osa pas se montrer trop pressant. Isabelle n'avait jusqu'à ce jour aucune expérience de l'amour physique. Il ne devait pas abuser et c'est en rougissant un peu qu'il répondit, rapidement :

— Pas forcément.

Il lui sembla qu'Isabelle était déçue. Mais ne se faisait-il pas d'illusions ? Il s'efforça de se montrer courtois, sans faire taire son désir.

— A moins que vous ne le souhaitiez.

— Je... je vous remercie, mais je... Ne pensez-vous pas qu'on risque de nous attendre au château ?

— C'est vrai, fit Simon avec une grimace.

Il n'avait pas envie que Kelsey en apprît trop long sur l'intimité de leurs relations. Isabelle parut lire dans ses pensées.

— J'aimerais que ce qui vient de se passer reste notre secret. Au moins pour l'instant.

— Cela allait sans dire. Ce que nous faisons ne regarde que nous. Il est vrai que ces quelques instants risquent de me lier encore un peu plus à votre père, mais ce n'est pas une raison pour que je lui demande de tenir la chandelle. Accepteriez-vous que nous nous retrouvions, dans cette cabane, de nouveau ? J'ai l'impression que votre père n'y vient plus. Et comme il ne s'oppose pas à nos promenades à cheval...

— Je ferai mettre des draps propres et de la chandelle, se contenta de répondre Isabelle en baissant le regard sur ses mains.

— Tout est pour le mieux alors.

— Oui, peut-être devrais-je m'habiller à présent.

— Bien sûr, fit Simon en approuvant d'un mouvement de la tête.

Il se leva, rassembla ses vêtements. Isabelle évita de le regarder avant qu'il fût vêtu.

— Je vais chercher les chevaux, dit-il en se dirigeant vers la porte.

Le soir approchait. Le temps s'était refroidi. Simon pensait à cette journée étrange. Il avait fait l'amour avec la plus belle femme qu'il eût jamais vue et n'avait échangé avec elle que les propos les plus prosaïques.

Si c'était ainsi qu'Isabelle concevait leur relation, il ne voulait pas la brusquer. Il serait temps de parler de leur couple, de leur avenir quand il connaîtrait la réaction des barons aux lettres du père de Christian.

Si Isabelle et lui parvenaient à quitter Dragonwick, se libérer de Kelsey, elle considérerait son mari avec d'autres yeux. Elle manifesterait, à coup sûr, une indulgence qui leur permettrait de vivre ensemble à peu près normalement.

Simon secoua la tête, refusant de se laisser envahir par ces soucis avant que le temps soit venu.

Lorsque Simon quitta la pièce, Isabelle poussa un profond soupir. Elle recommençait à respirer normalement. Elle se glissa hors du lit, prit ses vêtements, les mains tremblantes. Elle avait fait ce qu'elle avait pu pour cacher sa tristesse à Simon. Il voulait un enfant, pourquoi pas ? mais elle n'avait aucune intention de lui donner le sien. De nouveau, elle se sentit envahie par la souffrance. Si seulement il ne lui avait pas donné l'impression qu'il s'intéressait plus à ce fils qu'à elle-même !

Elle se rappela les moments intenses qu'elle venait de vivre, les plus exaltants de toute sa vie. Elle se sentait d'autant plus comblée qu'elle avait un instant craint de s'être dangereusement exposée. Simon avait-il retiré de ces moments de plaisir la même satisfaction ? Elle l'ignorait. Le plus important était qu'il lui eût proposé de la retrouver de nouveau dans la cabane.

Elle décida de prendre les choses comme elles viendraient. Le moment venu, s'il se trouvait que la passion en fît partie, elle l'accepterait. Mais, en attendant, elle continuerait de copier son attitude sur celle, si froide, de Simon.

Après s'être enveloppée dans son manteau, elle sortit pour rejoindre son mari.

Ils se mirent en selle et rentrèrent au château sans plus échanger un mot. Ils s'étaient tout dit. Mais ils avaient tous les deux à l'esprit leur projet de rencontre dans la cabane, qui, comme une toile d'araignée tendue entre deux branches, les attachait l'un à l'autre par mille liens ténus, secrets et plus solides qu'ils ne l'auraient cru.

Quand Isabelle entra dans sa chambre, elle y trouva Helwys, qui lui apprit que son père l'attendait. Sur le moment, elle fut envahie d'une telle angoisse que ses genoux en tremblaient. Se pouvait-il que son père eût remarqué ce qui se passait entre elle et Simon ?

Elle préféra chasser cette idée. Comment son père s'en fût-il douté seulement, puisqu'il pensait leur mariage consommé depuis longtemps ?

Elle respira plus calmement, releva la tête et se dirigea vers la chambre de lord Kelsey. Non seulement elle ne parlerait pas de ses rencontres avec Simon, mais elle tairait aussi son intention de quitter Dragonwick. Elle savait que son père n'était si pressé d'avoir un petit-fils que pour mettre plus rapidement un terme à la vie de Simon. Tant qu'elle ne serait pas enceinte, Simon ne courrait aucun danger.

Elle trouva son père assis à une table, penché sur les longues colonnes de ses livres de comptes. Il leva la tête quand elle entra et lui dit :

— Ah, Isabelle, je vous attendais.

— J'étais avec Simon Warleigh, répondit-elle avec assurance, bien que son cœur battît fortement.

— Bon, alors, ce n'est pas lui.

— De quoi voulez-vous parler, père ?

— J'ai failli être atteint par une flèche ce matin.

Isabelle sursauta. Elle fit un pas vers lui. Même si elle le détestait, elle sentait que la part d'elle-même qui avait toujours désiré son amour continuait de l'aimer.

— Et tout va…

— Pas de sensiblerie, l'interrompit Kelsey en levant la main. Comme vous pouvez le voir, je me porte bien. J'ai eu une conversation particulièrement déplaisante avec Warleigh, l'autre soir. Il s'est montré… agressif.

Le regard froid de Kelsey se fit plus soupçonneux. Il poursuivit :

— Pourquoi ne m'avoir pas dit qu'il ne dormait plus dans votre chambre ?

— Je n'en ai pas eu l'occasion, père, répondit Isabelle en essayant de respirer posément.

— Il est vrai que je me suis absenté longtemps, reconnut-il en fronçant les sourcils, l'air songeur. J'avais beaucoup à faire pour les moissons. C'est que je ne tiens pas à être lésé.

Bien qu'elle connût son père, Isabelle ne pouvait s'empêcher d'être surprise de le voir plus soucieux de prélever ce qui lui était dû sur les moissons que du danger de mort qu'il venait de courir.

— Mais, père, qui peut bien avoir tiré sur vous ?

— Si ce n'est pas Simon Warleigh, je ne sais pas. Celui qui m'a agressé a perdu ceci.

Kelsey chercha, sous le registre, un objet qu'il montra à Isabelle. Elle eut un choc. C'était la broche en forme de dragon qu'elle avait vue sur le manteau de Simon ; ou sa copie.

— Warleigh a-t-il passé toute la matinée avec vous ?

— Oui, père, répondit Isabelle, très troublée.

— Ses hommes ne peuvent pas être suspectés non plus.

Kelsey resta un instant silencieux, puis son regard se fit plus menaçant.

— Je ne comprends pas. J'ai vu cette broche sur le manteau de Warleigh. Et, comme par hasard, c'est après avoir été menacé par lui que je manque d'être assassiné.

Isabelle s'attachait à ne rien laisser paraître de son émotion. Elle fit la réponse que son père attendait.

— C'est un insensé.

— Exactement. Même s'il n'est pas mêlé à cette affaire, ce qui m'étonnerait, nous serions bien inspirés de nous en débarrasser avant qu'il ne devienne plus dangereux.

La première fois que son père avait fait ce genre de menace, Isabelle s'était sentie troublée. A présent, elle sentait sa poitrine comme broyée par l'angoisse.

— Père, vous comptez réellement le tuer ?

— Dès que vous aurez un enfant et que tous les biens des Warleigh m'auront été confiés, il sera temps de régler le sort de cet homme. Il paiera pour avoir osé comploter contre moi.

Isabelle parvint à surmonter sa terreur pour interroger, avec une ingénuité feinte :

— Mais le roi Jean ne sera-t-il pas mécontent de voir mourir celui qu'il avait confié à votre garde ?

— Le roi Jean, répondit son père avec un rire dur, sera très satisfait d'être débarrassé d'un homme qui a la plus déplorable influence sur les barons qui lui sont hostiles.

— Alors, pourquoi le roi n'a-t-il pas pendu Warleigh dès le début ? Pourquoi l'a-t-il forcé à m'épouser ?

— Puis-je savoir, fit lord Kelsey, le regard plus incisif, ce qui vous rend soudain si sensible au sort de lord Warleigh ? Seriez-vous en train de vous ranger du côté de mes ennemis ?

Isabelle, se gardant d'une précipitation suspecte, secoua la tête pour dire, avec fermeté :

— Je pense seulement à l'avenir. Je ne voudrais pas qu'une décision hâtive vous crée des difficultés.

Elle comprit qu'elle avait trouvé le ton juste, entre indifférence et irritation, quand elle entendit son père lui répondre, avec un mince sourire :

— C'est bien pensé. Mais ne vous souciez pas de cela. Je sais comment faire pour que la disparition de Warleigh puisse passer pour un accident. Jouez votre rôle. Ne tardez pas à avoir l'enfant qui me permettra de réaliser tous mes plans.

Le cœur d'Isabelle s'était arrêté de battre. Elle ne se sentait plus la force de soutenir le regard de son père. C'est les yeux baissés qu'elle lui répondit :

— Je ferai de mon mieux pour donner ce que vous attendez de moi, et le plus vite possible. Mais vous savez que Warleigh ne dort plus dans ma chambre.

— Je suis sûr que vous saurez trouver une solution.

— Je... ferai de mon mieux, répéta-t-elle avant d'ajouter, en faisant appel à toute sa volonté pour lever les yeux vers lui : vous savez combien cet homme est difficile.

— Faites au mieux, se contenta de répondre Kelsey en se remettant à examiner ses registres.

Isabelle comprit que l'entretien était terminé. Sans plus un mot, elle quitta la pièce. Ce que son père attendait d'elle lui semblait proprement monstrueux. Comme chaque fois, elle enfouit au fond de son cœur l'horreur que lui inspirait sa froide cruauté.

Elle ne devait pas cacher ses craintes à Simon. Mais elle savait qu'il ne tiendrait aucun compte de ce qu'elle dirait. Il se sentait invincible. Une nouvelle fois, elle tenta de se rassurer en se répétant qu'il ne serait pas en danger tant qu'elle n'attendrait pas d'enfant. A moins qu'il ne s'attaque directement à son père.

Et cette broche ? Il était évident qu'elle était identique à celle que portait Simon. Elle vérifierait, le lendemain, s'il la portait toujours. Et si ce n'était pas lui, qui l'avait perdue ? Quelqu'un qu'il aurait stipendié ? Elle se promit de découvrir le fin mot de cette histoire. Désormais, elle ne voulait pas être seule à échapper à la tyrannie de lord Kelsey quand le jour viendrait. Elle se devait de lui sauver la vie, parce qu'il avait accepté de lui donner une vie.

Cet après-midi-là, la tête pleine des mêmes pensées, elle alla trouver Helwys.

— Helwys, lui dit-elle, je voudrais que tu trouves des draps propres et tout ce qu'il faudra pour rendre habitable la maison dans les bois, près d'ici. Mais il faut que tu me promettes de tenir ta langue. Et que tu veilles à ne pas te faire remarquer quand tu iras là-bas.

La suivante regarda Isabelle avec surprise, puis, soudain, elle comprit :

— C'est pour vous et lord Warleigh ? Vous voulez le séduire ?

Ce ton complice déplut à Isabelle, qui fronça les sourcils. Mais comment aurait-elle pu en tenir rigueur à cette femme, qui avait partagé tous ses secrets pendant tant d'années et qui lui avait donné la chaleur humaine dont elle avait eu si grand besoin ? Honnêtement, elle répondit :

— J'en ai eu l'intention, mais ce n'est plus nécessaire à présent.

— Ça me fait si grand plaisir, madame, fit Helwys, avec un sourire radieux qui surprit Isabelle. Maintenant, lord Warleigh va trouver un moyen de vous faire quitter cette maison.

Que répondre à cela ? Isabelle ne voulait pas peiner sa servante en lui disant qu'elle ne quitterait pas Dragonwick avec Simon. Et encore moins qu'elle avait l'intention de se rendre avec elle sur le continent, chez sa tante de Normandie, dès qu'elle aurait conçu l'enfant.

Ce n'était pas qu'elle doutât de la discrétion d'Helwys. Mais il lui semblait plus sage de garder secrets ces projets tant qu'elle ne serait pas en mesure de les exécuter.

Elle regarda Helwys, en tentant de paraître aussi sereine que possible, et lui dit :

— Puis-je être sûre que tu sauras tenir ta langue pour la maison des bois ? Je m'en serais chargée moi-même si je n'avais pas été si étroitement surveillée. Et je ne voudrais pour rien au monde éveiller les soupçons de mon père.

— Je ferai ce que vous me demandez, fit Helwys avec un rapide mouvement de la tête. Mais je ne comprends pas pourquoi vous voulez garder le secret sur cette affaire alors que tout le monde sait que votre père n'attend que cela de vous.

— Oui, répondit Isabelle, l'estomac soudain noué, c'est vrai. Mais j'ai mes raisons.

— Vos désirs sont des ordres, milady, se contenta de répondre Helwys avec une petite révérence.

Cette nuit-là, Isabelle dormit peu. Quand elle se réveilla, le lendemain, la nervosité fit bien vite disparaître sa fatigue. Elle descendit dans la grand-salle, mais n'y vit pas Simon.

Elle le trouva dans la lice, avec ses hommes. Lentement, elle s'approcha de lui. Il leva les yeux, l'aperçut et arrêta net le mouvement d'épée qu'il était en train d'exécuter pour son écuyer. Dans son regard brun, Isabelle découvrit une expression de douceur subite. Elle sentit un délicieux picotement lui parcourir la colonne vertébrale, hésita, baissa les yeux. Elle savait qu'elle ne devait pas se méprendre. Les élans de Warleigh ne devaient être pris que pour ce qu'ils étaient : une attirance physique qui leur permettrait de concevoir un enfant.

Elle continua d'avancer, puis leva les yeux. Simon, semblait-il, n'avait pas cessé de la regarder. D'un geste distrait, il congédia ses hommes. Se pouvait-il qu'il sût pourquoi elle était venue ?

— Isabelle, dit-il en faisant deux pas vers elle.

De nouveau, elle baissa les yeux pour les poser sur la veine qui battait à la naissance du cou de Simon.

— J'espère que tout va bien, reprit-il doucement.

Le regard d'Isabelle s'échappa, par-dessus l'épaule de Simon, pour errer sur le terrain d'exercice, où se voyaient des cibles de paille, une quintaine, des armes.

— Je vais très bien, et vous-même ?

— Je dirais que je suis particulièrement bien aujourd'hui, dit-il avec un petit rire.

Le regard d'Isabelle rencontra celui de Simon avant de fuir de nouveau.

— Simon, je... Helwys est allée préparer la cabane.

— Je vois.

— Accepteriez-vous de monter avec moi à cheval ce matin ? demanda-t-elle très vite.

— Oui. J'aimerais beaucoup.

Le cœur d'Isabelle se mit à battre plus vite, son sang courait plus vif dans ses veines. Mais, loin de s'en sentir grisée, elle éprouva une sorte de tristesse, parce qu'elle savait que ce qu'ils se promettaient de faire n'avait d'importance pour aucun d'eux.

Ses yeux descendirent jusqu'à la poitrine de Simon. Et s'arrêtèrent sur la broche. Ce n'était donc pas lui.

Elle essaya de ne pas se laisser emporter par la vague de joie qui la traversa. Le plus uniment possible, elle lui répondit :

— Alors, après la collation du matin.

Il semblait qu'ils fixaient là un simple rendez-vous d'affaires. Simon en parut, à l'évidence, un peu décontenancé. Il s'inclina et répondit, sur le même ton neutre :

— Je serai très heureux de vous y retrouver.

Isabelle prit congé avec un petit mouvement de tête et s'éloigna rapidement, perdue dans ses pensées.

— Isabelle ?

Elle leva les yeux, surprise. C'était son père, devant qui elle était sur le point de passer sans le voir.

— Père ?

— Vous faites bien, dit lord Kelsey en jetant un coup d'œil à Simon.

Pendant un instant, elle ne comprit pas à quoi il faisait allusion. Mais elle n'en fut pas moins touchée par cette parole d'encouragement si rare dans sa bouche. Puis il fut clair qu'il parlait d'elle et de Simon.

— Oui, père, je vais faire une promenade à cheval avec Simon ce matin.

— C'est très bien ainsi, dit de nouveau Kelsey, avec conviction.

Mais Isabelle, qui connaissait le caractère de son père, avait noté qu'il manifestait une étrange tension.

— Simon portait sa broche. Celle que vous avez trouvée ne lui appartient donc pas.

— Et cela semble vous faire plaisir, dit Kelsey en se penchant vers sa fille, le visage plus sombre.

— Je ne vois là que votre intérêt, repartit Isabelle, en se forçant à regarder son père. Je suis soulagée que vous n'ayez pas à craindre de vous faire assassiner jusque dans votre propre maison.

— Je suis heureux de constater votre loyauté à mon égard, Isabelle, mais je vous prie de ne pas oublier que cela ne prouve pas l'innocence de Warleigh. Soyez sur vos gardes et avisez-moi de tout ce qui pourrait m'être utile.

Lord Kelsey la laissa pour rejoindre son cheval, qui l'attendait à l'entrée des écuries. Envahie par la tristesse, Isabelle le regarda s'éloigner. Pourquoi les choses ne pouvaient-elles pas être différentes entre eux ? Pourquoi fallait-il qu'elle ne fût pour lui qu'un pion qu'il déplaçait selon les besoins de la partie ? Pourquoi ne l'aimait-il pas comme un père devrait aimer sa fille ? Elle ne pouvait attendre d'affection, dans ce monde, que d'Helwys et, grâce à Dieu, de la sœur de sa mère.

Simon et Isabelle se rendirent à la cabane sans échanger un mot. Il semblait que ni l'un ni l'autre ne savait quoi dire.

Arrivés sur place, ils constatèrent qu'Helwys avait disposé des draps fins et blancs sur le lit, et placé des chandelles sur la table, avec un pichet et deux verres.

Isabelle se saisit du pichet pour en examiner le contenu. C'était du vin. Elle se tourna vers Simon, qui s'employait à allumer du feu et lui demanda :

— Helwys a apporté du vin. En voulez-vous ?

— Oui, merci, répondit Simon en levant la tête.

Elle était satisfaite d'avoir quelque chose à faire, pour ne pas avoir à penser. Le dos tourné à Simon, elle remplit le verre avec un soin qu'elle n'avait jamais mis dans ce genre de tâche. Elle entendit le feu crépiter dans l'âtre et se retourna. Déjà Simon s'était levé. Elle lui tendit le verre, s'efforçant de ne pas toucher sa main, cette main qui, dans peu d'instants, allait… Simon prit le verre. Puis, se penchant sur Isabelle, il tendit le bras pour le déposer sur la table, derrière elle. Leurs poitrines étaient proches à se toucher ; leurs regards comme incapables de se séparer.

— Isabelle ?

— Oui ?

— Vous m'avez demandé de ne pas vous parler de l'avenir. J'ai obéi. Puis-je, à mon tour, vous demander quelque chose ?

— Oui.

— Je voudrais qu'il n'y ait aucune froideur entre nous aujourd'hui. Depuis que je vous ai vue agir avec votre suivante, je sais que vous en êtes capable.

Isabelle rougit, se raidit. Elle baissa les yeux sur ses doigts, qui tripotaient nerveusement le bout de sa ceinture.

— Je... j'essaierai.

Simon posa gentiment sa main sur celles d'Isabelle. Elle leva les yeux. Il l'observait. Dans son beau regard brun, elle vit beaucoup de chaleur et un peu d'ironie.

— Cela nous sera utile, dit-il en regardant la bouche d'Isabelle.

Puis Simon pencha la tête et leurs lèvres s'unirent.

Il passa les bras autour de sa taille pour l'attirer contre lui. Tout l'embarras d'Isabelle s'était soudain évanoui. Simon savait ce qu'il fallait faire. Ses mains, après avoir caressé les reins de la jeune femme, descendirent plus bas, s'y attardèrent, avant de remonter vers ses hanches et de les saisir pour la presser contre lui.

Le corps d'Isabelle s'émouvait à son tour. A l'endroit où elle sentait plus étroitement le contact du corps de Simon, le désir la brûlait avec une force qu'elle était trop bouleversée pour expliquer. Elle s'arracha à leur baiser et, saisissant les vêtements de Simon, sans respect inutile, chercha à l'en débarrasser.

Simon posa ses mains sur les siennes pour l'aider, et, tout en dévorant son visage de baisers avides, il retira sa chemise.

Il passa derrière elle. Elle s'attendait qu'il l'aidât à faire de même pour ses vêtements. Mais Simon souhaitait d'abord dénouer sa coiffure. Avec douceur et habileté, il défit les liens qui retenaient les cheveux, dont la masse sombre, aux reflets de vin chaud, croula dans le dos d'Isabelle jusqu'à ses reins. Il y passa ses doigts tremblants et, la voix altérée par l'émotion, il dit :

— Je voudrais que vous m'accordiez cela aussi. Laissez vos cheveux libres pour moi.

La gorge d'Isabelle se trouva trop sèche pour qu'elle pût répondre. Elle se contenta de tirer impatiemment sur les rubans de son manteau. Il l'arrêta, l'en débarrassa, puis défit les lacets de sa robe. Elle se retourna pour lui faire face, ôta elle-même sa chemise. Nue devant lui, dorée par la lumière du feu, vêtue, comme une Madeleine, de ses seuls cheveux, qui passaient par-dessus ses épaules pour caresser ses seins, elle attendait qu'il la prît dans ses bras, mais il avança la main en disant :

— Laisse-moi te regarder. Je ne me lasserai jamais de te regarder.

« Jamais. » C'était un mot bien définitif. Y aurait-il un *jamais* pour elle ? Pour lors, seuls devaient compter les instants qu'elle vivait, le désir qu'elle éprouvait présentement pour cet homme. Elle leva la tête pour saisir les lèvres de Simon et les baiser une nouvelle fois, avec un abandon qui faisait tourner sa tête et chanter son sang. Elle promena ses mains sur la poitrine de Simon, caressa son ventre. Puis, déboutonnant ses chausses, elle les fit tomber pour le dénuder entièrement.

Simon grogna de satisfaction en sentant son sexe, enfin libre, se presser contre le corps d'Isabelle. Il savait quel plaisir l'attendait, pour l'avoir éprouvé la veille. Il lui semblait avoir attendu tant de temps, depuis ce moment-là, qu'il avait de la peine à imaginer que quelques heures l'en séparaient.

Ce fut à son tour d'être impressionné par la force du désir qui l'emportait au-delà peut-être de ce qu'Isabelle était prête à accepter. Mais elle savait d'instinct ce qu'il attendait d'elle. Quand elle emprisonna dans sa main le sexe palpitant de Simon, celui-ci sentit ses genoux fléchir et il ne put que murmurer, dans un souffle :

— Isabelle.

Elle eut un petit rire doux, puis se pencha pour saisir de ses lèvres les mamelons de sa poitrine. Elle s'apprêtait à s'agenouiller, pour continuer plus bas sa caresse, quand Simon, plongeant les doigts dans ses cheveux, la retint.

— Non, ne faites pas cela, dit-il en lui couvrant le visage de baisers. C'est à moi de vous préparer à l'amour.

Isabelle, sans baisser les yeux, murmura :

— Je n'ai pas besoin de plus de préparation, messire. C'est maintenant que je vous veux.

Il se rendit compte, en glissant sa main entre les cuisses d'Isabelle, qu'elle était prête à le recevoir, et cette idée lui noua la gorge d'émotion.

Mais il voulait qu'Isabelle lui donnât plus que cela. Il s'attacha à calmer les battements de son cœur avant de continuer.

— Viens, dit-il en la prenant dans ses bras pour la porter jusqu'au lit.

Il se coucha sur elle et commença à caresser de la bouche la pointe de ses seins. Dans le gémissement qu'elle poussa, il y avait du plaisir et de la déception. Elle aurait tant voulu qu'il en finît avec ces préliminaires pour la prendre sans tarder plus longtemps, et faire taire un désir si puissant qu'il en devenait douloureux.

Elle tenta de lui faire comprendre ce qu'elle voulait en l'attirant à elle. Il leva les yeux et lui dit :

— Veux-tu me faire confiance ?

Pour la première fois depuis la mort de son oncle, elle sentit s'écrouler le mur qu'elle avait bâti autour de son cœur. Et elle s'entendit répondre :

— Oui, je le veux.

Simon recommença sa caresse, si précise qu'Isabelle sursauta de nouveau, avant de se mettre à onduler sous lui. La force de ce désir inassouvi agitait son corps ; elle dodelinait de la tête. Alors Simon, des lèvres, de la langue, fit descendre ses caresses jusqu'au ventre d'Isabelle qui ne savait plus que faire. Puis il descendit plus bas. Elle poussa un cri, enfonça ses doigts dans la nuque de Simon. Il approfondit ses caresses et Isabelle, la tête renversée, sanglota de bonheur.

Elle n'était plus capable de parler. Elle se contentait de pousser des gémissements rauques qui allaient s'amplifiant au fur et à mesure qu'elle gravissait le chemin qui la menait au sommet du plaisir. Et soudain, parvenue à l'ultime limite, elle se raidit, poussa un nouveau cri, et son corps s'ouvrit complètement en s'arquant sous celui de Simon.

Lorsque les vagues de la jouissance se furent retirées, l'une après l'autre, Isabelle ouvrit les yeux. Elle était dans les bras de Simon, qui la regardait.

— Tu es belle, dit-il avec un sourire.

Isabelle contempla son amant, ses yeux grands et bruns, son front haut, son nez légèrement aquilin, qui hantaient ses pensées depuis le jour de leur rencontre. Et elle lui fit une réponse où se mêlaient l'admiration sincère et la reconnaissance :

— Vous aussi, messire.

— Simon.

Elle avala sa salive. Elle avait toujours autant de mal à l'appeler par son prénom, et se rendait bien compte de ce que cette réticence avait d'étrange après ce qui venait de se passer.

— Simon, répéta-t-elle.

Simon était heureux. Heureux du plaisir qu'il lui avait donné, même s'il eût aimé le faire durer encore. Mais il n'était pas parvenu, lui, à la jouissance, et son corps le lui rappelait assez.

— Est-ce fini ? lui demanda-t-elle.

— Oh non, répondit Simon, sans pouvoir retenir un large sourire. Nous n'en avons pas fini. Nous n'avons pas abordé la… question de… l'enfant.

Il se pencha pour accompagner cette déclaration d'un baiser sur le cou d'Isabelle. Elle eut un mouvement d'abandon qui lui sembla de bon augure. Mais ne s'abusait-il pas ? N'allait-il pas exiger d'elle plus qu'elle ne pouvait donner ? C'est quand elle se renversa sur l'oreiller pour offrir sa gorge aux baisers, avec un « oui, il faudrait y penser sérieusement », qu'il comprit la vanité de ses scrupules. Il redonna aux seins d'Isabelle les caresses qu'elle aimait, aiguillonnant son propre désir par le plaisir qu'il lui donnait de nouveau.

Isabelle, qui se croyait rassasiée pour longtemps, sentait renaître le besoin qu'elle avait de lui. Lorsque la bouche sur la pointe de ses seins se fit plus pressante, elle écarta les jambes, la respiration plus courte, réclamant d'autres jouissances. Elle saisit des deux mains les cheveux de Simon pour l'obliger à lever la tête pour la regarder, puis lui donna un baiser profond et long, de toute la force de son désir. Les muscles de son ventre se contractaient, ses membres tremblaient. Elle fit courir ses mains fraîches et fébriles sur le torse de Simon, descendit jusqu'à son ventre.

Quand il les sentit se refermer sur son sexe, il retint son souffle. A en juger par l'impatience d'Isabelle, il était temps qu'il lui servît des nourritures plus solides. Les yeux plongés dans les siens, il s'étendit sur elle et se glissa entre ses cuisses. Le plaisir fut si grand qu'il s'immobilisa pour laisser passer la vague déferlante qui risquait de l'emporter immédiatement. Les yeux fermés, il attendit quelques instants.

Isabelle était fascinée par la beauté virile du visage de Simon. Elle y voyait le désir s'y mêler si ouvertement avec la plus entière générosité qu'elle en fut émue. Lorsqu'il commença à bouger en elle, elle sentit son propre corps adopter une cadence qu'il semblait connaître instinctivement. Elle accompagnait chaque mouvement du corps de Simon, le laissant monter et descendre à son rythme, tandis que le plaisir qu'elle éprouvait augmentait en proportion. Elle ne vivait plus que par Simon, qui était devenu le Plaisir même. Soudain, il se contracta au-dessus d'elle, ouvrit grands les yeux et la regarda intensément. Elle poussa un cri et l'accompagna dans son extase.

A mesure que son corps s'apaisait, Isabelle sentait son esprit redevenir le maître. De nouveau les mêmes idées l'assiégeaient. Elle se reprocha de donner trop à un homme qui risquait de profiter de ces moments d'abandon. Comment osait-elle se livrer entièrement à lui, qu'elle connaissait si peu, alors qu'elle ne pouvait pas même faire confiance à son propre père ?

Elle s'assit, en ramenant le drap sur sa nudité. Sans regarder Simon, elle lui dit :

— Je… nous devrions rentrer à présent. Si nous voulons pouvoir nous retrouver ici sans publicité, il vaudrait mieux que nous ne nous attardions pas.

C'était là une bien pauvre excuse. Elle en avait conscience. Personne ne risquait de les surprendre dans cette cabane perdue. Et leur absence, au château, toute longue qu'elle fût, s'expliquait très bien par leur promenade. Mais tout lui était bon pour s'éloigner le plus vite possible. Comme si elle avait voulu mettre des distances entre elle et le désir fou que Simon lui inspirait.

Simon était resté étendu. Elle l'entendit, derrière elle, prononcer un « oui » laconique. Elle fut soulagée de l'entendre se lever et s'habiller. Parvenu à la porte, il se retourna et, après l'avoir regardée un moment, avec attention, il lui demanda :

— Voulez-vous revenir ici demain ? Le voulez-vous vraiment ?

— Bien sûr, nous devons être certains… pour l'enfant.

— Ah oui, l'enfant ? dit-il en laissant son regard errer dans la pièce. Pendant un moment, j'avais oublié que c'était la seule raison de notre présence ici.

Isabelle sembla percevoir de la tristesse dans la voix de Simon. Mais elle ne s'y arrêta pas, parce qu'elle ne se l'expliquait pas.

— Quelle autre raison pourrait-il y avoir ? répondit-elle.

— Vous aurez ce que vous voulez, Isabelle, dit Simon en hochant la tête. Après tout, c'est aussi ce que je veux. Maintenant que j'ai fait cette... que j'ai accepté ce mariage, qu'au moins ce soit pour le bien d'Avington.

Sur ces mots, il sortit de la maison.

Isabelle fut heureuse de ne pas avoir à lui répondre, car ce qu'il venait de dire lui avait serré la gorge au point de l'empêcher de parler. Elle ne comprenait pas pourquoi elle se sentait tout d'un coup si découragée alors qu'il n'avait fait que confirmer ce qu'elle pensait de lui et de la confiance qu'on pouvait lui accorder.

Elle repensa à leur séparation. C'était ce qu'il y avait de mieux à faire, pour l'un et pour l'autre. Simon serait soulagé d'être débarrassé d'elle. Il était plus que probable que, si sa femme l'abandonnait, le roi n'aurait pas d'autre choix que de lui rendre sa liberté. Il y avait bien sûr l'enfant, qu'elle lui enlèverait. Mais elle préféra ne pas s'attarder à cette idée.

Isabelle se leva et se rhabilla en se disant que tout, finalement, était pour le mieux, puisque chacun d'eux allait obtenir ce qu'il désirait le plus, elle un fils, et lui sa liberté.

11.

Plus d'un mois passa. Lord Kelsey continuait de dicter sa conduite à Isabelle et cherchait toujours à savoir si Warleigh avait regagné le lit conjugal.

Dieu merci, très occupé à chercher le coupable de l'attentat dont il avait failli être la victime, il était souvent absent. Depuis qu'il savait que la broche de Simon était en tout point semblable à celle qu'il avait trouvée, il se montrait plus déterminé que jamais. Et Isabelle se doutait qu'il n'en était que plus impatient de se débarrasser de Simon. Elle continuait donc de garder secrets les rendez-vous à la cabane des bois, afin que son père continuât de penser qu'il lui faudrait attendre encore un peu son petit-fils. C'était autant de répit pour Simon.

Les deux amants se retrouvaient chaque fois qu'ils le pouvaient. Ils se parlaient peu, parce qu'ils avaient compris que les mots pouvaient être leurs ennemis. Et c'étaient leurs corps qu'ils laissaient parler à leur place.

Un après-midi, alors que la chaleur du feu, dans la cheminée, leur avait fait oublier le froid de l'hiver, ils s'étaient étendus l'un contre l'autre pour reprendre leurs esprits. Simon, comme à son habitude, avait enlacé Isabelle étroitement. Et elle, comme chaque fois, s'était écartée de lui.

Il n'avait pas essayé de la convaincre, n'avait fait aucune remarque. Il acceptait sa volonté, attendant leur prochaine rencontre pour l'enlacer de nouveau.

Isabelle ne pouvait pas lui expliquer que ce geste lui paraissait d'une plus grande intimité que leurs étreintes passionnées. Il lui faisait désirer une force qui n'était pas la sienne, une force qui l'aurait fait dépendre de quelqu'un qui n'était pas elle. Et pourtant, jamais elle n'en avait senti plus puissamment le besoin.

Ces pensées l'amenèrent à évoquer l'homme qui, le premier, avait fait cas de ses sentiments, le Dragon. Brusquement, elle éprouva le désir d'en savoir plus sur la trahison de Simon. Elle n'avait jamais compris pourquoi il avait accepté de témoigner contre son seigneur.

Simon sembla percevoir son malaise.

Il se tourna vers elle, avec un regard interrogateur ; Isabelle s'assit, ramena le drap sur elle et le regarda.

— Pourquoi avez-vous témoigné contre lui ? Pourquoi ne l'avez-vous pas protégé ? Lui l'aurait fait pour vous.

Simon pâlit, mais il ne détourna pas les yeux, et ne chercha pas à fuir la question. La voix un peu altérée, il expliqua :

— Je ne peux parler que pour moi, dans cette affaire. Sachez que je suis hanté aujourd'hui encore par ce que j'ai fait, bien contre mon gré.

— Mais il aurait pu se tirer de ce mauvais pas, si…

— Je sais.

Le regard de Simon fixait le feu qui brûlait dans l'âtre. Ce n'était pas les flammes qu'il voyait, mais le passé.

La voix lourde de regrets, il commença d'évoquer, sans ordre, les souvenirs de sa jeunesse :

— Lorsqu'il quittait le château, il nous emmenait toujours, Christian, Jarrod et moi, bien qu'il n'eût pas besoin de trois écuyers. Je crois que c'était seulement parce qu'il savait combien ça nous faisait plaisir. Pour nous, c'était chaque fois comme si nous allions vivre des aventures nouvelles. A la simple pensée que nous allions peut-être surprendre un braconnier dans les bois, notre imagination s'enflammait.

» Ce jour-là, un jour tout pareil aux autres, nous ne pensions qu'au plaisir de courir la campagne tandis que le Dragon s'employait à ses tâches habituelles. Nous nous dirigeâmes vers une petite vallée étroite, aux confins des terres de Dragonwick. Il y avait là deux hommes, deux cavaliers, nommés Longchamps et D'Baercy. Le Dragon se dirigea vers eux, tandis que nous restions en arrière. Ils parlèrent quelques minutes. Puis D'Baercy, manifestement en colère, tourna bride. Longchamps s'attarda encore un peu avant de rejoindre son compagnon. Le Dragon revint vers nous, ne nous donna aucune explication et nous reprîmes le cours de nos activités.

Le regard de Simon revint vers Isabelle. Il continua :

— Ce n'est que plus tard, lorsque les hommes du roi vinrent à Dragonwick, que je me suis rappelé l'épisode. Ils semblaient particulièrement intéressés par cette rencontre et par ce qui s'y était dit. Christian, Jarrod et moi avons demandé au Dragon ce que nous devions faire si nous étions interrogés. Il nous a répondu qu'il nous fallait dire la vérité, qu'un homme n'a qu'une parole et qu'il ne doit pas se parjurer.

Simon secoua la tête et son regard revint vers le feu.

— Je suis sûr que le Dragon n'avait aucune intention de se joindre à ces hommes pour les aider à soutenir Richard. Sinon il ne nous aurait pas emmenés avec lui, au risque de nous compromettre ce jour-là. « Dites la vérité, mes garçons, nous a-t-il déclaré plusieurs fois, nous n'avons rien à cacher. » Quand les hommes du roi nous ont demandé si le Dragon avait rencontré Longchamps et D'Baercy, qui avaient déjà été arrêtés — ce que nous ignorions alors à Dragonwick —, j'ai répondu oui. Il me sembla que je ne pouvais rien faire d'autre.

En entendant la voix de Simon étranglée par la douleur, Isabelle se reprocha de l'avoir questionné. Mais elle ne pouvait se résoudre à l'arrêter.

— C'était, continua Simon, un homme droit et juste. Il pouvait se mettre en colère quand on lui manquait ou quand on lui mentait. Mais il était foncièrement bon, et il jugeait les autres d'après lui. Jamais il n'aurait supposé que son propre frère pût seconder les efforts de ceux qui voulaient l'abattre.

Simon prit une inspiration profonde pour conclure.

— Voilà, nous avons dit la vérité. Et le roi a autorisé Kelsey à prendre le château. Le Dragon est mort. Nous n'avons pas su le protéger, parce que nous étions des adolescents naïfs. Aujourd'hui, je dois vivre avec cette responsabilité. Mais c'est votre père, Isabelle, le vrai coupable. C'est lui qui a été l'instigateur de tout, et qui a détruit le Dragon, son propre frère.

Isabelle poussa un profond soupir. La confession de Simon était si inattendue qu'elle en était troublée et qu'elle s'entendit répondre, avec plus d'abandon qu'elle ne l'aurait voulu :

— Je sais. Et je ne lui ai pas pardonné.

— Mais alors, repartit Simon, l'air dubitatif, pourquoi jouez-vous les filles dociles, empressées à exécuter ses ordres ?

— Et comment faire autrement ? Ma mère est morte, en donnant naissance à un enfant mort-né, alors que je n'avais que trois ans. Puis ce fut mon oncle. Il ne me restait que mon père. Il n'y avait que lui pour prendre soin de moi. C'est lui qui m'a appris à voir le monde.

Isabelle préféra ne pas mentionner la sœur de sa mère, afin de ne pas compromettre ses plans futurs.

— Je... pardonnez-moi, Isabelle. Je n'aurais pas dû vous parler si brutalement. Je commence à comprendre que nous avons, vous et moi, reçu part égale d'épreuves : moi, contraint de révéler une vérité fatale pour obéir à mon seigneur et à ma conscience ; vous contrainte pour survivre d'obéir à votre père.

Emue par la tristesse manifeste de Simon, par la compassion qu'elle pouvait lire dans ses yeux, Isabelle s'entendit avouer :

— Oui, personne ne peut savoir ce qu'est la vie d'une enfant élevée dans un milieu pareil.

Les dernières digues de son cœur cédaient, et, venus du plus profond d'elle-même, mille secrets affluaient à ses lèvres, comme charriés par le flot des émotions libérées.

Son trouble était trop fort. Elle se leva, en s'enveloppant dans le drap, et fit quelques pas dans la pièce. Puis elle revint au pied du lit, appuya sa main au bois.

— Mon père, parfois...

— Qu'a-t-il fait ? Vous a-t-il battue ? demanda Simon, la voix soudain plus dure.

Isabelle eut un sourire amer. Elle regrettait déjà d'avoir parlé. C'étaient là des secrets qu'elle ne devait partager ni avec lui ni avec personne.

Simon sortit du lit pour se rapprocher d'elle. Il posa un doigt sous le menton d'Isabelle pour l'obliger à lever la tête et à le regarder. Il avait dans les yeux une expression qui fit battre le cœur de la jeune femme. Comment aurait-elle pu résister ?

Doucement Simon demanda :

— L'a-t-il fait, Isabelle ?

— Non, il ne m'a jamais battue. Il n'a pas eu à le faire. Parce que sa méthode d'éducation était plus efficace.

— Racontez-moi, demanda Simon, qui ne comprenait pas.

Isabelle hésita. Puis elle commença à parler. Les mots venaient lentement.

— A l'âge de huit ans, j'avais un petit chien, avec lequel j'aimais à jouer autour du château. Je lui avais appris à rapporter les objets que je lui lançais et à répondre au nom que je lui avais donné, Petit-Dragon. Jamais, cependant, je n'avais prononcé ce nom devant quiconque, de peur de fâcher mon père.

Isabelle s'arrêta un moment, surprise de se sentir aussi émue à l'évocation de ces souvenirs. Mais elle trouva la force de continuer. Et les mots, d'abord lents à venir, se pressaient à présent sur ses lèvres. Il lui semblait que rien n'aurait pu les arrêter.

— Les chiens du château n'étaient pas admis dans le logis. Ils dormaient à l'écurie. C'est là qu'un jour je suis allée retrouver Petit-Dragon pour jouer avec lui. Et je me suis salie.

Isabelle jeta un regard rapide à Simon, puis baissa les yeux. Elle reprit :

— Mon père m'avait appris que mon apparence devait toujours être en rapport avec mon rang et le sien. Quand il m'a vue ainsi…

Une larme coula sur la joue d'Isabelle. Elle l'essuya rapidement d'un revers de main et s'affermit la voix pour reprendre :

— Mon père a tué Petit-Dragon. Puis il m'a expliqué que j'étais responsable de cette mort, à cause de ma légèreté, et que, à l'avenir, je ne devrais laisser ni choses, ni bêtes, ni gens me faire oublier mon devoir. Comment pouvais-je réagir, sinon en obéissant à cet homme qui avait droit de vie et de mort sur le monde où nous vivions ?

De nouveau, Simon vit apparaître dans les yeux d'Isabelle l'expression de froideur distante qu'il connaissait bien.

— Etait-ce tout ce que vous souhaitiez savoir, messire ?

Mais ce ton ne l'impressionna pas. Il avait vu la larme qu'elle s'était efforcée de cacher, comme une marque de faiblesse. Il eut envie de la prendre dans ses bras, mais il savait qu'elle n'accepterait pas. Elle avait toujours refusé toute familiarité. Il devait l'accepter comme elle était.

— Je ne sais pas quoi répondre à cela, se contenta-t-il de dire.

— Il n'est pas nécessaire d'en parler plus avant. Tout cela est de l'histoire ancienne. Après tout, mon père, ce jour-là, m'a appris quelque chose d'important : il ne faut pas s'attacher à ce qui est éphémère. Or c'est, par définition, tout ce qui existe en ce bas monde.

Immobile, Simon regardait cette femme étrange, fière et belle, et si distante. Il commençait à comprendre ce qu'elle cachait derrière ses manières froides. Il devinait pourquoi elle ne parvenait pas à se confier. Réussirait-elle à surmonter jamais les effets désastreux de son éducation ? Simon se sentait envahi d'une tristesse sincère, qu'il attribuait à la sympathie qu'elle lui inspirait.

Il avait conscience à présent que, s'il la désirait tant, c'était parce que les moments d'ivresse physique qu'ils partageaient étaient le seul terrain où ils pouvaient se rencontrer. Voilà qui pouvait paraître un peu court pour une vie de couple, mais il faudrait bien qu'il s'en contentât, puisque désormais l'annulation du mariage n'était plus possible.

— Je suis vraiment désolé, Isabelle. Les enfants ne devraient pas avoir à supporter de tels tourments.

— Le pensez-vous vraiment ? Pensez-vous qu'ils doivent être protégés jusqu'à ce que la vie leur enseigne ces réalités ? Peut-être mon père m'a-t-il fait un beau cadeau en m'apprenant à ne compter que sur moi, jamais sur les autres. Rien, dans ma vie, ne m'a prouvé qu'il ait eu tort.

— Peut-être, se contenta de répondre Simon, qui se heurtait une nouvelle fois aux murs dont elle protégeait son cœur.

Il lui sembla que seul l'enfant à venir pourrait ne pas se briser contre cette muraille. Comme elle l'avait montré avec Helwys, Isabelle n'était capable d'aimer que ceux qui ne risquaient pas de la blesser.

Cet enfant, s'il naissait un jour, serait-il seulement un garçon, comme le pensait Isabelle, ou une fille ? Une petite fille qui ressemblerait à sa mère, mais qui saurait aimer son père, comme lui saurait l'aimer ?

A cette idée, Simon éprouva un moment de bonheur, avant de se rappeler que leur enfant grandirait entre un père et une mère qui ne s'aimeraient pas.

Il ramassa ses vêtements, et dit, sans regarder Isabelle :

— Il nous faut retourner au château.

— Oui, se contenta-t-elle de répondre.

Quand elle commença à remettre ses atours, Simon fit un effort pour détourner les yeux. Il lui fallut beaucoup de volonté pour ne pas laisser son imagination s'enflammer encore au souvenir des moments de plaisir que ce beau corps venait de lui donner.

Ils quittèrent ensemble la cabane, et prirent la direction de Dragonwick. Simon pensait à Christian et à Jarrod, qu'il aurait bien voulu rencontrer pour savoir ce qui se passait chez les barons. En traversant la campagne, dont les collines verdoyantes lui rappelaient Avington, il évoqua sa maison, en se disant qu'Isabelle, lorsqu'elle y vivrait avec lui, changerait peut-être.

Durant la nuit qui suivit, Isabelle, incapable de dormir, repensait avec consternation à tout ce qu'elle avait pu dire. Elle avait révélé à Simon des secrets qu'elle pensait ne jamais confier à personne, et qu'il pourrait utiliser contre elle, si le cœur lui en disait. Il lui avait bien fait des confidences, de son côté, mais qui la laissaient perplexe et, sans qu'elle sût pourquoi, la mettaient mal à l'aise.

Assise à la fenêtre, elle laissait l'air froid du petit matin lui rafraîchir les joues. Un coup sec, frappé à sa porte, la tira de sa rêverie.

— Entrez, lança-t-elle, en pensant immédiatement à Simon.

La porte s'ouvrit. C'était sire Frédéric. Pendant un bref instant, Isabelle se sentit envahie par la déception. Elle regarda le chevalier avec attention. Son air sournois avait fait place à l'expression du plus grand désarroi.

Inquiète, Isabelle se leva pour s'avancer vers lui.

— Que se passe-t-il ?

— C'est votre père, madame, il est malade.

— Malade ?

La veille encore, il était frais et gaillard, insistant une nouvelle fois pour qu'elle et Simon fissent couche commune. Elle se sentit coupable de lui avoir caché la vérité. Mais elle n'eut pas le temps de s'attarder à ces scrupules. Sire Frédéric venait de lui dire, avec une colère contenue :

— Il a été empoisonné.

— Ce n'est pas possible !

— Avec Warleigh vivant dans ces murs, tout est possible. J'ai pris la liberté de le faire surveiller.

— Vous avez appelé le médecin ? Pense-t-il aussi qu'il s'agit de poison ?

— Il n'est pas encore arrivé, mais je suis sûr qu'il confirmera ce que je pense.

Isabelle ne tenait pas à prendre la défense de Simon devant sire Frédéric, qui était les yeux et les oreilles de lord Kelsey. Il lui fallait se rendre compte par elle-même. Elle sortit et se dirigea vers la chambre de son père, au bout du couloir.

C'était une pièce grande et austère que lord Kelsey avait choisie parce que sa fenêtre donnait sur la porte du château. Les volets en étaient fermés, et seule une chandelle l'éclairait. Deux femmes de service allaient et venaient près du grand lit, que fermaient de lourdes courtines de brocart vieil or. L'une d'elles tenait un seau, où lord Kelsey rendait le contenu de son estomac. Lorsqu'il retomba sur ses oreillers avec un gémissement, l'autre servante s'approcha, tenant une bassine d'eau chaude et un linge, pour essuyer son visage couvert de sueur.

Isabelle fut tellement saisie de voir son père dans un tel état qu'elle resta un long moment à l'entrée de la chambre. C'était la première fois qu'elle le voyait souffrir, et elle en éprouva une sorte de... sympathie. Cet homme, malgré tous ses défauts, restait son père.

Elle se tourna vers le chevalier, qui se tenait derrière elle.

— Depuis combien de temps est-il dans cet état ?

— Depuis au moins une heure, madame.

— Pourquoi ne pas m'avoir prévenue plus tôt ?

Sire Frédéric se redressa.

— C'est arrivé soudainement, lady Isabelle. Nous étions à la chasse. Milord Kelsey s'était levé tôt et avait déjeuné d'un ragoût qu'il avait trouvé dans les cuisines. Puis nous étions partis.

Le regard de sire Frédéric se porta vers le lit où son maître geignait. Il poursuivit :

— C'est quand nous nous apprêtions à rentrer que cela s'est produit.

— Milord Warleigh était-il présent quand mon père a déjeuné ?

— Voulez-vous dire que vous doutez de sa culpabilité ?

Isabelle s'efforça de respirer calmement. Il fallait qu'elle pensât à ce qui arriverait à Simon si ce furieux parvenait à convaincre les autres. Au fond d'elle-même, elle savait qu'il était innocent, mais elle n'avait pas de preuves.

— Je dis que nous ne serons sûrs de rien tant que le médecin ne nous aura pas donné son avis. Il est déjà assez pénible pour moi de voir mon père dans cet état pour que je veuille encore compliquer les choses par des conclusions hâtives.

Le visage de sire Frédéric se rembrunit. Il contempla une nouvelle fois lord Kelsey. Isabelle ne pouvait s'empêcher de trouver remarquable le dévouement de cet homme pour son maître. Mais elle ne pouvait le laisser agir à sa guise. Avec toute l'énergie dont elle était capable, elle le mit en garde :

— Je vous interdis d'agir contre lord Warleigh. C'est à mon père seul que le roi en a confié la garde. Libérez-le immédiatement.

Sans regarder Isabelle, les yeux toujours fixés sur le malade, sire Frédéric répondit :

— Nous devons attendre de savoir ce que le médecin a à nous dire.

Un gémissement de douleur, venu du lit, les interrompit. Isabelle sentit qu'elle devait faire quelque chose. Elle entra dans la chambre et s'approcha, tandis que les deux servantes s'écartaient pour lui faire de la place.

— Père ?

Lord Kelsey était livide et paraissait très faible. Il regarda sa fille, les yeux brillant de fièvre, mais c'est d'un ton de commandement qu'il lui ordonna :

— Je ne veux pas que vous restiez ici, Isabelle.

— Permettez-moi de m'occuper de vous, père.

— Je ne veux pas de vous ici, répéta-t-il de ses lèvres bleuies. Je n'ai pas besoin de votre aide. Ces deux femmes font l'affaire. Le médecin…

Une contraction douloureuse lui coupa la parole. Il gémit et se contenta d'ajouter :

— Partez.

Isabelle, l'estomac noué, ne bougeait pas. Sire Frédéric s'approcha d'elle et lui murmura :

— Il a besoin d'utiliser le seau à présent. Il vaudrait mieux que vous partiez.

C'était une façon adroite de la pousser à sortir. Sans un mot, Isabelle tourna les talons et quitta précipitamment la pièce.

Revenue dans sa chambre, elle se laissa tomber sur le faudesteuil, devant la cheminée. Elle resta là, de longs instants, les yeux fixés sur les braises de la dernière flambée. Elle réfléchissait.

L'attitude de son père l'avait blessée, tout d'abord. Mais peu à peu, elle en comprenait la raison. Cet homme, qui avait toujours exploité la faiblesse des autres, ne supportait pas qu'on le vît diminué. Surtout pas sa fille.

Simon était retenu prisonnier dans les écuries du château depuis son réveil, sans savoir ce qu'on lui reprochait. Quand sire Frédéric eut ordonné sa libération, il se rendit dans la grand-salle. Sur les tables à tréteaux avait été préparée la collation du matin, mais personne ne l'avait prise. Les domestiques qu'il croisait avaient l'air consternés. Il s'approcha de Jacques pour lui demander ce qui se passait.

— Lord Kelsey est tombé gravement malade, lui répondit le géant. Autant que je sache, sire Frédéric pense qu'il s'agit d'un empoisonnement, et que vous n'y êtes pas étranger.

Simon se rappela qu'il avait vu lord Kelsey en parfaite santé, la veille, au dîner. Tout en parlant avec Isabelle, le comte l'avait regardé à plusieurs reprises. Et il ne lui était pas difficile d'imaginer ce qu'ils avaient pu se dire.

La voix de Jacques interrompit le cours des pensées de Simon.

— Le médecin se trouve dans la chambre de lord Kelsey. Il semble qu'il n'ait pas trouvé trace de poison, mais il ne peut expliquer ce qui s'est passé.

Il n'était pas question, pour Simon, d'attendre avec Jacques la suite des événements. Il sortit de la salle pour gagner le premier étage. Il savait où était la chambre de son beau-père, même s'il n'avait jamais eu l'occasion d'y entrer. Arrivé devant la porte, il frappa.

C'est sire Frédéric qui ouvrit. Il fronça les sourcils en voyant Simon.

— Que désirez-vous, messire ? s'enquit-il avec une courtoisie glacée mêlée de mépris.

— Je voudrais parler à ma femme.

— Lady Isabelle n'est pas ici.

Un râle affreux leur parvint du fond de la chambre. Sire Frédéric ferma la porte au nez de Simon en lui disant :

— Vous n'êtes pas le bienvenu ici.

Simon ne s'en formalisa pas. Ce qui lui importait, c'était de retrouver Isabelle. Il se dirigea vers sa chambre, se demandant pourquoi elle n'était pas avec son père. Lord Kelsey paraissait assez malade pour que sa fille, qui lui avait toujours paru si dévouée, fût à son chevet.

Arrivé devant la porte de la chambre il entra sans frapper, l'esprit tout occupé par ses pensées. Isabelle était assise devant le foyer éteint, lui tournant le dos. Elle ne se retourna pas en l'entendant entrer.

En s'approchant, il constata qu'elle était occupée à ravauder un vêtement posé sur ses genoux. C'était là une étrange occupation pour une fille dont le père allait si mal.

Et si personne ne lui avait appris l'état de lord Kelsey ?

— Isabelle ?

— Simon, répondit-elle doucement, sans même lever la tête.

Il s'agenouilla devant elle.

— Savez-vous que votre père n'est pas très bien ? Le médecin s'occupe de lui. J'ignore pourquoi on ne vous a rien dit.

— Je ne l'ignore pas, répondit-elle d'un ton égal, sans cesser de repriser.

— Mais alors que faites-vous ici ?

Elle consentit à lever enfin les yeux ; ils brillaient de larmes contenues.

— Il m'a renvoyée. Tout le monde semblait penser que vous l'aviez empoisonné. Je… ce n'est pas vrai, n'est-ce pas ? Il est… mais c'est mon père.

Simon la regardait attentivement. Même s'il avait pu souhaiter, à plusieurs reprises, la mort de lord Kelsey, jamais il n'aurait été capable d'utiliser des moyens aussi méprisables. Il était important pour lui qu'elle en fût convaincue, mais il ne chercha pas à savoir pourquoi. Peut-être y avait-il un lien avec son désir de protéger cette femme qui ne voulait pas de sa protection.

— Non, dit-il fermement.

— Je savais que ce n'était pas vous, répondit Isabelle en fermant les yeux. Même quand on a trouvé la broche en forme de dragon dans le bois où mon père a été attaqué, je savais que ce n'était pas vous.

La broche en forme de dragon ?

— De quoi êtes-vous en train de parler ? questionna-t-il en prenant Isabelle aux épaules.

— Mon père a failli être tué par une flèche, il y a quelques semaines. On a trouvé sur place une broche exactement semblable à celle que vous utilisez pour fermer votre manteau. J'ai dit à mon père que ce n'était pas vous, puisque vous avez toujours la vôtre.

Simon croyait savoir qui avait tiré sur Kelsey. Ce ne pouvait être que Jarrod. L'attentat, venait de dire Isabelle, avait eu lieu plusieurs semaines auparavant. Manifestement, Jarrod en avait eu assez d'attendre de découvrir ce que les barons comptaient faire pour aider Simon. C'était une impatience compréhensible, mais un geste déloyal, qui ne lui ressemblait pas. Il fallait qu'il rencontrât Jarrod sans tarder, afin de lui interdire de recommencer.

— J'étais sûre, reprit la voix d'Isabelle, qui ramena Simon à la réalité, que vous ne pouviez pas avoir agi aussi bassement. Je ne vous imaginais pas complotant au fond de votre cœur, pendant les heures que vous passiez avec moi à la cabane. Non, conclut-elle, en secouant la tête, vous êtes incapable d'agir ainsi.

Pendant un instant Simon resta immobile, comme s'il lui avait fallu du temps pour se pénétrer de ce que venait de dire Isabelle.

Elle ne semblait pas se rendre compte de ce qu'elle lui révélait de ses sentiments. Il préféra feindre n'avoir rien remarqué, de peur de voir s'évanouir ce faible espoir. Mais son cœur en fut illuminé. Il se sentit envahi d'un sentiment merveilleusement tendre, qu'il ne pouvait garder pour lui.

Bien qu'ils fussent convenus de bannir toute familiarité de leurs relations, Simon ne put se retenir de prendre Isabelle dans ses bras. Elle se raidit tout d'abord, puis s'abandonna. La harde qu'elle était occupée à repriser tomba au sol.

D'une main hésitante, Simon amena la tête d'Isabelle contre sa poitrine. Il comprenait qu'elle avait, toute sa vie, fait taire au fond de son cœur meurtri un amour qui ne demandait qu'à parler. Elle allait sans doute y enfouir de nouveau les quelques sentiments qu'elle venait de manifester.

Mais Simon savait qu'il n'en souffrirait pas. Il ne voulait rien d'elle en ce moment. Seule comptait sa vulnérabilité, attirante, attendrissante, et le besoin qu'il avait de l'aider.

Si elle acceptait.

12.

Isabelle était tout entière à son soulagement. Simon était innocent. Il le lui avait dit. Elle le croyait. Même si elle pouvait avoir des préventions contre lui, il ne méritait pas la mort. Elle poussa un soupir en posant la tête sur sa poitrine. Tout fort que fût cet homme, c'était par sa douceur, par sa gentillesse qu'il l'attirait. Elle sentait sur son cou la chaleur du souffle de Simon et en frissonna. Les étreintes, à la cabane des bois, loin d'apaiser les sens d'Isabelle, n'avaient fait qu'exaspérer le besoin qu'elle avait de lui.

Elle leva les yeux. Son regard se posa sur la bouche de Simon. Il la serra plus fortement contre lui.

— Madame, fit une voix de femme dans le dos d'Isabelle.

Elle sursauta et se retourna rapidement. C'était Helwys, debout dans l'encadrement de la porte, dont le regard complice allait de l'un à l'autre.

— Que se passe-t-il ? demanda Isabelle un peu vivement.

Bien qu'Helwys fût au courant, et pour cause, de ses relations avec Simon, Isabelle ne souhaitait pas qu'elle en fût le témoin. Elle risquait de faire trop grand cas des apparences. Simon n'était que… gentil ; c'était le mot, gentil.

— C'est l'intendante, madame, et la cuisinière. Elles sont tombées malades elles aussi. Et plusieurs autres avec elles. On dirait que tous ces gens-là ont la même maladie que votre père.

— A-t-on prévenu le médecin ? interrogea Isabelle, avant de se tourner vers Simon qui était venu se placer à côté d'elle. Mais est-il arrivé au moins ?

— Oui, dit Simon. Il estime qu'il n'y a pas eu d'empoisonnement. Mais il ne semble pas avoir identifié la cause de la maladie.

Puis regardant Helwys, il demanda :

— A-t-il examiné ces femmes ?

Isabelle sourit. La tendresse de Simon avait fait place à une résolution froide qui réconfortait. Elle avait besoin de sa force dans ce moment difficile.

— Non, milord. Il est toujours avec lord Kelsey.

— C'est compréhensible, mais il faut l'avertir au plus vite. Peut-être pourrait-il obtenir, aux cuisines, des informations qui l'aideraient à comprendre la maladie de lord Kelsey.

— Oui, milord, répondit la suivante. Mais sire Frédéric ne laisse entrer personne dans la chambre.

Simon fronça les sourcils. Cet homme ne devait pas outrepasser son rôle dans cette maison.

— Il n'a aucune autorité en la matière.

C'est alors qu'Isabelle se rappela qu'elle était la fille et l'héritière du seigneur du lieu, même si elle n'avait jamais exercé aucune autorité. Elle devait agir pour le bien de tous, en contrevenant, s'il le fallait, aux ordres de son père. La tête haute, elle s'adressa à Helwys :

— Je vais voir cela avec sire Frédéric. Lord Warleigh a raison de penser que le médecin doit examiner les autres malades. S'il y a une cause commune à leur maladie, il saura le voir.

Isabelle, déjà, se dirigeait vers la porte, quand elle entendit Simon dire :

— Et vous, Helwys, voyez combien d'autres personnes sont atteintes. Et informez-en votre maîtresse.

— Oui, milord, fit Helwys avec une petite révérence.

Un peu déconcertée par le comportement nouveau de Simon, Isabelle ne savait pas si elle devait l'encourager ou le brider. Mais, quand elle quitta sa chambre, elle était persuadée qu'il saurait agir au mieux.

Elle ne tarda pas à constater qu'elle ne s'était pas trompée en pensant qu'elle aurait peut-être du mal à convaincre sire Frédéric de laisser le médecin quitter le chevet de lord Kelsey. Le chevalier la regardait comme si elle avait perdu la raison. Sèchement, il déclara :

— Madame, vous ne voudriez quand même pas laisser votre père souffrir pendant que le médecin serait occupé à soigner des servantes ?

Un gémissement de lord Kelsey vint comme appuyer l'argument de sire Frédéric. Mais Isabelle, toute compatissante qu'elle fût, tint bon.

— Si le médecin examine les servantes, il saura peut-être ce qui est arrivé à mon père. Je suppose que cette idée ne vous semble pas incongrue.

A contrecœur, le chevalier finit par accepter. Isabelle se garda bien de révéler que l'idée en question venait de Simon. Elle se contenta de dire, avec un hochement de tête approbateur :

— Je vais voir ce qui peut être fait pour les autres. Une fois qu'il en aura fini avec mon père, ajouta-t-elle en regardant le médecin qui tirait du sang au malade, envoyez-le-moi.

Sans s'attarder plus longtemps, Isabelle descendit à la grand-salle. Elle savait que sire Frédéric obéirait parce qu'il avait compris que c'était pour le bien de son maître.

Les deux femmes malades, qu'on ne pouvait laisser dans la grand-salle, où la plus grande partie des habitants de Dragonwick mangeaient et dormaient, avaient été logées dans une resserre attenante. Quand Isabelle entra, elle fut saisie par l'odeur fétide qui régnait dans la petite pièce. Elle trouva les malades étendues sur leur paillasse. La servante chargée de les soigner semblait débordée. Elle jeta un regard perdu à Isabelle qui resta interdite sur le seuil, aussi désemparée qu'elle.

Jamais auparavant elle n'avait eu à prendre pareilles responsabilités. Son père ne lui avait demandé de tenir son rang qu'en soignant son apparence. Mais soudain, devant cette servante qui l'appelait à l'aide, elle se sentit envahie par un sentiment nouveau de son devoir. Elle oublia ses appréhensions pour se rappeler qu'elle était la maîtresse des lieux. Son père étant indisponible, et Simon inutile dans ce genre de situation, c'était à elle de décider de ce qu'il convenait de faire.

Elle releva la tête.

— Qui s'occupe des autres malades ? Où sont-ils ?

— Ce sont des soldats, madame, dit la servante. Ils sont dans leur casernement. Ona et une autre fille s'occupent d'eux.

Isabelle approuva d'un mouvement de la tête. C'était une bonne décision. Ona, l'une des femmes les plus expérimentées de la maison, saurait certainement se tirer d'affaire.

Isabelle désigna de la main les bassines et les linges souillés et, avec un ton d'autorité qui la surprit elle-même, elle ordonna :

— Allez laver tout cela, et trouvez une autre fille pour vous aider. Vous pourrez vous relayer auprès des malades.

Manifestement soulagée, la servante fit une courte révérence et ramassa les bassines. Isabelle se retourna sur le seuil pour ajouter :

— Le médecin va descendre. Conduisez-le ici.

— Oui, madame, répondit la servante avec une nouvelle révérence.

Le regard d'Isabelle s'attarda sur la jeune fille. Bien que les gens du château ne lui eussent jamais manqué de respect, elle sentait à présent plus de considération dans leur attitude. Elle en éprouva un sentiment de plus grande confiance en elle.

Un gémissement, venu d'une des paillasses, attira son attention. Elle s'approcha sans hésiter et s'agenouilla au chevet d'une des malades. Le médecin entra au même moment. Il la rejoignit, examina les malades et conclut :

— Je pense que lord Kelsey et ces femmes ont déjeuné du même ragoût ce matin. J'en ai donné à deux chiens, qui ne s'en sont pas portés plus mal. Je suppose donc que ce plat n'était pas empoisonné, mais avarié. Il me reste à voir si la même nourriture a été servie aux soldats malades, ce qui ne semble pas faire de doute.

Isabelle le remercia, en faisant des vœux pour que personne d'autre ne tombât malade. Elle se rendit ensuite dans la grand-salle, où l'attendait Simon. Elle lui trouva un regard inquiet, et en fut troublée, sans comprendre pourquoi.

— Le médecin pense, lui expliqua-t-elle, que les malades ont mangé de la nourriture avariée. Ils devraient être remis dans quelques jours.

Maintenant qu'elle était moins inquiète, Isabelle se reprochait d'avoir trahi la confiance de son père en parlant à Simon de l'attentat dont il avait failli être la victime. Elle tentait de se réconforter en se disant que son mari, au moins, n'avait pas paru au courant de cette affaire.

— Plaise à Dieu que vous ayez raison, dit-il en lui posant la main sur le bras.

— Pourquoi cette sollicitude pour des gens qui ne vous sont rien ?

— Ce sont vos gens, et je suis heureux de ce qui vous rend heureuse. De toute façon, la souffrance des autres ne peut qu'émouvoir.

Sans s'en rendre compte, Isabelle l'observait avec plus d'attention. Elle lui demanda :

— Quel sorte d'homme êtes-vous donc, Simon ?

— Oh, rien qu'un homme très ordinaire, se défendit-il en riant.

Isabelle en doutait très fortement, mais elle s'abstint de le lui dire. Elle n'était sûre de rien en ce moment. Et surtout pas de ce qu'elle pouvait penser de pareille déclaration.

— Nous devons vérifier que personne d'autre n'est malade, dit-elle brusquement, pour couper court à ces pensées.

— Oui. Certains se trouvent peut-être isolés dans quelque recoin du château où personne ne songe à aller les chercher.

Comme Isabelle s'apprêtait à s'éloigner, il leva la main pour l'arrêter.

— Restez ici, je vous en prie. Vous y serez plus utile. Je vais m'occuper de cela.

Isabelle, soulagée, constata une nouvelle fois combien était précieuse l'aide de son époux.

Simon, de son côté, avait compris que l'intimité née entre eux, quelques instants auparavant, dans la chambre, était déjà morte. Mais il ne savait pas pourquoi. Peut-être regrettait-elle de s'être trop confiée en lui parlant de l'attentat contre son père ?

Lui se félicita de cette confidence qui lui permettrait peut-être d'éviter de plus grands maux. Il lui fallait entrer en contact au plus vite avec Jarrod pour prévenir une nouvelle agression. La maladie de Kelsey, en lui laissant les mains libres durant quelques jours, devait être mise à profit.

Mais il avait beau réfléchir, aucune idée ne lui venait à l'esprit. Il lui fallait une occasion propice. Dieu permettrait-il qu'elle se produisît très vite, pendant qu'il pouvait agir librement ? Ou devrait-il attendre encore des semaines, des mois, comme il l'avait toujours fait depuis qu'il était dans cette maison ? Au moins, pour la première fois, il pouvait espérer se rendre utile. Isabelle avait besoin de lui, et il était décidé à l'aider.

Les hommes de Kelsey n'avaient jamais eu beaucoup de sympathie pour Simon. Mais, leur maître malade et sire Frédéric retenu à son chevet, ils ne firent pas de difficultés pour lui obéir lorsqu'il donna des ordres comme il l'aurait fait à Avington.

Durant cette période, Simon voyait Isabelle du matin au soir. Il s'avisa de ce qu'elle commençait à porter des robes qu'il ne lui avait jamais vues. Elles étaient de fine laine, certes, comme les autres, mais sans broderies, sans galons ni enjolivures d'aucune sorte. Et pourtant elle les portait avec une aisance nouvelle, qui les rendait plus élégantes, dans leur simplicité, que les autres. Elle était très occupée par son travail dans la cuisine et le cellier du château, dont elle ne sortait que pour donner des ordres aux domestiques.

Le plus notable cependant n'était pas sa façon de s'habiller, ni son activité inhabituelle, mais la détermination qu'elle mettait à agir. C'était une autre Isabelle qu'il découvrait. Et il se demandait si elle ne ferait pas une excellente maîtresse de maison à Avington, quand le jour serait venu. A condition bien sûr qu'elle consentît à faire pour d'autres le même effort.

Mais Simon chassa cette idée de sa tête, car le moment lui semblait mal venu.

Tôt le matin, après une collation rapide, il quittait la grand-salle et n'y revenait que le soir, lorsque la faim se faisait impérieuse. Il s'asseyait alors à sa place habituelle, avec Jacques, ses propres hommes et quelques habitants du château.

Le soir du troisième jour, il montait l'escalier du perron quand une agréable odeur venue des cuisines lui rappela qu'il avait grand-faim. Et qu'un verre de vin frais serait le bienvenu.

Il savait, par sire Frédéric qu'il avait rencontré le matin sortant de la chambre de Kelsey, que le malade allait un peu mieux. Le chevalier lui avait dit trouver étrange que Simon fît tant d'efforts pour venir en aide aux gens de son ennemi. A quoi celui-ci avait répondu que les habitants de Dragonwick n'étaient pas responsables de ses mauvaises relations avec leur maître.

Mais il savait que c'était pour Isabelle qu'il se donnait tant de mal. Comme chaque fois qu'il pensait à elle, son imagination s'échauffa et son corps ne tarda pas à lui rappeler qu'ils n'étaient pas allés depuis longtemps à la cabane des bois.

Les pensées de Simon furent dissipées par le bruit d'une dispute venue de la grand-salle. Il pressa le pas et entra. Au fond de la pièce s'était assemblé un petit groupe de personnes, d'où provenaient des cris de colère. Il reconnut une voix. Wylie !

Une fois de plus, ce garçon se trouvait mêlé à une bagarre. Le moment était plutôt mal choisi. Le matin même, Simon lui avait demandé de tenir sa langue, et plus encore à présent que Kelsey était malade.

Il s'approcha du groupe

— Tu m'as provoqué, criait Wylie.

— C'était un accident, et tout le monde peut en témoigner, répondit l'écuyer de lord Kelsey, en levant le menton.

C'est alors que Simon découvrit sa propre épée dans la main de Wylie. Le jeune homme regardait l'assistance, courroucé.

— Pardi ! Tous ces gens confirmeront ce que tu dis, même si c'est un mensonge. Ils n'en sont pas à ça près.

Les témoins de la scène se récrièrent. Simon sentait qu'il fallait mettre un terme rapidement à cette affaire avant qu'elle ne dégénérât. Mais il se retint de faire à Wylie les reproches qui lui brûlaient les lèvres. C'était courir le risque de voir son écuyer se conduire plus follement encore.

Or, ayant toujours cherché à lui enseigner la maîtrise de soi, il se devait de donner l'exemple. Pour le bien du garçon, d'abord, mais aussi parce que les badauds de Dragonwick pourraient aussi faire leur profit d'une leçon de sang-froid.

Du ton le plus calme, il demanda donc:

— Que se passe-t-il ici, Wylie ?

L'écuyer le regarda avec soulagement, et il laissa retomber le bras qui tenait l'épée. Quand Simon la lui enleva, il accepta avec réticence, non sans avoir jeté auparavant un regard assassin à l'écuyer de Kelsey.

— Milord Warleigh, il était grand temps que vous arriviez. Il m'a agressé, sans crier gare, pendant que je polissais la poignée de votre épée, et je me suis coupé à la lame.

Il ouvrit sa main, dont la paume saignait. Simon constata en silence, puis regarda l'autre écuyer, qui écumait tout pareillement.

— Je ne faisais que passer par ici. J'ai trébuché sur la cuirasse qu'il avait laissée par terre. Je n'avais aucune intention de le provoquer ou de le blesser. Même si maintenant je me félicite de ce qui est arrivé.

Wylie, les poings serrés, fit un mouvement vers son adversaire. Simon l'arrêta en levant la main.

— Tu mens ! cria Wylie.

De nouveau les témoins de la scène se mirent à murmurer.

Simon regarda l'écuyer de Kelsey, dont les yeux brillaient de colère. Quelque chose lui disait que ce garçon ne mentait pas en prétendant qu'il s'agissait là d'un accident.

— Wylie, dit Simon calmement, mais avec fermeté, en lui posant la main sur l'épaule.

Wylie semblait ne pas faire attention à lui ; il continuait de dévisager son adversaire. Tous, les yeux sur Simon, attendaient la suite.

— Wylie, répéta celui-ci avec plus de force.

L'écuyer tourna enfin la tête vers lui, mais sa colère ne s'apaisait pas. Simon savait que ce garçon détestait tous ces gens et leurs petites vexations quotidiennes. Le ressentiment qu'il avait accumulé s'exprimait aujourd'hui, avec une violence que ne justifiait pas la situation.

Simon s'inquiétait pour lui. Il n'était plus en sécurité au château. Depuis qu'il s'était querellé avec certains des habitants de Dragonwick, tous ici le surveillaient et le harcelaient. Un jour, excédé, il pourrait en arriver à blesser quelqu'un ou à être blessé lui-même.

— Que se passe-t-il ?

Simon, tiré de ses réflexions, vit apparaître Isabelle.

— Wylie a fait une grave erreur, déclara-t-il.

L'écuyer du comte renchérit :

— Il m'a menacé avec une arme, madame, et sous le toit de lord Kelsey.

— C'est vrai, approuva Simon, avant de lui expliquer ce qui venait de se passer.

— Mais..., dit Isabelle, qui ne comprenait pas ce que Simon faisait avec une épée nue à la main. Ce n'est pas admissible. Il faut sévir.

Simon sentit Wylie se raidir. Mais tout violent qu'il fût, le jeune homme n'était pas sot au point de s'opposer à la dame de Dragonwick.

— C'est aussi mon avis, dit Simon, et j'aimerais m'occuper de la question moi-même, si vous le voulez bien.

Pendant un instant, Isabelle le regarda, apparemment indécise. Il se pencha vers elle et lui murmura :

— Faites-moi confiance. Je ne veux que le bien de cette maison.

Elle continuait de fixer sur lui son regard bleu. Simon soutint ce regard jusqu'à ce qu'elle eût accepté.

— C'est entendu. Je vous fais confiance.

Simon en éprouva une satisfaction intense. Il s'inclina avec déférence. Puis il se tourna vers l'écuyer de Kelsey, pour lui dire :

— Je vous présente mes excuses pour ce qui vient d'arriver.

De la même façon, il demanda aux habitants du château de lui pardonner cet incident, les assurant que Wylie serait puni pour avoir troublé leur tranquillité.

— Mais… messire…, ne put que bégayer le jeune homme.

Le prenant par le bras, Simon le conduisit sans ménagement hors de la grand-salle. Leur sortie fut d'autant plus animée que Wylie résistait et montrait du doigt son ennemi en prononçant des paroles inintelligibles. Il ne comprenait pas ce qui lui arrivait. Que Simon prît le parti de son ennemi dépassait le concevable.

Ce n'est que lorsqu'ils eurent atteint les écuries que Simon lui lâcha le bras. Froidement, il déclara :

— Tu vas rassembler tes affaires, seller ton cheval et te préparer à faire un voyage.

— Où allons-nous, messire ? interrogea Wylie, les yeux pleins d'espoir. Retournons-nous à Avington ?

Simon secoua la tête. Il savait qu'il avait raison de renvoyer son écuyer. Kelsey, qui n'appréciait pas sa présence à Dragonwick, n'y trouverait rien à redire.

— Nous ne partons pas. *Tu* pars. J'ai compris que tu me servirais mieux à Avington qu'ici.

— Mais, messire, je ne peux pas vous laisser seul ici avec ces…

C'était par affection que Wylie refusait d'obéir. Simon le savait et il en fut touché. Mais les circonstances ne lui permettaient pas de revenir sur sa décision. Wylie était allé trop loin.

— J'ai décidé que tu retournerais à Avington, et tu m'obéiras.

— Messire, je n'irai pas sans vous.

— Si tu refuses d'obéir, prévint Simon en durcissant le ton, je ne te garderai pas à mon service.

Devant le regard perdu de Wylie, où se confondaient l'incompréhension et la peine, Simon se sentit obligé de lui donner des explications.

— Imagine que tu viennes un jour à me servir dans une bataille, qu'adviendrait-il si tu refusais, même un instant, mes ordres ? Ce pourrait être la cause de ta mort. Ou de la mienne.

— Oh, messire, jamais je ne...

— C'est pourtant ce que tu fais maintenant. A plusieurs reprises, je t'ai dit que ton comportement n'était pas acceptable, et tu n'as pas tenu compte de mes avertissements. Pourtant ton obéissance, dans la situation qui est faite ici, au milieu de nos ennemis, peut être une question de vie ou de mort.

— Je n'y avais pas pensé, fit l'écuyer en hochant la tête.

— C'est ce que j'avais cru comprendre. Mais si tu veux rester à mon service, tu dois commencer à réfléchir par toi-même. Comme écuyer, tu es plus proche de moi que n'importe quel autre homme. Ton comportement doit parfaitement s'accorder au mien.

— Je ferai ce que vous voudrez, messire.

— Alors, commence par te tenir, mon garçon. Tu tires l'épée dans la maison d'un homme qui a tout pouvoir sur Avington. Et alors que tu es dans ton tort. Avington est ce que j'ai de plus cher au monde. Il faut que ce soit la même chose pour toi, qui es mon homme de confiance. Ceux qui me servent doivent faire passer le bien de ses habitants avant la satisfaction de leurs petites colères. Le futur chevalier que tu es doit savoir se maîtriser et réfléchir avant d'agir, s'il ne veut pas mettre en danger sa vie et celle des autres. C'est en agissant ainsi que l'on passe de l'état d'enfant à celui d'adulte. Que veux-tu être ?

Dans les yeux de Wylie, levés vers lui, Simon voyait passer d'innombrables émotions qu'il n'aurait pu nommer. Quand il eut fini de parler, le jeune écuyer poussa un gros soupir et déclara :

— J'ai agi comme un enfant qui se laisse conduire par ses émotions.

— C'est vrai, convint Simon.

— Je ne recommencerai pas.

— Prouve-le-moi en faisant ce que je te demande.

— Mon plus grand désir, répondit Wylie en se redressant de toute sa taille, est de vous servir du mieux que je pourrai, messire. Plus jamais vous n'aurez à en douter.

Il semblait que Wylie avait retrouvé sa confiance en lui. Cette affaire lui avait manifestement appris quelque chose.

Tandis que Simon se faisait cette réflexion, une idée lui vint soudain à l'esprit. Si Wylie retournait à Avington ce jour même, il pourrait donner un mot à Jarrod sans éveiller les soupçons. Et d'autant plus facilement que lord Kelsey était malade.

L'écuyer s'était éloigné pour faire son baluchon. Simon le rejoignit dans le coin de l'écurie où il avait sa paillasse et ses quelques effets personnels.

— Wylie, j'ai quelque chose d'important à te demander. Il faut que tu te rappelles très exactement ce que je vais te dire.

Il fallait en effet que la rencontre avec Jarrod qu'il projetait fût parfaitement organisée s'il ne voulait pas que son projet échouât.

Wylie s'était redressé, et, fier de la confiance qu'on lui accordait, il écouta avec attention les explications de son maître. Puis il répondit :

— J'exécuterai fidèlement vos ordres, messire. Vous n'aurez plus à douter de mes capacités.

Dans la grand-salle, Isabelle veillait au changement de la paille qui couvrait les dalles, quand sire Frédéric s'approcha d'elle, le visage déformé par la colère.

— Lady Isabelle, dit-il, sur le ton le plus désagréable, votre père m'a demandé de vous parler.

Isabelle, penchée sur le travail des servantes, se redressa. Sire Frédéric continua :

— Il a appris que lord Warleigh a renvoyé son écuyer, et que vous avez accepté cela.

— C'était une punition, repartit Isabelle, la tête haute.

— Vous ne devez pas permettre à cet homme de faire ici ce qu'il veut.

Tous, dans la salle, avaient interrompu leur travail et écoutaient.

— Je suis la maîtresse de cette maison. Je vous demanderai de ne pas l'oublier quand vous m'adressez la parole.

— C'est... c'est votre père, répondit sire Frédéric avec un hoquet de surprise, c'est votre père qui l'ordonne.

— Alors, qu'il vienne me le dire lui-même.

Après avoir jeté à Isabelle un regard courroucé, sire Frédéric lui tourna le dos et quitta la salle à grandes enjambées. Isabelle savait que lorsque lord Kelsey irait mieux, il lui reprocherait son geste. Mais elle lui ferait valoir qu'elle ne pouvait accepter d'être traitée avec désinvolture par le serviteur d'un père qui exigeait qu'elle tînt son rang en toutes circonstances.

Isabelle tirait au moins une leçon de cette altercation. Son père, même malade, était tenu précisément informé de ce qui se passait au château.

Elle était déchirée entre son désir que lord Kelsey guérît — parce qu'il était son père —, et la crainte de voir s'évanouir, quand il aurait quitté la chambre, la paix qui régnait à Dragonwick, particulièrement entre elle et Simon.

Ils n'étaient pas retournés à la cabane, mais des liens différents s'étaient noués entre eux. Tout d'abord mal à l'aise quand elle avait appris qu'il s'était contenté de renvoyer son écuyer, elle avait compris ensuite, avec admiration, que la punition qu'il avait trouvée était adaptée au tempérament fougueux de ce garçon et mettait fin dans le même temps à ses débordements. La décision juste de Simon avait en outre modifié le comportement des domestiques, qui lui obéissaient désormais avec plus de déférence. Elle-même reconnaissait qu'elle n'agissait plus avec lui comme auparavant. Depuis l'incident de ce matin-là, elle cherchait des prétextes pour entrer dans la grand-salle quand elle savait l'y trouver.

A deux reprises alors qu'elle passait à sa hauteur, il avait posé sa main sur son bras. Chaque fois, elle avait éprouvé un étrange besoin, un désir qui n'était pas physique bien que le corps y eût sa part. Elle savait que seule la présence de Simon pouvait apaiser ce besoin. Mais elle ne devait pas donner à son père l'impression que leur vie commune avait repris. L'incertitude de lord Kelsey sur ce sujet mettait Simon à l'abri. Un jour, pourtant, si elle attendait un enfant, sa vie ne vaudrait plus grand-chose. Et il était d'autant plus exposé qu'il ne prenait pas ce danger au sérieux. Elle devait le mettre en garde de nouveau.

C'est dans la cour qu'elle le trouva, occupé à aider ses hommes à décharger une voiture de foin. Il l'aperçut et se dirigea vers elle.

— Avez-vous besoin de quelque chose, Isabelle ? demanda-t-il en frottant une épaule douloureuse.

Elle secoua vivement la tête. L'image lui revint des épaules nues de Simon auxquelles elle accrochait ses mains quand…

— Oh, non, je... je voulais simplement vous parler.

— Et de quoi vouliez-vous me parler ? s'informa-t-il, avec un large sourire, qui fit courir un frisson dans les reins d'Isabelle.

Elle se sentit gênée, son regard quitta celui de Simon. Elle remarqua les hommes, qui attendaient que leur maître eût fini pour continuer.

— Pardonnez-moi. Ce n'est pas le moment. Vous avez beaucoup à faire. Comme moi d'ailleurs.

— Eh bien, trouvons un moment plus opportun, et nous parlerons.

Il avait dit ces mots de l'air le plus engageant, avec une telle chaleur dans les yeux qu'elle se sentit encouragée à continuer.

— Je... mon père étant malade, je me suis dit qu'il vous serait moins difficile de venir dans ma chambre pour parler.

— Voulez-vous, demanda-t-il en se penchant vers elle, que je vienne dans votre chambre ce soir ?

— Si vous le souhaitez.

— Je viendrai, se contenta-t-il de répondre en l'enveloppant d'un regard si prometteur qu'Isabelle sentit se répandre en elle une chaleur qu'elle connaissait bien.

Quand Simon fut retourné à son travail, Isabelle se rendit compte qu'il s'était mépris sur ses intentions, et qu'elle l'avait laissé faire.

13.

Arrivé devant la porte de la chambre d'Isabelle, Simon s'arrêta. Aucun bruit ne lui parvenait de l'intérieur. Il prit une inspiration profonde. Peut-être avait-il mal compris les intentions d'Isabelle quand elle lui avait demandé de la rejoindre. Peut-être ne l'attendait-elle pas. Mais son cœur qui battait plus vite lui disait d'ouvrir cette porte. Il posa la main sur le loquet. De nouveau, il s'arrêta. Si Isabelle dormait, il retournerait aux écuries. Si elle ne dormait pas…

Il fit jouer le loquet. La lourde porte de chêne s'ouvrit sans bruit.

Son cœur cessa de battre quand il la vit, debout, devant la cheminée. La lumière du feu soulignait les formes parfaites de son corps, ses hanches élégamment galbées, sa taille étroite, sa poitrine haute.

Elle tourna la tête vers lui, l'aperçut. Ils se regardèrent un instant, immobiles. Puis se dirigèrent du même pas l'un vers l'autre.

— Simon, maintenant, il faut que vous m'écoutiez.

— Qu'y a-t-il ?

Il concentra son attention sur l'expression d'inquiétude qui assombrissait le visage d'Isabelle pour ne pas avoir à penser au désir qu'il sentait monter en lui.

Isabelle se mordillait la lèvre, hésitait, et finit par lui dire :

— C'est mon père. J'aurais dû vous le dire depuis longtemps. Je ne pouvais… mais maintenant, je…

Elle hésita encore. Ses yeux erraient sur la poitrine de Simon. Puis elle le regarda en face et déclara :

— Il vous veut du mal, Simon.

— Ça, je l'avais deviné.

— Non, insista Isabelle en secouant la tête. Vous ne comprenez pas. Mon père m'a dit que, lorsque j'attendrais un enfant, il vous…

— Je vois. Vous voulez me dire qu'il vous a fait part de son intention de me tuer.

Isabelle approuva de la tête avant d'oser dire « oui ». Simon n'était pas vraiment surpris. Il la regarda avec attention.

— Pourquoi me dites-vous cela, Isabelle ?

Elle continua, sans répondre à sa question :

— Sire Frédéric est venu me voir aujourd'hui pour m'annoncer que mon père était très mécontent que vous ayez envoyé votre écuyer à Avington.

— Il a toujours désapprouvé ce que je fais. Mais pourquoi me dites-vous cela maintenant ?

— J'ai appris à vous respecter, répondit Isabelle en baissant les yeux. Vous vous êtes conduit en vrai chevalier pendant la maladie de mon père. Je ne pouvais pas vous en remercier en me taisant.

Elle leva les yeux pour rencontrer son regard.

— Et je n'oublie pas que vous serez le père de mon enfant.

Simon poussa un profond soupir. Pas un mot qui ressemblât à de l'amour, même si, pour une fois, elle semblait se soucier de lui. Comme toujours, c'était l'enfant qui semblait seul compter pour elle.

— Je vous remercie de m'avoir prévenu, Isabelle, dit Simon en lui tendant la main. Je sais combien vous avez dû prendre sur vous.

Isabelle ne saisit pas cette main tendue. Elle répondit :

— Il… je pense qu'il vaudrait mieux que vous partiez maintenant, Simon. Il est dangereux pour vous de rester. Si mon père croyait avoir quelque raison de penser que j'attends un enfant…

— Est-ce vraiment ce que vous souhaitez ? demanda Simon à voix basse.

— Je… oui…, bégaya-t-elle, tandis que son regard, après avoir vainement tenté de soutenir celui de Simon, alla se perdre dans les recoins de la pièce. Je ne sais pas ce que je veux.

Simon posa un doigt sous son menton pour l'obliger à relever la tête. Elle s'exécuta, à contrecœur.

— Si, vous le savez, lui dit-il. Vous voulez la même chose que moi.

— Oui, peut-être, convint-elle, la respiration déjà plus rapide. Mais si nous étions découverts ?

— Ce soir, c'est un risque que je suis prêt à prendre, conclut Simon en se penchant pour poser ses lèvres sur celles d'Isabelle.

Il la prit dans ses bras, et leurs corps se modelèrent l'un à l'autre. Simon approfondit leur baiser, écrasant la bouche d'Isabelle sous la sienne. Elle leva les bras pour lui enserrer les épaules. Simon l'enlaça plus étroitement, avide de sentir la douceur de ce corps contre le sien. Il y avait si longtemps qu'il rêvait de ce moment, si longtemps qu'il y pensait, à chaque heure du jour.

Isabelle, abandonnant leur baiser, posa ses lèvres chaudes sur la veine qui battait à la base du cou de Simon.

— Simon, lui dit-elle. J'ai besoin de sentir vos bras autour de moi.

— Isabelle.

Ce nom, murmuré, fit à la jeune femme l'effet d'une caresse. Un frisson la parcourut. Elle recula son visage pour observer le regard de Simon et, sans parler, glissa les mains sous sa tunique. Elle sentit les muscles de son ventre se contracter, caressa la poitrine large, et s'attarda sur les mamelons. Elle s'arrêta quand Simon posa les mains sur les siennes. Il avança de nouveau son visage pour baiser ses lèvres et lui enserra la taille de ses bras. Isabelle renversa la tête pour offrir aux baisers sa bouche, son cou, sa gorge qu'on voyait naître dans l'échancrure de la robe. Elle était décidée à ne penser à rien d'autre qu'à Simon et au plaisir que ses caresses savaient lui donner.

N'y tenant plus, Simon la souleva de terre et la porta jusqu'au lit.

— Quand je dormais sur ma paillasse, je rêvais du moment où je pourrais m'étendre ici avec vous, dit-il en baisant ses paupières closes.

— Moi aussi, j'ai désiré ce moment, répondit-elle en ouvrant les yeux.

C'est par un baiser qu'il lui répondit.

Quand Isabelle chercha de nouveau à caresser le torse de Simon, celui-ci se redressa pour se débarrasser lui-même de sa tunique. Il la fit passer prestement par-dessus sa tête, puis il se pencha sur Isabelle pour l'embrasser et la baiser avec une force qui la laissa tout étourdie.

Simon glissa les mains sous sa robe et la fit remonter le long de ses jambes dorées par la lumière du feu. Il en admira le galbe parfait, les caressa, y fit courir des baisers. Isabelle tremblait de désir.

— Retirez-la, lui demanda-t-elle en levant les bras pour l'aider.

Simon s'empressa d'obéir. Sous la robe, il trouva une chemise diaphane, où la clarté mouvante des flammes mettait des taches d'ombre et de lumière. Le corps d'Isabelle y prenait un relief merveilleux. Le regard de Simon était particulièrement attiré par la pointe durcie des seins, qui semblait vouloir percer le tissu. Les mains moites, le cœur battant, il contemplait ce corps parfait. Son sexe érigé et impatient n'attendait que le moment où il serait libéré de la prison où il était tenu enfermé.

Simon se pencha sur Isabelle. En poussant, du nez, des lèvres, du menton, le tissu léger, il le fit progressivement remonter jusqu'à ses seins, en couvrant de baisers chaque parcelle de peau qu'il dénudait ainsi.

Quand le souffle chaud de Simon atteignit ses seins, quand sa langue en caressa les mamelons, Isabelle jeta la tête en arrière, lui saisit la nuque et souleva son corps pour l'offrir plus complètement aux caresses. Simon s'attarda sur un des mamelons, mais ses doigts donnaient des plaisirs similaires à l'autre.

— Simon, gémit-elle.

Mais lui, comme insensible à ce qui paraissait une invitation à aller plus loin, préférait s'attarder dans la jouissance de cet instant, accentuant les caresses de sa bouche et celles de ses doigts.

Lorsque, tremblante de désir, elle ne sembla plus pouvoir résister à l'emportement de ses sens, Simon acheva de la débarrasser de sa chemise. Pendant un instant, immobile, il fit courir son regard sur ce corps offert.

Isabelle se souleva sur un coude pour aller à sa rencontre. Elle promena ses lèvres et sa langue sur la poitrine de Simon, avide de sentir le goût de sa peau. Il grogna de plaisir.

Alors, le saisissant aux épaules, elle se renversa avec lui dans la tiédeur du lit. Incapable d'attendre plus longtemps, il entra en elle et commença de se mouvoir, en lui arrachant des cris de plaisir.

Quand elle sentit les muscles de Simon se contracter, elle l'étreignit avec plus de force, soudée à lui pour franchir l'ultime frontière. Et, ensemble, ils se laissèrent emporter.

Couchée sous le corps pesant de Simon, les yeux fermés, encore secouée des spasmes d'un plaisir qui, lentement, se retirait, Isabelle revenait lentement à la réalité. Après quelques instants, comme chaque fois, Simon se laissa rouler sur le côté, et l'enlaça pour la tenir contre lui. Il fut surpris de constater qu'elle ne cherchait pas à échapper à cette étreinte. Elle leva vers lui un regard troublé.

Simon, oubliant les moments qu'ils venaient de passer, s'inquiéta.

— Qu'est-ce qui ne va pas, Isabelle ? lui demanda-t-il, en caressant du bout des doigts les sourcils froncés de la jeune femme.

— Simon, répondit-elle après s'être mordillé la lèvre, nous sommes fous de prendre de tels risques. Je sais que vous ne voulez pas m'écouter, mais vous devez comprendre que mon père doit être pris au sérieux quand il parle de vous éliminer.

— Je jouerai au plus fin.

Isabelle se redressa en prenant appui sur les coussins. Sa chevelure, répandue sur les épaules, rendait plus désirable encore sa beauté. Mais l'heure n'était plus au plaisir. Simon le comprit au ton qu'elle prit pour lui dire :

— Il est capable de tout. Si vous pensez être à l'abri de ses coups, vous courez à la mort.

Pour la première fois, Simon se rendit compte que l'inquiétude d'Isabelle était profonde, et qu'elle durait depuis longtemps. Il ne comprenait pas comment il avait pu être aussi aveugle. Il l'avait crue soucieuse uniquement d'obéir à son père, alors qu'elle n'avait cessé de craindre pour lui.

Partagé entre le remords et la tendresse, il resserra son étreinte. Il savait qu'Isabelle ne pouvait vaincre pareille crainte. Elle avait toujours redouté les autres ; elle avait toujours attendu d'eux le pire. C'était le résultat de l'éducation que lui avait donnée son père. Même si la vie devait la changer, elle n'abandonnerait jamais une prudence qui était pour elle un moyen de se protéger.

Et Simon, en serrant dans ses bras son corps chaud et souple, se demandait si elle accepterait un jour de lui faire confiance.

Il attendit qu'elle se fût endormie, et, lentement, quitta le lit. Si elle se réveillait, il lui dirait qu'il retournait dormir aux écuries. En fait, il avait l'intention de rencontrer Jarrod, afin de trouver un moyen de quitter ce château avec Isabelle.

Il s'habilla sans bruit et sortit de la chambre.

Grâce à sire Edmond, qui avait fait boire force bière aux valets d'écurie, il put seller son cheval et lui envelopper les sabots de chiffons sans attirer l'attention. Il sortit des écuries en le tenant par les rênes. Il fallait à présent qu'il parvînt à franchir la poterne qui donnait accès, par l'arrière, à la campagne. Sur le chemin de ronde, une sentinelle faisait les cent pas. Simon, tapi dans l'ombre, attendait le moment favorable. Mais saurait-il être assez rapide et assez silencieux pour réussir à passer ?

Soudain, un bruit providentiel attira l'attention du garde, qui s'éloigna. On aurait dit la chute d'une pierre. Simon, sans chercher à comprendre ce qui se passait, en profita pour ouvrir le petit vantail et se glisser au-dehors.

Parvenu à l'abri des arbres, il se mit en selle et prit la direction de la cabane des bois. La lune éclairait un chemin qu'il connaissait bien désormais.

Il pensait à ce qu'il allait faire. Trahissait-il Isabelle en rencontrant Jarrod ? Non, puisqu'il n'entreprenait rien contre Kelsey. Et pourtant, il ne pouvait s'empêcher de se sentir mal à l'aise. Peut-être était-ce à cause de ce qu'ils venaient de vivre. Il la quittait au moment où elle se livrait à lui comme elle ne l'avait jamais fait. Il aurait dû lui dire ses intentions, lui expliquer où il allait et pourquoi.

Simon secoua la tête pour chasser ces idées désagréables. Comment aurait-il pu lui parler ? C'était la vie de Jarrod qui était en jeu. Il ne pouvait courir le risque d'un imprudence, toujours possible, de la part d'Isabelle.

Simon arriva à la cabane avant l'heure du rendez-vous. Il mit pied à terre, attacha son cheval à la place habituelle et attendit. Quelques instants plus tard, un bruit de sabots lui annonça l'arrivée d'un cavalier. Il se mit sur ses gardes. Ce pouvait être quelqu'un du château.

Quand il vit Jarrod sortir du couvert des arbres, éclairé par la lune, il se détendit et sourit. Le cavalier se laissa glisser de sa selle et les deux hommes s'étreignirent chaleureusement en se donnant de grandes tapes dans le dos.

— Simon ! Enfin te voilà !

— Et où veux-tu que j'aille ?

Simon fit un pas en arrière et, le front soudain soucieux, il ajouta :

— Quand on est prisonnier, faire des plans d'évasion et les réaliser sont deux choses différentes. En fait, je ne suis pas enfermé à clé. J'aurais pu quitter Dragonwick depuis longtemps, si je n'avais pas craint pour Avington. As-tu des nouvelles de Christian ?

— Pas une, fit Jarrod en secouant la tête avec tristesse.

Simon passa la main sur son front. Il lui fallait parler de ce que Jarrod avait tenté contre Kelsey.

Prudemment, il lui dit :

— J'ai une question à te poser.

— Oui, répondit Jarrod, soudain plus grave, comme s'il avait deviné où Simon voulait en venir.

— Kelsey prétend que quelqu'un a tiré sur lui. Il n'a pas vu son agresseur, mais il a trouvé, sur les lieux de l'attaque, une broche en forme de dragon semblable à la mienne, et donc à la tienne.

Le regard de Simon se posa sur l'épaule de Jarrod. La broche ne s'y trouvait pas.

— T'a-t-il dit aussi, répondit Jarrod en levant un sourcil dédaigneux, qu'il se trouvait sur tes terres quand cela est arrivé et qu'il était occupé à « questionner » un de tes fermiers pour lui faire dire combien d'hommes comptait la garnison d'Avington ?

Kelsey à Avington ! Il n'était pas étonnant que Jarrod l'eût attaqué. Simon aurait agi comme lui.

— Comment va mon fermier ?

— Plutôt bien. Il a surtout eu grand-peur. Kelsey, continua Jarrod en frappant du poing la paume de sa main, est un lâche qui furète partout, comme un renard à la recherche d'une charogne. Je ne me serais aperçu de rien si je n'étais pas allé chasser par là pour passer le temps.

Simon n'arrivait pas à croire que ce monstre se permît de circuler sur ses terres et de tourmenter ses gens. Il comprenait maintenant pourquoi le comte s'absentait si souvent du château.

— Kelsey n'attend même pas de m'avoir tué pour faire le tour du propriétaire.

— De quoi parles-tu, Simon ? On dirait que…

— Oui, j'ai appris qu'il a l'intention de me tuer dès qu'Isabelle attendra un enfant et que la tutelle de mes terres lui sera acquise.

— C'est la Providence qui t'a inspiré de ne pas consommer ton mariage.

Simon resta silencieux. Jarrod le regarda avec plus d'attention.

— Tu n'as pas couché avec elle !

Comme Simon ne répondait toujours pas, Jarrod commença à tourner en rond. Il s'arrêta et fit face à son ami.

— Est-ce que tu es fou ? Qu'est-ce qui t'a pris ?

— Je n'ai pas envie de parler de cela.

— Cette femme t'a-t-elle au moins donné l'assurance qu'elle t'était entièrement dévouée ?

— Non, elle a trop grand-peur de son père.

— Alors, tu es doublement fou.

Quelques semaines plus tôt, Simon aurait partagé les craintes de son ami. Mais, à présent qu'il avait vu Isabelle vaincre la peur qui la paralysait, il ne pouvait plus penser ainsi.

— Tu ne sais pas ce que tu dis, Jarrod. J'aimerais que tu ne parles plus ainsi de ma femme.

Jarrod, qui s'était mis à marcher de long en large, s'arrêta, surpris.

— Grand Dieu, ce n'est pas possible !

— Quoi donc ? De te demander d'avoir un peu plus d'égards pour elle ?

— Que tu sois tombé amoureux d'elle.

Simon eut l'impression de recevoir un coup au creux de l'estomac. Amoureux d'Isabelle ?

Pardieu, oui, c'était vrai ! Il l'aimait, bien qu'il eût tout tenté pour éviter ça. Dès le début il lui avait contesté des qualités évidentes, l'estimant incapable de tenir son rang de dame d'Avington. Elle lui avait prouvé le contraire durant la maladie de son père. Ce n'était pas les gens d'Avington qu'il avait cherché à protéger d'elle, mais son propre cœur, au point de trouver suspectes ses marques de tendresse, parce qu'elles venaient d'elle, alors qu'il les aurait acceptées sans arrière-pensées de n'importe qui d'autre.

Que devait-il faire maintenant ? s'interrogea-t-il en poussant un long soupir. Tout d'un coup, il se sentit seul.

— Simon, tout va bien ?

La voix de Jarrod lui parvint de très loin. Il leva les yeux sur son ami, qui s'était approché, inquiet.

Faisant appel à tout le sang-froid dont il était capable, il répondit :

— Je vais bien. Seulement un peu étourdi, je pense. Je n'avais pas imaginé…

Il ne put continuer. Comment parler à Jarrod de cet amour sans espoir ? C'était une douleur toute nouvelle, qu'il ne pouvait exprimer en mots.

— Mais que fait Christian ? demanda-t-il en redressant sa taille. Quelque chose a dû arriver.

— Oui, il ne serait pas ainsi en retard, s'il n'avait pas une bonne raison.

— Je vais aller voir le roi Jean, lui dire ce qui s'est passé à Avington et me mettre sous sa protection. Il faut qu'il me débarrasse de Kelsey.

C'était une nécessité pour lui et pour Isabelle. Aussi longtemps qu'elle résiderait sous le toit de son père, elle ne pourrait se libérer de la peur qu'il lui inspirait. Il parut soudain très important à Simon de mettre fin sans tarder à cette situation. Il savait qu'il ne pourrait demander de l'amour à sa femme, tant elle avait été dressée à ne rien pouvoir ni savoir exprimer. Mais il espérait, s'il lui faisait quitter Dragonwick, qu'elle parviendrait à éprouver un certain bien-être en sa compagnie.

Jarrod imaginait ce qui se passait dans la tête de Simon. Il déclara :

— J'irai avec toi, et je dirai au roi ce que je sais.

— Ne te formalise pas, mon ami, mais je crois que ta présence ne m'aiderait pas. Tout ce que tu gagnerais dans l'affaire, si je ne parvenais pas à convaincre le roi, c'est sa colère.

— Je ne crains pas ce qui peut arriver, affirma Jarrod en relevant la tête.

Simon posa la main sur l'épaule de son ami, avant de répondre :

— Ce n'est pas ce que je voulais dire, Jarrod. Je souhaite simplement qu'il ne t'arrive pas d'ennuis pour rien. Si j'avais à livrer un combat loyal, contre des hommes d'honneur, je serais heureux de t'avoir à mes côtés. Mais ce n'est pas le cas. Imagine que je te demande d'agir comme ces gens-là.

— Et toi, tu le ferais ?

— Oui, dit Simon en baissant les yeux. Disons que je feindrais, en essayant de me montrer convaincant.

— Je te connais, Simon. Tu as déjà essayé, et tu n'y es pas parvenu.

Jarrod avait raison. Simon le savait, mais il préféra ne pas l'admettre. Il revint à son projet :

— Kelsey est malade. Il est au lit pour quelques jours encore. C'est le moment d'aller à la cour si je veux être sûr de ne pas l'y rencontrer. J'aurai plus de chances de convaincre le roi Jean.

— Simon, dit Jarrod en haussant les épaules. As-tu seulement pensé que, même si le roi accepte de t'écouter, tu n'en seras pas débarrassé de Kelsey pour autant ?

— J'y ai pensé. Mais ça, ça ne dépend pas de moi.

Il avait bien conscience qu'il ne pouvait rien contre le comte de Kelsey. Sa haine et son désir de vengeance ne lui étaient pas des armes suffisantes. Et Isabelle, malgré tout son ressentiment, n'accepterait jamais d'être son alliée, parce qu'une part d'elle-même continuait d'aimer son père.

— A présent qu'il a des vues sur Avington, Kelsey n'aura de cesse de s'en emparer. Il se montrera aussi déterminé et impitoyable que lorsqu'il convoitait Dragonwick. C'est sa manière de faire.

Simon se disait que cela n'arriverait pas tant qu'il serait vivant. Or il n'avait aucune envie de mourir. En tout cas pas avant longtemps. Et bien après que Kelsey aurait rendu sa vilaine âme au diable.

— Je ne te demanderai qu'une chose, Jarrod.

— Oui.

— Ne t'en prends plus à la vie de Kelsey.

— Même s'il a l'audace de revenir sur tes terres ?

— Oui, laissons-le faire. Sauf s'il s'égarait au point d'attaquer le château. Si cela arrivait, ta présence à Avington serait irremplaçable. Mon intendant est un homme compétent, mais il n'a pas la moindre idée de ce qu'il conviendrait de faire en cas d'assaut ou de siège.

— Si Kelsey attaque Avington, dit Jarrod en posant la main sur la poignée de son épée, je prendrai un plaisir tout personnel à lui faire payer ses méfaits.

En entendant Jarrod, Simon sentait lui aussi son sang bouillir dans ses veines. Il aurait aimé en découdre sans tarder avec Kelsey, mais comment aurait-il pu, sans faire souffrir Isabelle ?

— Je dois partir demain soir, dit-il.

— Pourquoi ne pas le faire maintenant ?

— Non, la nuit est trop avancée. On s'apercevrait bientôt de mon absence.

Au fond de lui, Simon savait que ce n'était pas la seule raison. Il lui fallait voir Isabelle, peut-être pour la tenir encore une fois dans ses bras, comme il l'avait fait au début de la nuit. Car, même s'il faisait le brave, il ne savait pas ce qu'il adviendrait de lui à la cour du roi Jean.

Isabelle, devant la paillasse de Simon, puis dans les écuries, devait bien en convenir : son mari était parti. Elle s'assit par terre, le dos au mur, les bras autour des genoux. Elle avait un poids sur la poitrine et sa gorge se nouait.

Quand, dans la nuit, Simon s'était habillé, elle s'était réveillée. Mais elle était restée immobile. Pendant un long moment, elle avait senti peser sur elle son regard, et l'air lui avait paru chargé d'une émotion indéfinissable. C'était cette impression qui l'avait incitée, quand Simon eut quitté la pièce, à se lever et à passer une robe pour le suivre.

Elle l'avait vu traverser la grand-salle, parfaitement à l'aise, et en avait conclu qu'il allait vraisemblablement dormir dans les écuries, comme à son habitude. Mais quelque chose l'intriguait. Elle n'aurait pas pu dire ce que c'était. Peut-être sa façon de tenir les épaules ou sa façon de marcher. Pourquoi était-elle si sensible à ces signes imperceptibles qu'elle seule pouvait remarquer ? Parce qu'elle connaissait son corps parfaitement, et mieux qu'il ne connaissait le sien ? Ou parce que sa crainte de le voir quitter un jour Dragonwick, sans un mot d'adieu, mettait tous ses sens en éveil ?

Elle admettait qu'il ne lui devait rien. Ses attentions, sa douceur, la tendresse qu'il lui manifestait parfois, étaient tout simplement l'expression de son caractère. Elle ne pouvait pas en conclure qu'elle comptait vraiment pour lui.

Elle avait espéré un temps qu'il s'attacherait à elle, à cause de l'enfant qu'elle pourrait lui donner. Mais, apparemment, il avait changé d'avis. Et qui aurait pu le lui reprocher ? Comme elle le lui avait dit elle-même, lord Kelsey avait l'intention de le tuer. Il aurait été fou de se sentir sincèrement attaché à pareille belle-famille. Le désir qu'il avait éprouvé pour elle, même sincère, valait-il la peine qu'il risquât sa vie ? Isabelle n'aurait pas pu l'exiger. Elle voulait plus de lui, mais il n'avait que cela à lui offrir.

Le mieux pour l'avenir était qu'elle se contentât de ce qu'elle avait obtenu, et qu'elle restât fidèle à ses plans.

Isabelle agitait ces pensées en passant prudemment entre le servantes endormies dans la grand-salle. Elle franchit, après Simon, la lourde porte qui donnait sur le perron de la cour.

Bien que la lune ne fût pas pleine, il y avait assez de clarté pour qu'elle pût le voir marcher vers les écuries. Alors qu'il avait traversé la salle sans hâte, il semblait maintenant presser le pas. Isabelle attendit, dans un coin d'ombre, priant pour qu'il ne ressortît pas.

Hélas, quelques instants plus tard, elle le vit réapparaître, suivi de son cheval, et se diriger vers la petite porte de la muraille.

L'évidence de ce qu'elle constatait la frappa au cœur comme un coup d'épée. Elle sentit sa poitrine et sa tête brûler d'un feu si intense qu'elle eut l'impression d'en être consumée. A ce feu succéda une sorte de torpeur, un engourdissement qui l'empêchait d'agir. C'est dans cet état second qu'elle vit Simon se tapir dans la pénombre pour attendre que la sentinelle se fût un peu éloignée. Mue par un réflexe qu'elle ne s'expliqua pas, elle s'accroupit, ramassa une pierre et la lança contre la muraille. Simon tourna la tête, puis, profitant de la distraction de la sentinelle, franchit la poterne.

Pendant un long moment, elle fixa des yeux le trou d'ombre où il avait disparu. Puis elle se dirigea vers les écuries. Peut-être avait-il laissé là quelque chose de lui, quelque chose qu'elle conserverait durant les années sombres qui l'attendaient.

A présent, assise à l'endroit où il avait dormi, elle comprenait que rien ne viendrait combler le vide étrange et inexplicable qu'elle sentait en elle. Les yeux brûlants et secs, elle s'étendit sur la paillasse de Simon, et remonta la couverture sur ses épaules. Elle resta ainsi quelques instants, cherchant à se réconforter à ce contact avant de regagner sa chambre.

Un bruit la tira du sommeil où elle avait sombré. Elle se leva, alla à la porte de la stalle. Dans la pénombre, elle aperçut un homme suivi d'un cheval. Une joie intense la submergea.

— Simon !

Elle avait parlé trop fort. Une autre exclamation lui répondit. Une torche brilla et, en quelques instants, tous les valets d'écurie entourèrent Simon. On apporta d'autres torches. Un des valets se tournant vers Isabelle la remercia de les avoir alertés. Un autre proposa d'avertir lord Kelsey.

Simon, immobile au milieu de toute cette agitation, regardait Isabelle.

— Comment avez-vous pu ? lui lança-t-il, les yeux pleins de colère.

— Non, je..., ne put qu'articuler Isabelle, en secouant la tête.

Elle fut surprise de voir apparaître sur le visage de Simon une expression de regret. Mais comment oublier ce qu'il venait de penser d'elle ? Pouvait-il vraiment croire, même un instant, après tout ce qui s'était passé entre eux, qu'elle fût capable d'un tel geste ? Elle priait le ciel qu'il eût remarqué que les palefreniers le croyaient sur le point de quitter le château. Si ces hommes n'avaient pas compris qu'il rentrait, c'était la preuve qu'elle ne l'avait pas trahi.

La voix de Kelsey, soudain, emplit l'écurie :

— Où alliez-vous donc comme ça, Warleigh ?

Tous, saisis, fixèrent le maître des lieux, qui avançait lentement vers eux. Il était encore très pâle et visiblement amaigri, mais ses yeux n'avaient rien perdu de leur froideur hautaine.

Isabelle, le cœur serré, se demandait quel avait été le but de la sortie nocturne de Simon. Elle attendait maintenait la réaction de son père.

Sans dire un mot, Simon fit face à Kelsey. Celui-ci, avec un mouvement de la main, ordonna :

— Enfermez-le dans le cellier.

14.

Quand, quelques heures plus tard, on vint dire à Isabelle que son père la réclamait dans sa chambre, elle n'en fut pas surprise.

— Asseyez-vous, Isabelle, dit Kelsey lorsqu'elle entra.

Elle s'assit, en s'efforçant de garder son calme, de l'autre côté de la table où son père était occupé à feuilleter quelque chartrier. Elle craignait qu'il n'eût compris ce qui s'était vraiment passé la nuit précédente.

Lord Kelsey s'appuya au dossier de son fauteuil. Il avait aux lèvres un mince et froid sourire qui annonçait une satisfaction.

— Vous avez fait ce qu'il fallait, ma fille.

Surprise, Isabelle le regarda. Puis, avec hésitation, elle risqua :

— Je… je vous remercie, père. Vous voulez parler de la tentative de fuite de Simon ?

— Non, fit lord Kelsey en levant ses épais sourcils gris. Vous n'avez fait là que votre devoir. Alors, vous ne savez pas ?

— Et que suis-je censée savoir ?

— Mais que vous attendez un enfant. J'aurais préféré que vous me mettiez vous-même dans la confidence. Mais je serai indulgent.

La nouvelle stupéfia Isabelle. Aussi résolue qu'elle fût à se montrer impénétrable, elle ne put dissimuler son ébahissement.

— Mais qui…, commença-t-elle. Comment savez-vous ce que j'ignore moi-même ?

— Votre linge, ma chère, répondit Kelsey avec un nouveau sourire. La lingère m'a informé que ce qu'elle y a observé est explicite. Cela ne pouvait arriver à un meilleur moment. Tous ici savent que Warleigh a essayé de fuir durant la nuit. S'il était tué en essayant de fuir une seconde fois, qui me le reprocherait ?

— Mais le roi ne risque-t-il pas de s'étonner de ne pas avoir été mis au courant ?

— Je lui ai déjà écrit pour lui raconter la tentative de fuite de cette nuit. Cette lettre lui sera envoyée avant que je ne me débarrasse de Warleigh. Malheureusement pour votre mari, quand la réponse me parviendra, il aura été tué dans une autre tentative de fuite. Comment le roi pourrait-il regretter la mort d'un homme qui a comploté contre lui, a tenté de m'assassiner dans les bois et a désobéi aux ordres de Sa Majesté en essayant de s'enfuir ? Tout laisse à penser d'ailleurs qu'il s'apprêtait à commettre quelque autre mauvais coup quand nous l'avons... intercepté.

— Mais, père..., intervint Isabelle, horrifiée.

Lord Kelsey fronça les sourcils et lui demanda :

— Vous avez quelque chose à ajouter ? Je veux croire que vous n'éprouvez rien pour cet homme.

Isabelle prit une inspiration profonde. Elle comprenait qu'il lui fallait se reprendre si elle voulait être utile à Simon. Elle devait trouver un moyen de l'aider à s'enfuir avant que lord Kelsey mît son plan à exécution. Même si Simon la croyait responsable de son arrestation, elle ne pouvait pas se résoudre à le voir mourir ainsi. Et tant pis s'il la considérait désormais comme une ennemie.

— Mon père, c'est que j'ai de la peine... à me faire à l'idée que je vais être mère. Imaginez la surprise que cela représente pour moi.

C'était la vérité. Elle n'avait envisagé l'éventualité d'une naissance que de façon très théorique. Et ces derniers jours, à cause de la maladie de son père, elle n'y avait plus pensé du tout.

Depuis un moment, lord Kelsey l'observait avec attention.

— Vous savez, Isabelle, que je ne tolérerai aucune déloyauté de votre part.

Elle fut frappée qu'il utilisât ce mot. C'était justement celui qui lui venait à l'esprit quand elle cherchait à qualifier le comportement de son père. Même avec elle, sa fille, il avait été déloyal en l'utilisant, depuis toujours, comme un moyen pour parvenir à ses fins.

Ce fut une révélation. Brusquement, elle sentit qu'elle ne pouvait différer plus longtemps son départ de Dragonwick. Dès qu'elle aurait aidé Simon à fuir, elle partirait, pour offrir ailleurs à son enfant une vie digne de ce nom.

Avec un détachement apparent, elle s'adressa à lord Kelsey :

— Pour Warleigh, faites comme vous l'entendez. Il y a longtemps que j'attends d'être débarrassée d'un homme qui n'a amené que du désordre depuis qu'il a mis les pieds ici. Maintenant qu'il a fait ce qu'on attendait de lui, il est de trop.

Isabelle était heurtée par la brutalité des mots qu'elle venait de dire, même si ce n'était qu'un moyen de donner le change à son père.

Lord Kelsey approuva d'un mouvement de la tête. Mais il y avait dans ses yeux quelque chose de sombre qui ressemblait à l'expression d'un doute. Isabelle soutint son regard sans sourciller.

— Veillez à ne pas vous montrer aussi émue une autre fois. Je suis surpris que vous vous oubliiez ainsi.

Isabelle baissa les yeux et, machinalement, caressa de la main le tissu de sa robe.

— Je vous... pardonnez-moi, père.

— Allez maintenant, dit Kelsey en revenant à son chartrier. Ma maladie m'a empêché de régler quelques affaires urgentes.

Isabelle se leva et salua son père de la tête, imperturbable. Mais son cœur battait vite dans sa poitrine, comme pour l'inviter à quitter au plus vite la compagnie de cet homme, dont l'influence néfaste ne devait pas contaminer tout ce qui naissait de nouveau en elle.

Elle sortit sans hâte, en se disant qu'elle devait agir sans perdre de temps, même une seule nuit.

Le château était plongé dans l'obscurité. Elle descendit l'escalier qui conduisait au cellier, sous la grand-salle. Bien qu'elle eût chargé Helwys de donner une potion somnifère aux deux hommes qui gardaient le prisonnier, elle préférait agir avec prudence.

La lumière d'une torche accrochée au mur lui permit de constater que les gardes étaient effectivement endormis, mais Simon ne donnait pas signe de vie. Elle examina le verrou, le tira et ouvrit la porte.

Il n'y avait, à l'intérieur de la pièce, ni lumière, ni bruit. Elle entra en retenant son souffle.

— Simon, murmura-t-elle.

Deux forts bras soudain la saisirent par-derrière, et une main se plaqua sur sa bouche. Elle savait que c'était la main de Simon, qui l'avait si souvent caressée jusqu'à l'ivresse et qui, désormais, ne la toucherait plus.

— Vous êtes seule ? souffla Simon d'une voix sourde.

Elle fit un signe de la tête. Il retira sa main.

Immédiatement, elle se retourna.

La lumière chiche qui entrait par la porte ouverte lui permettait à présent de distinguer Simon.

— Il faut que vous quittiez le château cette nuit même.

— J'en ai bien l'intention.

— Ah… je comprends, dit Isabelle, qui essayait de cacher la douleur qu'elle éprouvait.

Simon lui saisit les bras et lui dit :

— Non, vous ne comprenez pas. Je vais à la cour pour parler au roi Jean. Il doit me sortir de cette situation.

— C'est ce que vous avez toujours eu l'intention de faire. J'ai cru que vous étiez parti définitivement, l'autre nuit. Pourquoi êtes-vous revenu ?

— Vous m'avez vu ? Pourquoi m'avez-vous laissé partir ?

Isabelle fit un effort pour répondre, comme si elle ne l'avait pas su elle-même.

— Où êtes-vous allé ?

— Pourquoi voulez-vous le savoir ? fit Simon avec une grimace. En fait, j'ai rencontré mon ami Jarrod. C'est lui qui a perdu la broche que votre père a trouvée. Jarrod, ainsi que Christian, qui porte lui aussi cette broche en forme de dragon, est comme mon frère. Il fallait que je le dissuade de tenter autre chose contre lord Kelsey. Et pourtant, maintenant que je sais que lord Kelsey s'est permis de parcourir mes terres et de maltraiter un de mes fermiers, je comprends son geste.

Isabelle pâlit. Simon continua :

— N'avez-vous pas compris ? Kelsey est décidé à s'emparer d'Avington par n'importe quel moyen. Il doit d'abord se débarrasser de moi, ce qui, m'avez-vous dit, sera chose faite quand vous attendrez un enfant. Je n'ai pas peur de lui, mais, honnêtement, je commence à être fatigué de son petit jeu.

Isabelle se mordit la lèvre pour ne pas lui dire que cet enfant était déjà là, et qu'il menaçait son père. Pour une raison qu'elle n'était pas sûre de comprendre, elle ne pouvait supporter l'idée de lui en parler. Etait-ce parce qu'il avait cru trop facilement à sa culpabilité quand l'alerte avait été donnée, à son retour au château ?

— Je n'ai pas de nouvelles de Christian. Il faut donc que je me débrouille seul. Mais je parlerai au roi.

— Mais le roi ne vous a pas écouté quand vous l'avez rencontré, répondit Isabelle, dont la voix trahissait, malgré elle, l'anxiété.

— Votre père était présent. J'ai plus de chance d'être écouté maintenant.

— Pourquoi ne faites-vous pas appel à vos amis ? Ils viendraient à votre aide.

La fermeté avec laquelle Simon répondit fit comprendre à Isabelle que, sur ce point, il était inutile de discuter.

— Non, jamais. Si mes amis étaient, comme ceux de mon père, de grands barons assez puissants pour être à l'abri des entreprises du roi, je pourrais les appeler à mon aide. Mais ce n'est pas le cas de

Jarrod et de Christian, même s'ils appartiennent à des familles de la noblesse. Le premier est un bâtard, et le second n'est que l'héritier d'une seigneurie, qui pour l'instant appartient à son père. Vous comprenez que je ne veuille pas leur faire de tort.

Ce que projetait Simon était très dangereux. Et Isabelle se sentait impuissante. Quoi qu'il arrivât, elle savait qu'il était peu vraisemblable qu'elle le revît jamais, même si elle n'allait pas s'établir en Normandie. Ou le roi l'écouterait, et il serait libre d'aller s'établir à Avington ou alors... Elle préférait ne pas envisager l'autre cas.

Simon devait survivre. Elle ne cherchait pas à savoir pourquoi cela était si important pour elle.

Elle leva les yeux sur lui.

— Vous devez partir à présent.

Il approuva de la tête et fit quelques pas vers la porte, avant de se retourner.

— Isabelle, je suis désolé de ce que je vous ai dit quand je vous ai crue coupable d'avoir alerté les hommes de votre père.

Elle secoua la tête, tentant de faire bonne figure.

— Vous n'avez pas à vous excuser. Cela n'a pas d'importance.

Simon se rembrunit. Il s'approcha d'elle.

— Si, cela en a. Je le vois bien, même si vous cherchez à me le cacher. Vous continuez de ne faire confiance à personne. Et chaque faux pas vous est comme la preuve que votre méfiance était fondée.

— Ce n'est pas…

Un grognement fit taire Isabelle. C'était un des gardes qui paraissait se réveiller.

— Nous perdons un temps précieux, reprit-elle. Toutes ces discussions ne servent à rien.

— Ce n'est pas une raison. Je vous devais ces excuses, dit Simon en se dirigeant vers la porte.

Isabelle ne répondit pas. Son cœur s'était mis à battre douloureusement. Dans peu d'instants, elle ne le reverrait plus.

Sur ses talons, elle remonta l'escalier, lui disant à voix basse :

— Sire Edmond vous attend avec deux chevaux, dans la forêt, au sommet de la colline. Ces chevaux ne sont pas les vôtres, parce que leur disparition aurait trop vite éveillé les soupçons. C'est Jacques qui vous les a trouvés et, d'après Helwys, il a été heureux de faire ce geste pour vous.

Ils passèrent par la grand-salle, et descendirent rapidement l'escalier du perron. Arrivé au bas des marches, il se retourna.

— Dites à Jacques que je le remercie.

Ils se regardèrent en silence. Isabelle dévisageait ces traits qu'elle ne reverrait plus, pour en marquer chaque détail dans sa mémoire, comme on boit avidement à une source avant d'affronter le désert.

— Et pour vous, Isabelle…, commença Simon après avoir pris une inspiration profonde.

Mais il n'acheva pas. Il prit la jeune femme dans ses bras, et lui donna un baiser passionné.

Elle savait que ce baiser resterait pour elle comme le plus beau de ceux qu'ils avaient échangés. Alors, dans un élan désespéré, le cœur broyé, elle se serra contre lui.

Mais, déjà, il s'écartait d'elle et s'éloignait.

Quelques heures plus tard, Isabelle, retirée dans sa chambre, était occupée à coudre dans la doublure de son manteau le petit sac de velours qui contenait ses bijoux, quand la porte s'ouvrit brusquement. Avec beaucoup de présence d'esprit, elle parvint à cacher le sac sans qu'il y parût, puis elle leva les yeux.

Lord Kelsey se tenait sur le seuil. Son visage, éclairé par la lumière de la chandelle qu'il tenait à la main, manifestait la plus grande colère.

— Où est votre mari ?

Isabelle sentit son pauvre cœur se serrer de nouveau. Il y avait peu de temps que Simon était parti, et, déjà, l'alerte avait été donnée. Elle avait espéré que personne ne s'apercevrait de sa fuite avant la collation du matin.

Elle répondit, le plus uniment qu'elle put :

— Dans le cellier.

— Il n'est plus dans le cellier, répondit lord Kelsey en traversant la pièce pour s'approcher d'elle. Quelqu'un a trouvé le moyen d'endormir mes hommes afin de permettre à Warleigh de s'échapper.

Penché sur sa fille, lord Kelsey, l'observait attentivement, attendant sa réponse.

Isabelle tremblait à l'idée que son père découvrît qui avait endormi les gardes. Le danger le plus grave la menaçait, elle et son enfant. Et il menaçait plus encore Helwys et Jacques, à cause de leur faiblesse.

— Qui a pu faire cela ? demanda-t-elle d'une voix qu'elle aurait voulue plus assurée.

— Vous avez l'air bizarre. Qu'est-ce qui ne va pas, ma fille ?

— Je crois que c'est le bébé, répondit Isabelle en essayant de soutenir son regard.

— Vous n'êtes pas bien ? Je m'attendais à plus de force de votre part.

— Je suis désolée, père, c'est un malaise qui va passer.

— Cela vaudrait mieux. Je n'aime pas que ma fille se laisse aller ainsi. Pour ce qui concerne Warleigh, j'ai envoyé au roi Jean un message, il y a quelques instants. Warleigh sera déclaré hors-la-loi. Quant à nous, il nous faut aller à Windsor et voir le roi pour lui parler des intérêts de mon petit-fils. Warleigh a tout compliqué en prenant la fuite, mais rien n'est perdu si je peux convaincre Sa Majesté que l'enfant a droit à son titre et à ses terres, malgré les crimes de son père, et que je suis un tuteur tout désigné. Il faut protéger l'avenir de cet enfant.

Isabelle ne savait pas quoi dire. La déloyauté de son père la confondait.

Et pourtant, ce qu'il avait à lui dire allait l'accabler plus encore.

— Je pense, Isabelle, qu'en raison de votre santé fragile, il vaut mieux que vous restiez dans votre chambre jusqu'à notre départ pour Windsor.

— Voulez-vous dire que vous ne me faites pas confiance ?

— Vous n'y êtes pas, ma fille, répondit Kelsey avec un sourire. Je ne veux que vous protéger. Je crains non seulement pour votre santé, mais aussi pour votre sécurité, à cause de ce que pourraient tenter des hommes de main de Warleigh. Son intérêt est de mettre un terme à votre mariage par tous les moyens possibles.

Si lord Kelsey croyait Simon capable d'un geste pareil, c'était parce que *lui* aurait agi ainsi. Mais, décida Isabelle, elle ne tiendrait aucun compte de ces divagations. Ce qui, dans le moment présent, lui paraissait le plus urgent, c'était de mettre Simon en garde contre ce qui l'attendait à la cour. Mais comment pouvait-elle faire, enfermée dans sa chambre ?

Il lui fallait, tout d'abord, ne pas éveiller les soupçons de son père, en paraissant, comme d'ordinaire, lui donner raison.

— Je vous remercie, père, de vous soucier de moi. Je ferai ce qui vous paraît le mieux.

— Très bien. Je vous laisse vous reposer.

Et lord Kelsey se retira, en fermant la porte derrière lui, à double tour.

Isabelle entendit le bruit de la clé qui tournait dans la serrure, puis le pas de son père qui s'éloignait dans le couloir.

Il lui fallait agir, même si Simon devait lui reprocher de s'être mêlée de ce qui ne la regardait pas. Elle ne pouvait imaginer d'attendre, assise dans cette chambre, qu'il allât à la mort. Car c'était certainement ce qui lui arriverait si elle ne faisait rien.

Quand Helwys revint dans la chambre, Isabelle lui exposa son plan. La suivante était d'autant plus inquiète que la réclusion de sa maîtresse n'annonçait rien de bon. Mais elle n'osa pas s'opposer à son projet. Elle assura même que Jacques était prêt à les aider de nouveau.

Tout d'abord, lui expliqua Isabelle, il fallait récupérer, dans la chambre de lord Kelsey, la broche en forme de dragon dont elle avait besoin pour convaincre Jarrod que le message qu'elle lui faisait passer était de Simon. Helwys proposa de se charger de cette mission délicate. Isabelle accepta, mais craignait que sa suivante ne fût surprise. Ce fut Helwys, qui, malgré sa peur, la rassura, affirmant qu'elle savait comment s'y prendre.

A Isabelle revint le soin d'écrire le message destiné à accompagner la broche. Il était des plus brefs : « Viens à Windsor. »

Elle savait que Simon ne lui pardonnerait pas ce qu'elle était en train de faire. Mais elle ne pouvait agir autrement.

Pendant une semaine, la jeune femme ne revit pas son père. Elle passait ses journées enfermée, sans autre contact avec l'extérieur que les visites d'Helwys, qui l'aidait à s'habiller, rangeait sa chambre et lui apportait ses repas. Mais, chaque fois qu'elle sortait, Helwys refermait soigneusement la porte à clé, pour appliquer les consignes de son maître.

Un jour, lord Kelsey entra, le visage triomphant.

— Cet imbécile de Warleigh est allé à Windsor pour plaider sa cause. Et, le roi, dès qu'il a reçu ma lettre, l'a fait arrêter.

Cette nouvelle désastreuse fit vaciller Isabelle. Elle eut grand-peine à rester debout. Elle se ressaisit, cependant, pour affronter le regard inquisiteur de son père.

— Le sort de Warleigh est scellé. Apprêtez-vous à partir. Nous nous mettons en route demain matin pour Windsor.

— Oui, père.

— Je vois que ces nouvelles ne vous affectent pas. C'est bien.

— Non, père.

— Pendant un temps, j'ai eu l'impression que vous aviez été assez stupide pour vous amouracher de ce Warleigh. Après tout, il vous a donné un enfant ; une jeune femme peut trouver que cela donne du charme à un homme.

— Je savais que cela ne pouvait pas durer, père. J'aurais été insensée de m'attacher à lui.

— Bien dit. S'attacher à quelqu'un est une faiblesse que ni vous ni moi ne pouvons nous permettre.

— Oui, et je vous remercie de me l'avoir appris.

— Je crois savoir que c'est un de mes propres hommes qui a aidé Warleigh à fuir. Le nommé Jacques, qui a disparu. Tout comme la broche que sire Frédéric a trouvée dans le bois le jour où j'ai été attaqué.

Isabelle repensa aux incursions de son père sur les terres d'Avington, au fermier malmené, et méprisa cet homme qui se gardait bien de lui dire la vérité.

— Je pense que vous allez lui faire payer cette trahison.

— Comptez sur moi, affirma lord Kelsey avec un sourire inquiétant.

Sur ces mots, il quitta la pièce en refermant la porte. Mais, sans doute parce qu'il jugeait inutile de se méfier plus longtemps de sa fille, il ne tourna pas la clé.

Le cœur d'Isabelle se mit à battre. C'était sa chance. Elle pouvait même préparer ouvertement ses bagages sans éveiller les soupçons de son père.

Cette nuit, elle partirait.

Alors qu'elle soulevait le couvercle du coffre où se trouvaient ses bijoux, elle arrêta son geste. Avait-elle raison de s'enfuir, alors qu'elle ne savait pas ce qui se passait à Windsor ? Huit jours s'étaient écoulés depuis qu'elle avait adressé un message à Jarrod. Qu'avait-il fait ? Etait-il parvenu à convaincre les barons d'aider le fils de leur vieil ami ? Le roi s'était-il laissé fléchir ? Peut-être s'était-il rendu aux arguments de ses barons après que la lettre destinée à lord Kelsey étaient déjà partie. Une autre lettre était peut-être en route pour annoncer la libération de Simon.

Pouvait-elle partir sans savoir ? Non, c'était au-dessus de ses forces.

Elle referma le coffre et alla s'asseoir sur son lit. Comment parviendrait-elle, plus tard, à affronter le regard de son fils sans éprouver un insupportable sentiment de culpabilité ?

Elle ignorait ce qu'elle devait faire pour aider Simon. Mais elle était sûre qu'elle devait tenter quelque chose.

Il fallait deux jours pour aller de Dragonwick à Windsor.

Durant le voyage, Isabelle fit son possible pour ne pas avoir à parler à son père. Elle feignait d'être indisposée chaque fois qu'on faisait halte. Il était évident que cela déplaisait à lord Kelsey, qui le disait ouvertement. Au moins ne pouvait-il pas lui reprocher de ralentir leur marche.

Si Isabelle se portait bien, elle éprouvait cependant une fatigue inaccoutumée et se sentait la tête vide. Parfois, elle se demandait si elle n'aurait pas préféré souffrir plus franchement, pour oublier ses soucis, pour ne plus penser à la colère de Simon, quand il apprendrait qu'elle avait fait intervenir ses amis ; et à celle de son père, quand il la verrait prendre la défense de Simon.

Son père, surtout, lui faisait peur. Sa colère serait terrible. Elle savait que, en acceptant de se rendre à Windsor au lieu de fuir vers la Normandie, elle avait certainement laissé passer la dernière occasion d'échapper à son père. Elle pouvait désormais s'attendre à passer le reste de ses jours enfermée dans ses appartements pour y expier ses crimes.

C'est la tête pleine de ces pensées sombres que, quelques heures après son arrivée à Windsor, elle entrait avec lord Kelsey dans la salle des audiences royales du palais. Elle s'arrêta sur le seuil. Au fond de la pièce, le roi Jean était assis sur une estrade basse. Face à lui, debout, le dos tourné à l'entrée, se tenaient deux gardes. Entre les gardes, elle reconnut Simon.

Il se retourna. Saisi, il la regarda s'avancer aux côtés de son père, sans pouvoir la quitter des yeux.

Isabelle lui jeta un coup d'œil rapide, le cœur battant. Bien qu'il fût décoiffé et manifestement fatigué, Simon ne semblait pas avoir été brutalisé.

Sentant peser sur elle le regard de son père, elle baissa les yeux. Il ne fallait pas que lord Kelsey devinât ses intentions. S'il la renvoyait maintenant, elle n'aurait plus l'occasion de parler au roi et de lui faire connaître la vérité.

Alors qu'ils approchaient du pied de l'estrade, ils entendirent Jean dire à Simon :

— Vous avez demandé à rencontrer le comte de Kelsey, Warleigh. Il est ici.

— Puis-je interroger mon accusateur ?

— C'est à moi, dit le roi, de l'interroger d'abord. Et nous verrons si vous pouvez intervenir.

Isabelle, levant les yeux sur Simon, vit la déception se peindre sur son visage. Le roi poursuivit :

— Admettez-vous avoir quitté Dragonwick sans autorisation, alors que je vous avais ordonné de faire en tout ce que vous commanderait lord Kelsey ?

— Sire, Votre Majesté sait que je n'en disconviens pas.

— Admettez-vous qu'une broche, absolument identique à celle que vous portez, a été trouvée à l'endroit même où l'on a tenté de tuer lord Kelsey ?

Simon resta silencieux. Il était patent que le roi n'était pas disposé à croire ce qu'il avait à dire pour sa défense. Il avait l'impression de revivre l'interrogatoire qu'il avait subi à l'époque de l'affaire du Dragon. C'étaient les mêmes questions orientées, dont la réponse ne pouvait qu'aller dans les sens de l'accusation et desservir l'innocent. Quand il avait appris que lord Kelsey devait comparaître, il avait espéré un moment que justice serait faite. Il comprenait à présent que ce n'était pas pour servir la justice que le comte était présent, mais pour donner l'impression qu'elle était juste en maintenant égales les chances de l'accusé et celles de l'accusateur.

— Il me semble que l'affaire est déjà jugée, finit par dire Simon, avant de se tourner vers lord Kelsey pour ajouter : Vous avez peut-être réussi à m'abattre, milord, comme vous avez abattu tous ceux qui vous gênaient. Mais un jour, vous serez obligé de rendre des comptes. C'est ainsi que vont les choses.

— Sire, s'indigna Kelsey, vous avez entendu ! Cet homme m'a menacé.

Isabelle jugea qu'elle ne pouvait attendre plus longtemps. C'était le moment ou jamais.

Elle ouvrit la bouche, mais le regard de son père la laissa sans voix. La poitrine oppressée, les mains moites, elle avait du mal à respirer.

Par un effort de volonté considérable, elle parvint à prendre une inspiration profonde et à articuler :

— Sire…

Mais sa voix était à peine audible. Elle essaya une nouvelle fois, avec plus de succès.

— Sire, je voudrais prendre la parole.

— Ce n'est pas le moment, Isabelle, dit lord Kelsey en levant la main. Le roi entendra ce que nous avons à lui dire quand cette affaire sera terminée.

— C'est de cette affaire que je veux parler, continua Isabelle, sans regarder son père, de peur de ne pas avoir le courage de continuer.

Ses yeux rencontrèrent ceux de Simon. Elle crut y voir de l'espoir, et en fut encouragée. Puis leur expression changea, devint plus intense, comme s'il avait cherché à la mettre en garde contre une imprudence.

— Parlez, dit le roi en s'appuyant au dossier de son siège.

Isabelle sentait toujours sur elle le regard de Simon. Loin de la rendre plus prudente, ce regard lui donna le courage de ne rien cacher de ses sentiments.

— Je voudrais dire, sire, que Simon Warleigh est coupable des crimes qu'on lui impute, mais qu'il a des circonstances atténuantes que je voudrais vous faire connaître.

— Isabelle ! gronda lord Kelsey.

— Isabelle ! intervint Simon à son tour, il n'est pas nécessaire que vous parliez de cela. Cela ne servira à rien.

Ignorant les deux hommes, Isabelle poursuivit, plus rapidement.

— Sire, toute cette affaire repose sur un mensonge, auquel d'autres se sont ajoutés. Quand mon père a accusé Simon Warleigh d'avoir comploté contre vous, il mentait. C'était lui que lord Warleigh visait. Il me l'a dit lui-même. Quand il vous rapporté qu'il avait été attaqué sans raison, il mentait aussi, par omission cette fois, en ne vous disant pas qu'il se trouvait alors sur les terres d'Avington, où il avait maltraité un fermier de lord Warleigh afin d'obtenir des informations sur les défenses du château. Et quand il vous a annoncé la fuite de lord Warleigh, il vous a menti encore, et toujours par omission, en ne précisant pas que son prisonnier n'avait pas d'autre choix s'il ne voulait pas être assassiné. Je demande à Votre Majesté de bien vouloir tenir compte de ces accusations quand elle aura à rendre son jugement.

Isabelle s'interrompit. Elle s'était exaltée en parlant. Ses yeux brillaient. Elle fixait le roi, attendant sa réaction.

Lord Kelsey prit alors la parole, d'une voix unie et froide qui ne trahissait aucune émotion.

— Sire, ce que vient de dire ma fille est absurde. Mon affection pour elle m'a empêché de voir jusqu'à aujourd'hui ce que j'ai toujours craint. Elle est tombée amoureuse de cet homme et tente l'impossible pour lui sauver la vie.

— Est-ce vrai ? demanda le roi en dévisageant Isabelle. Aimez-vous lord Warleigh ?

— Oui, répondit-elle en relevant la tête. Je l'aime.

— Isabelle ! cria Simon.

Elle tourna les yeux vers lui, soutint le regard intense qu'il posait sur elle. Elle était incapable de cacher plus longtemps la vérité qui lui brûlait le cœur.

Oui, elle l'aimait, et depuis le premier jour, quand elle l'avait rencontré sur la route de Windsor. C'était la peur de souffrir qui l'avait empêchée d'admettre cette évidence. Maintenant, bien qu'elle sût que Simon ne l'aimait pas en retour, elle n'hésitait plus à le dire. Car ce n'était pas lui qui était son ennemi, c'était la peur.

— Vous m'aimez ? s'exclama Simon, dont le regard ne la quittait pas.

— Emmenez-les intervint le roi, qui commençait à perdre patience. Ces roucoulades de tourtereaux sont tout à fait déplacées dans une audience royale.

Deux gardes saisirent Simon, qui résista. Isabelle se disait qu'elle seule avait parlé d'amour. Lui s'était contenté de manifester sa surprise. Mais elle le comprenait. N'avait-elle pas été assez insensée pour lui déclarer, à maintes occasions, qu'elle était incapable d'aimer ?

— Je n'ai aucune intention de vous suivre, protestait Simon en résistant aux gardes qui essayaient de le faire sortir de la pièce.

Le roi Jean frappa dans ses mains, et deux hommes d'armes, l'épée nue, accoururent pour aider leurs camarades. Vaincu par le nombre, Simon se résigna. Il se tourna vers le comte et lui dit :

— Tout n'est pas fini, Kelsey.

Puis il jeta à Isabelle un regard lourd d'émotions nombreuses qu'elle aurait été bien en peine de nommer, avant d'être emmené hors de la salle.

Lord Kelsey laissa s'appesantir un peu son regard froid sur Isabelle avant de s'adresser au roi :

— Votre Majesté comprend, à présent. Simon Warleigh a séduit ma fille. J'ai bien tenté de la mettre en garde, mais elle est faible, comme toutes les femmes.

Isabelle sentait dans la voix de son père une haine qu'elle était incapable de comprendre. Elle secoua la tête en protestant.

— Il ne m'a pas séduite par tromperie. C'est un homme bon et honnête, c'est pour cela que je l'aime.

Puis s'adressant au roi, elle continua :

— Mais il y a plus important que de savoir si je l'aime ou pourquoi je l'aime. Votre Majesté doit comprendre que je dis la vérité quand je le défends. Simon n'est pas coupable de ce dont on l'accuse.

Le roi tourna son visage étroit vers lord Kelsey et lui dit, avec sympathie :

— Je suis de votre avis, milord. Votre fille est coiffée de cet homme.

Alors Kelsey se rapprocha d'Isabelle et lui murmura, de façon qu'elle seule entendît :

— Je vous ferai payer votre audace.

Dans les yeux de son père, la colère avait fait place au plaisir. Il se réjouissait manifestement de la défaite d'Isabelle, comme toujours quand il parvenait à écraser quelqu'un. Et peu lui importait que la victime de ce jour fût sa propre fille.

S'il en avait été capable, lord Kelsey aurait pu lire de la pitié dans le regard d'Isabelle. Elle le plaignait sincèrement de ne pas savoir aimer, d'être si désespérément seul dans la vie.

Aimer ; savoir aimer. Quoi qu'il dût arriver à l'avenir, elle, Isabelle, serait toujours reconnaissante à Simon de lui avoir au moins appris cela. Même s'il devait ne jamais éprouver pour elle de sentiments semblables, elle avait fait une expérience que son père et tous ceux qui vivaient, comme lui, enfermés en eux-mêmes, étaient incapables de comprendre. Désormais, elle sentait brûler en elle un feu auquel se consumaient les misères de la vie, qui transmuait ses souffrances en espoir, en courage, en générosité. C'est à ce feu qu'elle devait de trouver l'énergie dont elle avait besoin pour tenter l'impossible et sauver son mari d'une mort certaine.

Elle s'adressa au roi :

— Arrêtez-moi, sire. Je veux être emprisonnée à sa place pour répondre de lui pendant qu'il cherchera le moyen de vous prouver son innocence.

— Joliment dit, lady Warleigh, mais c'est trop manifestement l'amour qui vous inspire cet héroïsme. Rien ne me permet de penser que, si je vous enferme à sa place, il se montrera moins dangereux.

— Mais Votre Majesté n'a pas compris. C'est mon père qui…

Elle s'interrompit. Elle était insensée d'imaginer qu'elle pouvait faire revenir le roi sur la décision.

Lord Kelsey fit un signe à sire Frédéric, qui attendait dans un coin, prêt, comme toujours, à seconder les entreprises de son maître.

— Reconduisez-la. Elle m'a assez fait honte pour aujourd'hui.

— Ne me touchez pas, réagit Isabelle lorsqu'elle sentit sur son bras la poigne brutale du chevalier.

La vigueur de sa réaction, la colère de ses yeux firent reculer sire Frédéric.

Et, la tête haute, sans un regard pour le roi, Isabelle sortit de la pièce.

15.

Rentrée dans la chambre qu'elle partageait avec son père à Windsor, Isabelle pensait pouvoir être seule pour réfléchir à ce qu'elle devait faire. Mais lord Kelsey entra sur ses talons. D'un mouvement de la main, il congédia Helwys.

La suivante regarda Isabelle, la peur dans les yeux.

— Tu peux sortir. Tout va bien.

Quand la porte se fut refermée, Isabelle fit face à son père.

— Milord ?

— Vous devriez avoir honte de m'avoir trahi, lui dit lord Kelsey en fixant sur elle un regard haineux et cruel.

Bien qu'elle ne se sentît pas vraiment coupable de trahison, Isabelle fut heurtée par le mot. Kelsey continua :

— Vous êtes bien la fille de votre mère. J'aurais dû me méfier.

— Pourquoi me parlez-vous de ma mère ? fit Isabelle, surprise.

— Pourquoi, en effet ? rétorqua Kelsey avec un sourire ambigu et glacé.

— Comme vous ne vous êtes jamais remarié après sa mort et que vous sembliez ne vous intéresser à aucune autre femme, j'ai cru que vous l'aviez aimée. J'étais même persuadée qu'elle avait été le seul être humain que vous ayez jamais aimé. Et voici que vous parlez d'elle si… Je n'arrive pas à comprendre pourquoi vous avez un tel mépris des autres.

— Mépris ? ricana-t-il. Cela vous va bien de parler de mépris, quand vous venez de me trahir pour mon ennemi.

— Je ne vous ai pas trahi. J'ai essayé de réparer une injustice. C'est vous qui avez fait du tort à Simon. Vous savez qu'il n'a jamais comploté contre le roi, et que c'était vous qu'il cherchait à atteindre. Et de cela, vous connaissez les raisons.

Soudain, Isabelle reçut au visage une gifle qui lui coupa la respiration. Elle fit un pas en arrière, déséquilibrée par la force du coup. Avant qu'elle eût le temps de réagir, lord Kelsey lui dit :

— Vous n'avez aucune idée de ce qu'a été ma vie. Vous ignorez ce qu'il faut d'efforts pour atteindre et garder la position dont je jouis aujourd'hui.

— Je ne comprends pas.

— Non, fit lord Kelsey en hochant la tête, tandis que dans ses yeux, toujours aussi froids, passait une expression de tristesse. Non, vous ne comprenez pas.

Isabelle se rappela le jour où elle était allée, pour la première fois, à la cabane de la forêt. Elle avait eu, à cette époque, l'impression que son père était un homme seul et triste. Puis elle avait préféré n'y plus penser, tant son comportement était odieux.

Et voilà que, malgré la chaleur cuisante de sa joue, malgré les efforts de son père pour fuir toute sympathie, toute compassion, elle ne put retenir un élan vers lui.

Elle fit un pas en avant.

— Qu'y a-t-il, père ? Dites-le-moi, et j'essaierai de comprendre.

— Père ? Apprenez d'abord que je ne suis pas votre père.

— Que dites-vous ?

— Je ne suis pas votre père, répéta lord Kelsey, souriant, qui semblait jouir de l'effet qu'il produisait.

Isabelle se raidit. Le coup lui parut plus douloureux que le soufflet qu'elle venait de recevoir.

— Comment est-ce possible ?

— Votre mère, ma femme, vous a eue avec un autre.

La voix de lord Kelsey paraissait teintée d'amertume, alors qu'il essayait manifestement d'évoquer ces souvenirs avec le plus grand détachement. Isabelle secoua la tête violemment.

— Non ! Je ne me souviens pas d'elle, mais je suis sûre qu'elle ne vous a jamais trompé. Tous ceux qui l'ont connue ne m'en auraient pas parlé avec autant de respect.

— C'est vrai. Elle m'a toujours été fidèle. Mais vous êtes quand même la fille d'un autre.

— Je ne comprends pas comment cela se peut.

— Alors, écoutez attentivement, ordonna lord Kelsey, d'un ton sec. Votre mère a aimé un autre homme avant de m'épouser.

Il s'arrêta et resta silencieux un moment, comme s'il revivait le passé. Isabelle n'osait intervenir. Il reprit :

— Elle avait fait sa connaissance chez des amis de sa famille. Ils se sont aimés. Puis cet homme est parti pour la guerre, et n'a plus donné de nouvelles. C'est alors que je l'ai rencontrée. Je suis tombé immédiatement amoureux d'elle. Mais j'ignorais alors qu'elle attendait un enfant. Elle n'a accepté de m'épouser que pour donner un nom à cette bâtarde.

Isabelle, qui comprenait que son père ne mentait pas, se sentit faiblir. Ses jambes ne la portaient plus. Elle se laissa tomber sur un tabouret.

— Bien sûr, continua lord Kelsey, pendant les deux ans que nous avons passés ensemble, elle ne m'a rien dit de tout cela. Elle a attendu de mourir, en mettant au monde notre fils mort-né, pour m'avouer la vérité. Une façon de se donner bonne conscience avant de passer de l'autre côté, termina Kelsey avec un rire amer.

Isabelle ne disait rien. Stupide, elle fixait le sol. Lord Kelsey avait encore quelque chose à ajouter :

— Sûr son lit de mort, votre mère m'a fait promettre d'aller voir votre vrai père pour lui raconter toute l'histoire. Vous pensez bien que je m'en suis gardé.

Le silence se fit. Tout se brouillait dans la tête d'Isabelle. Une question, la seule qui valût la peine d'être posée lui vint cependant à l'esprit.

— Vous savez qui est mon père ?

— Oui, je le sais, répondit Kelsey en levant un sourcil méprisant. Toute ma vie, son nom m'a poursuivi comme une malédiction.

—Qui est-ce ?

Lord Kelsey haussa les épaules.

— Autant que je vous le dise. Cela n'a plus d'importance à présent. Tous les efforts que j'ai faits pour vous donner une éducation qui vous permette d'éviter les erreurs de votre mère n'ont servi à rien.

— Qui est-ce ? répéta Isabelle, que tout ce discours impatientait.

— Le Dragon.

Cette révélation aurait dû être un choc pour elle. Il n'en fut rien. Etait-ce parce que, au fond d'elle-même, elle en avait eu le pressentiment, sans jamais se l'avouer ? N'avait-elle pas porté à cet homme un amour profond et constant ? Elle l'avait placé au-dessus de tous les autres jusqu'à ce que Simon entrât dans sa vie et trouvât le chemin de son cœur.

— Le Dragon était mon père ?

— Oui, répondit Kelsey avec le même regard dédaigneux. Mon propre frère était votre père.

— Ma mère a dû l'aimer beaucoup.

— L'aimer ? Une attirance physique, tout au plus. Cet homme était un séducteur.

De toutes ses forces, Isabelle luttait contre l'idée qu'elle était née d'une simple passade. La voix altérée par l'émotion, elle répondit :

— Mais il ne l'a pas trompée. De cela je suis sûre.

— Vous voulez savoir si lui l'aimait ? Wallace n'est rentré de la guerre qu'après votre naissance. A cette époque, votre mère attendait notre propre enfant. Elle m'a dit, avant de mourir, qu'ils ne s'étaient plus rencontrés sans témoins ; et je ne les ai jamais vus échanger même un regard. Mais, malgré cela, je suis sûr que Wallace continuait de l'aimer. Et cet amour, continua Kelsey en regardant froidement sa fille, c'est à vous qu'il l'a manifesté ensuite. J'avais l'impression qu'il vous aimait à l'égal de sa fille Rosalinde. Et ça, je ne pouvais le supporter.

— Mais en quoi cela vous importait-il ? Il ne savait pas que j'étais sa fille. C'était tout simplement un homme qui savait aimer.

— Au fond, ce n'était pas le plus important. Ce qui n'était pas pardonnable, c'est qu'il l'ait aimée, elle, qu'il ait posé les mains sur elle, qu'il ait utilisé ce qui était à moi, et avant moi. Toute ma vie, je suis arrivé après lui, même dans le lit de ma femme. Quand Wallace est rentré, il s'est marié et a eu un enfant, Rosalinde, un enfant de sa femme, un enfant à lui. Moi aussi, j'ai eu un enfant de ma femme, mais c'était celui d'un autre. Le sien !

Isabelle ouvrit soudain de grands yeux où s'exprimaient la douleur et le regret.

— Rosalinde, la petite fille qui est morte le jour où vous avez pris Dragonwick, était donc ma petite sœur.

— C'était un secret inavouable.

— Je vous plains, père, dit Isabelle en hochant la tête.

Le même sourire froid passa sur les lèvres de lord Kelsey. Isabelle, maintenant, comprenait ce qu'il cachait. La peur. La peur d'aimer. La peur d'être blessé.

Il se contenta de répliquer :

— Gardez votre pitié pour ceux qui en ont besoin.

Un sentiment nouveau de liberté envahit Isabelle. Elle releva la tête, redressa les épaules. Jamais plus elle ne suivrait un aussi pitoyable exemple. Jamais plus elle ne renierait ses sentiments. Quelques heures auparavant, pressée par le désespoir, elle avait admis qu'elle aimait Simon. Maintenant, elle voulait redire ces mots, mais en éprouvant le bonheur de les prononcer.

Elle ne considérait plus comme une honte d'accepter la réalité de ses sentiments, pour lui ou pour n'importe qui d'autre. Car aimer n'était pas une faiblesse, mais une force.

Elle regarda son père avec d'autres yeux.

— Je vous ai détesté à cause de votre froideur et de votre cruauté. Dans le même temps, de tout mon cœur, j'ai espéré de vous un geste gentil, un mot affectueux. Et bien que ce geste, ce mot ne soient jamais venus, je n'ai jamais cessé de les souhaiter. Vous dites que votre frère vous a tout pris. C'est faux. Je voulais vous aimer. C'est vous, et vous seul, qui avez rejeté et détruit tout ce qu'il y avait d'important dans votre vie.

— Je n'ai pas besoin de votre amour, répondit Kelsey, avec, dans le regard, quelque chose de douloureux qui démentait ses paroles.

— C'est une raison de plus pour que j'aie pitié de vous.

Sur ces mots, Isabelle se leva et se dirigea vers la porte.

— Et où comptez-vous aller comme ça ? l'apostropha rudement Kelsey.

— Voir mon mari, répondit-elle sans se retourner, afin de l'aider, si c'est en mon pouvoir.

— Ne soyez pas stupide. Warleigh est un homme mort. Vous êtes, et pour toujours, sous mon autorité.

— Pensez ce que vous voulez. Jamais plus la peur ne me poussera à obéir à vos ordres. Tout ce que vous pourriez inventer pour me punir ne ferait pas plus grand tort à mon âme que cette obéissance indigne.

Elle ouvrit la porte et sortit. De la chambre lui parvint la voix de son père :

— Revenez immédiatement ! Qu'est-ce que vous imaginez ! Warleigh ne veut plus de vous.

Il avait raison. Isabelle le savait. Mais sa douleur ne l'empêcherait pas de faire ce qu'elle avait à faire. Elle le devait à l'amour qui l'habitait. Même si Simon n'en voulait pas.

En entendant du bruit dans le couloir qui menait à sa cellule, Simon leva les yeux.

La porte s'ouvrit. Il quitta le bat-flanc où il était assis et, debout, la tête haute, attendit le pire.

Quand il vit Isabelle apparaître sur le seuil, ses pensées se bousculèrent. La surprise, le doute, la joie se mêlaient dans sa voix lorsqu'il bégaya :

— Qu'est-ce que vous… mais… comment…

Isabelle regarda derrière elle. Il suivit son regard pour découvrir, dans le couloir, le geôlier, occupé à admirer la pierre précieuse montée en bague qu'Isabelle venait de lui donner. Il secoua la tête.

— Vous n'auriez jamais dû venir ici. Votre père…

— Il n'est pas mon père, l'interrompit-elle en lui mettant un doigt sur la bouche pour l'empêcher d'en dire plus. Nous n'avons pas le temps d'entrer dans les détails. Mais sachez que, d'après lord Kelsey — et je le crois—, ce n'est pas lui mon père, mais le Dragon.

— Mais comment est-ce possible ?

— Pas maintenant, Simon. Une seule chose compte. A présent que je sais la vérité, je me sens libre. Peu importe ce qui peut m'arriver, je ne serai plus jamais sa victime.

Simon enlaça Isabelle. Il voulait la tenir serrée contre lui, mais il ne sentait que plus douloureusement qu'il n'était pas capable de la protéger.

Elle s'écarta de lui, manifestement troublée.

— Simon, il y a quelque chose que je dois confesser.

Mais lui n'avait aucune envie de l'écouter. Une seule chose comptait, c'était qu'elle lui eût avoué son amour. Il ouvrait la bouche pour le lui dire, quand des voix se firent entendre dans le couloir.

Isabelle lui jeta un regard inquiet.

— Ils ne viennent pas vous chercher ?

Avant que Simon ait eu le temps de répondre, la porte de la cellule s'était ouverte brusquement. Dans l'encadrement apparurent deux hommes.

— Non ! cria Isabelle. Vous n'allez quand même pas…

— Venez, ordonna l'un des hommes, le visage fermé.

Isabelle s'interposa. L'estomac noué, la voix rauque d'émotion, elle s'écria :

— Pour l'amour de Dieu, ne faites pas cela !

Personne ne répondit. Simon essaya de respirer posément. Il avait espéré que le roi lui laisserait un répit. Il prit dans ses bras Isabelle, qui étouffa un sanglot, et la serra fortement.

— Vous ne pouvez rien faire, Isabelle. Ne prenez pas de risques inutiles.

Mais elle ne l'écoutait pas. Des larmes coulaient sur ses joues, ses lèvres tremblaient. Simon, bouleversé mais impuissant, la laissa pour suivre les gardes.

Ils traversèrent le château. Sur leur passage, tous, silencieux, les observaient. Simon regardait droit devant lui, ne pensant qu'aux sanglots silencieux d'Isabelle, qui marchait à quelques pas derrière eux. Et cette douleur muette lui était plus difficile à supporter que les épreuves qui l'attendaient.

A sa surprise, les gardes ne le conduisirent pas dans la cour où aurait dû être exécutée la sentence royale, mais dans la salle où il avait affronté Kelsey.

L'un des gardes ouvrit la porte. Simon s'avança, et, stupéfait, s'arrêta.

Le roi Jean était assis à la même place que la dernière fois. Son visage, cette fois, trahissait une certaine contrariété. A sa gauche se tenait le comte de Kelsey, d'une immobilité de pierre. Jarrod et Christian étaient de l'autre côté, accompagnés de deux hommes plus âgés dont la mise et le maintien disaient la noblesse. Bien que Simon les connût mal, il se rappelait les avoir vus et leurs noms lui revinrent à la mémoire, avec le sentiment que tout n'était peut-être pas perdu. Dempsey et Fillmore étaient deux des plus puissants barons d'Angleterre, et des amis de son père.

Il fit quelques pas dans la pièce. Le roi, désignant les quatre hommes d'un geste de la main, déclara :

— Approchez, Warleigh. Je crois que vous connaissez Dempsey, Fillmore, Greatham et Maxwell.

Simon s'avança vers ses amis et leur demanda :

— Comment avez-vous appris que j'avais particulièrement besoin de vous en ce moment ?

— C'est ta femme, répondit Jarrod en jetant un regard par-dessus l'épaule de Simon.

Celui-ci se retourna. Isabelle était toujours derrière lui, silencieuse, les mains serrées sur sa poitrine, comme pour demander pardon. Elle regardait Simon, les yeux pleins d'angoisse.

— C'est ce que je m'apprêtais à vous dire. Je sais que vous ne vouliez pas mêler vos amis à cela. Mais je ne pouvais pas vous laisser…

Simon avait envie de l'embrasser et de la réprimander tout en même temps. Il lui prit la main.

— Nous reparlerons de cela plus tard.

Puis, se tournant vers le roi, il s'enquit :

— Dois-je supposer, sire, que vous acceptez d'entendre ma défense ?

— Votre affaire a été jugée.

Le regard circonspect de Jean passa sur lord Dempsey et lord Fillmore.

— Ces deux hommes, deux de mes plus loyaux et plus puissants barons, m'ont parlé en votre faveur.

Il était clair que c'était la puissance des barons, plus que leur loyauté, qui avait amené le roi à se montrer prudent.

Christian donna plus d'explications à Simon :

— Mon père était trop malade pour intervenir. Quand Jarrod est arrivé avec le mot d'Isabelle et la broche, nous avons compris qu'il était impossible d'attendre plus longtemps. Nous sommes allés au grand galop chez Fillmore et Dempsey pour plaider ta cause. Ils ont accepté de venir, en souvenir de leur amitié pour ton père.

Lord Dempsey intervint pour ajouter :

— Je vous connais aussi par mon fils, Warleigh. Il a passé un certain temps avec vous et vos amis en Terre sainte, il y a quelques années, et parle toujours de vous avec admiration.

Simon, qui se rappelait très bien le jeune écuyer, fut touché de cette marque d'estime. Il s'inclina. Lord Dempsey lui rendit son salut.

Jarrod se pencha vers Simon pour lui dire à l'oreille, avec un sourire :

— Il se pourrait bien qu'il soit aussi venu pour empêcher Kelsey d'étendre encore son pouvoir.

C'était, il est vrai, une raison suffisante pour ces barons, qu'inquiétait le pouvoir grandissant de Kelsey. Mais Simon ne voulait pas y penser. Le principal était qu'ils fussent venus à son aide.

Le roi Jean, regardant sévèrement Simon, déclara :

— Lord Warleigh, vous nous avez fait perdre assez de temps comme cela. Je vous condamne à vous retirer sur vos terres et à ne plus paraître à ma cour.

Simon s'inclina. Il allait retrouver Avington ! Et, pour comble de bonheur, il n'aurait plus à se rendre à Windsor !

La voix de Kelsey lui fit lever les yeux. Le visage contracté par une fureur qu'il cherchait à cacher, son beau-père protesta :

— Votre Majesté libère Warleigh sur la foi de ces deux hommes, alors que j'ai engagé ma parole dans cette affaire.

— Votre honneur n'est pas engagé, milord Kelsey, répondit le roi. Je crois que vous êtes sincère quand vous accusez lord Warleigh d'avoir conspiré contre la Couronne, et je vous rends grâce de votre loyauté. Il me semble simplement que vous avez fait erreur.

— Mais…

— Ne vous inquiétez pas, messire. Vous avez toujours toute ma confiance et je continuerai de vous prouver ma faveur.

Les paroles du roi Jean étaient des plus affables. Peut-être trop. Pour qui savait les entendre, elles pouvaient sonner comme un avertissement.

A l'évidence, Kelsey n'était pas satisfait. Mais que pouvait-il faire ? La tête haute, sans un mot, il tourna les talons et quitta la salle des audiences.

Lord Dempsey, alors, leva la main.

— Pardonnez-moi, sire, de vous faire perdre votre temps, mais Fillmore et moi voudrions que vous nous accordiez encore quelques instants. Nous venons de loin et nous voudrions profiter de notre présence à

Windsor pour régler avec Votre Majesté quelques petites questions.

Le roi approuva d'un signe de tête, mais sans plaisir, et il congédia l'assistance pour rester avec ses barons.

Simon prit Isabelle par la main. Il sortit avec elle, suivi de ses deux amis. Une fois dans le corridor, il s'arrêta pour la regarder à son aise.

Libre, grand Dieu, il était libre ! Libre d'emmener Isabelle chez lui. Libre de commencer avec elle une nouvelle vie. Et en se sachant aimé.

— Isabelle, je…

— Isabelle ! l'interrompit brutalement la voix de Kelsey. Suivez-moi.

Simon se plaça entre sa femme et Kelsey. Il répondit calmement :

— Isabelle vient avec moi.

— Mais, Simon, l'entendit-il murmurer dans son dos, vous n'êtes pas obligé de…

— Vous êtes ma femme. Votre place est avec moi.

Elle savait qu'elle aimait son mari et qu'elle voulait le suivre, mais il ne lui était pas facile de rompre avec des années d'obéissance absolue.

Sa réaction attristait Simon, mais il savait qu'il devait lui laisser le temps.

— Isabelle ! répéta Kelsey, sur un ton de commandement qui n'admettait pas de réplique.

Alors, fixant les yeux sur Simon, elle répondit :

— Ma place est avec mon mari.

Le visage de Kelsey sembla se décomposer, comme sous la violence d'une extrême douleur. Mais Simon ne pouvait croire que le comte de Kelsey fût capable d'éprouver pareil sentiment. Et il le regarda s'éloigner sans comprendre.

— Partons à présent, dit-il en se tournant vers ses amis.

— Il faudrait que j'avertisse Helwys et que je prépare quelques bagages pour le voyage.

Soulagé qu'elle ne revînt pas sur sa décision, Simon était prêt à lui accorder tout ce qu'elle voudrait.

Et c'est un peu étourdi par son bonheur qu'il proposa à Jarrod :

— Retrouvons-nous dans la cour.

— Je vais chercher les chevaux, répondit celui-ci, et ses yeux noirs lancèrent un regard triomphant dans la direction de Kelsey, qui franchissait la porte.

— J'accompagne Simon, dit Christian, au cas où le comte ne se résignerait pas à laisser partir sa fille.

Pour Simon, c'était là une précaution inutile, mais il ne chercha pas à discuter. Il était pressé de partir pour mettre Isabelle à l'abri.

Ils se rendirent dans la chambre qui avait été assignée à lord Kelsey. Ils y trouvèrent Helwys en compagnie de sire Frédéric et de Jacques. Les deux hommes, engagés dans une altercation particulièrement vive, ne prêtèrent pas attention aux nouveaux arrivants.

— Vous trahissez lord Kelsey, disait le chevalier.

— Je ne trahis pas votre maître, pour la bonne raison que je ne l'ai jamais servi.. Mon maître à moi, c'est le Dragon.

Jacques paraissait menaçant, mais il n'avait d'autre arme que le couteau qui pendait à sa ceinture.

— Fripouille ! lui lança sire Frédéric en tirant son épée pour lui porter un coup d'estoc.

— Non ! cria Simon, qui se précipita.

Jacques s'était plié en deux sous le coup, puis était tombé au sol.

Sire Frédéric fit face à Simon, qui arrivait sur lui, l'épée à la main, en criant à Christian :

— Occupe-toi de Jacques !

Les deux hommes choquèrent leurs épées. La haine, longtemps contenue, de sire Frédéric, se manifestait par la violence de ses coups. Simon s'efforçait de ne pas céder au même emportement, pour ne pas commettre d'imprudences. Il évita un coup de taille de son adversaire, qui baissa la garde, et en profita pour le frapper à l'épaule.

Sire Frédéric lâcha son épée, qui fit grand bruit en tombant sur le sol de pierre. Il porta la main à sa blessure, regarda Simon et tomba à genoux.

Une exclamation se fit entendre. C'était lord Kelsey qui accourait pour porter secours à son compagnon.

Simon, qui s'inquiétait de la santé de Jacques, rejoignit Helwys, agenouillée près du blessé, avec Christian et Isabelle.

— Nous avons bandé sa blessure, dit Christian.

— Et comment est-il ? s'enquit Simon en se rapprochant, tandis que les autres lui faisaient de la place.

— Ne vous inquiétez pas pour moi, répondit Jacques lui-même. Je vais bien.

Il était pâle et semblait souffrir. Mais il s'efforçait de sourire. Simon lui prit la main. Il la trouva froide.

— Il faut que vous teniez le coup, Jacques. Si vous pouvez voyager, je vous emmène à Avington.

— C'est que, dit Jacques, dont le regard s'était assombri, je n'imaginais pas qu'il me faudrait un jour quitter le château du Dragon. Je… c'est entendu. Je viens avec vous.

— A la bonne heure !

Simon se redressa et lança au petit groupe :

— En route pour Avington.

— Enfin, soupira Helwys en regardant sa maîtresse.

Isabelle était incapable de réagir. Tout ce qui venait de se passer en si peu de temps lui donnait une sorte de vertige. Le seul sentiment dont elle fût consciente était son soulagement de voir Simon et Jacques vivants.

Elle s'approcha de Simon, comme pour sentir sa force l'envelopper.

Lord Kelsey, occupé à panser avec des moyens de fortune la blessure de sire Frédéric, leva les yeux vers elle et lui dit :

— Voyez ce que vous avez fait.

Le reproche fit souffrir Isabelle, qui savait pourtant qu'elle n'avait rien à se reprocher.

Une main douce, mais ferme, se posa sur son épaule pour la rappeler à la réalité.

— Nous devons partir, Isabelle. Jarrod nous attend.

— Vous n'aurez rien de Dragonwick, lança Kelsey, la voix dure. Je ferai en sorte que vous perdiez votre héritage.

Isabelle s'attendait à cette sortie, mais elle n'en fut pas moins blessée. Elle tourna la tête, pour voir Simon et Christian qui soutenaient Jacques et l'aidaient à quitter la pièce. Alors, prenant la main d'Helwys, elle les suivit.

Dehors, Jarrod les attendait avec les chevaux. Il comprit immédiatement ce qui s'était passé et parvint à trouver une charrette pour y mettre le blessé. Jacques s'y étendit en plaisantant afin de rassurer son monde.

— La blessure ne saigne presque plus, fit observer Simon. C'est de bon augure.

Tous se mirent en selle, plus rassurés.

Isabelle restait silencieuse Elle se disait que, s'il lui fallait changer d'avis, elle devrait le faire maintenant, avant que des lieues et des lieues la séparassent de Dragonwick. La petite troupe avait franchi la porte du château quand elle s'arrêta. Simon, qui chevauchait à ses côtés, retint son cheval et revint sur ses pas. Ses beaux yeux bruns étaient inquiets.

— Que se passe-t-il, Isabelle ?

Elle regarda les autres, arrêtés à leur tour, qui se retournaient pour savoir ce qui se passait.

Elle dit doucement :

— Il ne faut pas que vous m'emmeniez à Avington.

Simon tressaillit. Il fit signe aux autres de continuer, descendit de cheval et s'approcha.

— C'est pourtant ce que je ferai.

Une boule, dans sa gorge, empêchait Isabelle de parler. Elle se contenta de secouer la tête.

— Pourquoi vous opposez-vous ainsi à moi ? questionna Simon.

— Vous connaissez maintenant mes sentiments pour vous, dit-elle en fermant les yeux. Et, comme vous êtes un homme bon, je pense que vous croyez me devoir quelque chose parce que je vous aime.

Isabelle avait conscience de parler trop tout d'un coup, mais elle ne pouvait s'en empêcher.

— En un mot je ne veux pas de votre pitié.

Le silence qui suivit lui fit rouvrir les yeux. La stupéfaction se lisait sur le visage de Simon.

— Ma pitié ?

— Vous voulez dire que vous ne m'emmenez pas à Avington par pitié ? l'interrogea-t-elle en reprenant espoir.

Il secoua la tête.

— Mais vous m'avez fait clairement comprendre que vous ne vouliez pas m'épouser.

— C'était avant la cabane de la forêt. Quand j'ai accepté de partager votre lit, notre mariage, pour moi, devenait définitif. Je m'engageais à être père, et ce n'est pas une décision qu'on prend à la légère.

Elle baissa les yeux, le cœur et la gorge serrés.

— Ne croyez pas que je cherche à fuir mes responsabilités, Simon, mais je trouve que ce n'est pas une raison suffisante pour un mariage. J'ai conçu un plan pour aller en Normandie, où vit la sœur de ma mère. Elle est venue me voir, peu de temps après la mort de celle-ci. J'en ai conclu qu'une femme qui accepte de faire un tel voyage pour une petite orpheline doit être bonne. Je vais lui demander l'hospitalité.

Soudain Simon comprenait les hésitations d'Isabelle. Ce n'était pas à cause de Kelsey, mais parce qu'elle n'était pas sûre des sentiments de son mari. La joie envahit brusquement son cœur.

— Est-ce que l'amour serait une raison suffisante ?

Isabelle le regarda un long moment.

— L'amour, oui. Vous voulez dire…

— Oui, c'est ce que je veux dire, répondit-il en lui tendant les bras. Je vous aime. Je vous ai aimée depuis le début et je suis bien décidé à continuer.

Isabelle se laissa glisser de sa selle pour tomber dans ces bras tendus. Elle leva le visage pour lui offrir sa bouche, qu'il prit avec fougue.

Après quelques secondes, elle recula la tête pour voir ses yeux.

— Je pensais que vous seriez en colère parce que j'ai appelé Jarrod et Christian à l'aide.

— Vous ai-je dit que je ne l'étais pas ? Il faut que vous sachiez, Isabelle, que même s'il advient que je sois mécontent de ce qui se passe entre nous, je ne cesserai jamais de vous aimer.

Une larme coula sur la joue d'Isabelle. Elle appuya la tête sur l'épaule de Simon.

— Oh, Simon, je ne savais pas qu'on pouvait aimer autant et être aussi heureux.

Le cœur de Simon était si plein de tendresse qu'il ne lui était pas possible de dire ce qu'il ressentait. Il avait tant souhaité qu'elle eût confiance en lui, qu'elle fît confiance à la vie. Et voilà que ce moment arrivait. Pour la première fois, elle s'abandonnait. Elle était enfin à lui.

De nouveau, il lui baisa les lèvres.

— Il y a encore une chose que vous devez savoir, mon amour, dit-elle, les yeux brillant de passion et de bonheur.

— Qu'est-ce que la vie pourrait me donner de plus ?

Elle lui prit la main pour la poser sur son ventre.

— Vous voulez dire que…

Elle acquiesça de la tête.

Simon se tut. Son cœur était si plein d'amour,de tendresse, de reconnaissance qu'il avait l'impression que sa poitrine était trop étroite pour le contenir. Il tomba à genoux et posa ses lèvres sur le ventre d'Isabelle. Des larmes de bonheur lui montèrent aux yeux.

— Isabelle, mon Isabelle, ne put-il que murmurer.

— Je vous aime, Simon, se contenta-t-elle de dire en lui caressant les cheveux.

Il se releva, l'embrassa de nouveau. Le désir qu'il avait ressenti lors de leur première étreinte lui embrasait les reins. Isabelle le comprit. Elle lui murmura :

— Je te désire, mon amour.

Simon fit courir ses mains sur ce corps prêt à s'offrir.

Une exclamation leur fit lever la tête :

— Alors, vous venez vous deux ?

C'était Jarrod qui les rappelait à la réalité. Ils avaient oublié qu'ils étaient au milieu de la route.

— Oui, lui lança Simon, mais il faut que nous fassions halte très vite !

Jarrod éclata de rire et partit au galop.

Simon aida Isabelle à se remettre en selle, et, au petit trot, ils s'en furent rejoindre leurs compagnons de route… et leur avenir.

Lord Kelsey avait dit à Isabelle qu'elle ne posséderait rien de Dragonwick. Il se trompait. Son vrai père lui avait laissé quelque chose de plus précieux qu'un château et des terres. Son héritage était l'amour. L'amour que le père et la fille avaient éprouvé l'un pour l'autre.

L'amour qu'elle éprouvait à présent pour Simon et pour leur enfant.

HARLEQUIN

Collection *Les Historiques*

PROCHAINS RENDEZ-VOUS LE

1er juin 2004

LE CHEVALIER DU DRAGON, ***de Catherine Archer • n°277***
2ème partie de la saga du Dragon.
Angleterre, 1202. Inquiète pour son frère Christian, disparu lors d'une mystérieuse mission, lady Aislynn reprend espoir lorsque leur père fait un songe prémonitoire : Christian sera sauvé par « une femme blonde, belle de corps et douce de visage ». Un portrait qui lui ressemble trait pour trait… Persuadée de pouvoir aider son frère, elle part à sa recherche en compagnie d'un ami de ce dernier, Jarrod Maxwell. Un homme énigmatique, fils d'un Croisé et d'une Orientale, dont tout laisse à penser qu'il en sait plus sur la disparition de Christian qu'il ne le prétend…

LE SECRET D'UNE LADY, ***de Deborah Hale • n°278***
Angleterre et Ecosse, 1815. Quand elle se découvre enceinte de son ancien amant, lady Felicity, une jeune et riche veuve, est atterrée : s'il apprend sa paternité, non seulement Thorn voudra l'épouser, mais il aura en plus le contrôle de sa fortune ! Pour éviter pareille issue, elle n'a qu'une solution : mettre au monde son bébé à la campagne, loin de Thorn. Mais un coup de théâtre vient ruiner ce projet : apprenant que leurs sœur et neveu respectifs se sont enfuis en Ecosse pour s'y marier clandestinement, Thorn et Felicity n'ont d'autre choix que de se lancer, ensemble, aux trousses des tourtereaux…

L'INCONNUE DU DONJON, ***de Margo Maguire • n°279***
Angleterre, 1300. Alors qu'il flâne sur la plage, le sire Bartholomew Holton découvre le corps inanimé d'une naufragée. Il la recueille en son château — pour découvrir que l'inconnue se prétend amnésique. Très vite, la grâce de la jeune femme lui gagne la sympathie des jeunes frères et sœurs de son hôte. Mais Holton, lui, demeure méfiant. Ne s'agirait-il pas d'une ruse destinée à endormir sa vigilance dans quelque obscur dessein?

LA DÉROBADE, ***de Julia Justiss • n°280***
Angleterre, 1812. Tyrannisée par son époux, lady Charleton met en scène sa propre mort pour commencer une nouvelle vie en province, sous une fausse identité. Devenue Mme Laura Martin, respectable veuve aux talents de guérisseuse, elle est amenée un jour à soigner le frère du duc de Beresford, blessé dans un accident de chasse. Le duc la courtise assidûment, mais Laura, redoutant sa sagacité, le repousse. Une dérobade qui a pour seul effet de piquer davantage encore la curiosité de son galant, espion à ses heures pour la Couronne britannique…

LA PASSAGÈRE DU DESTIN, ***de Julianne Maclean • n°281***
Nouvelle-Ecosse, 1775. Amoureux de la belle Diana, Adam Coastes a le cœur brisé quand celle-ci l'éconduit… Des années plus tard, devenu veuf après un mariage raté, il envoie une lettre à celle qu'il n'a jamais oubliée pour lui proposer de venir le rejoindre en Nouvelle-Ecosse, où il a fait fortune. Et, miracle, la réponse qu'il reçoit est favorable. Fou de joie, il se précipite le grand jour venu à l'embarcadère — pour voir descendre à quai non pas Diana, mais sa jeune sœur, Madeline…

Rendez-vous exceptionnel

Grands Romans Historiques

Le 1er mai,
découvrez 2 romans inédits.

L'AVENTURIÈRE, de Susan Wiggs • n°13

Enfin libre ! pense Isabel, grisée, en s'enfuyant de la maison de correction où elle a passé toute son enfance. Finies les brimades, adieu les coups de badine. Le monde, désormais, lui appartient, et elle va y entrer par la grande porte. Oh, bien sûr, elle ne vient pas du sérail, mais grandir sans parents lui a forgé le caractère. D'une façon ou d'une autre, elle deviendra une lady et mènera grand train… Forte de cette certitude, elle réussit l'impossible : se faire engager comme dame de compagnie dans une maison huppée où, à force d'écoute et d'observation elle se prépare à jouer le rôle qui, désormais, sera sien — celui de la très respectable miss Isabel Fish-Wooten, aventurière de bonne famille…

Et la deuxième partie
de la trilogie de Candace Camp…

Grands Romans Historiques

LE CHÂTEAU DES OMBRES, de Candace Camp • n°14

(2ème partie)
Depuis le règne d'Henry VIII, une malédiction plane sur la prestigieuse lignée Aincourt...

Désespéré par la mort accidentelle de sa femme et de leur petite fille, lord Richard Claybourne attend Noël, date anniversaire de la tragédie, pour mettre fin à ses jours. Il en est empêché par l'arrivée inopinée chez lui de la jeune Gabriella, fille de feu son meilleur ami, et de Jessica Maitland, sa préceptrice, qui lui explique être chargée de mettre en sécurité Gabriella dont la vie serait menacée. Le duc se résigne à les héberger quand une soudaine tempête de neige le contraint à offrir l'hospitalité à d'autres fâcheux. Une cohabitation houleuse s'ensuit, qui tourne au drame lors d'une nuit tragique...

Grands Romans Historiques

Quand l'Histoire devient le plus captivant des romans...

Composé et édité
PAR LES ÉDITIONS HARLEQUIN
Achevé d'imprimer en mars 2004

BUSSIÈRE
GROUPE CPI

à Saint-Amand-Montrond (Cher)
Dépôt légal : avril 2004
N° d'imprimeur : 40529 — N° d'éditeur : 10456

Imprimé en France

Chère lectrice,

Laquelle d'entre nous n'a pas un jour appris à ses dépens qu'il était imprudent d'affirmer : « Fontaine, je ne boirai jamais de ton eau » ? Un proverbe dont vos cinq héros de ce mois vont, eux aussi, mesurer la sagesse éternelle... Sir Simon, d'abord, furieux d'être contraint d'épouser la fille de son ennemi, se jure de lui mener la vie impossible. Mais, étrangement, plus il tente de haïr sa femme, moins il y parvient. Découvrez *Le pacte du Dragon*, première partie de la nouvelle saga médiévale de Catherine Archer... Trois siècles plus tard, en 1521, Sebastian, dans *Le feu et le diamant*, broie lui aussi du noir : son mariage forcé avec lady Beatrice est voué au désastre car jamais, au grand jamais, il n'accordera sa confiance à une intrigante qui, de notoriété publique, trompait son premier époux. Mais, là aussi, le temps va l'amener à réviser son jugement... *L'amant irlandais*, de son côté, a une certitude : n'est pas née celle qui le surprendra ! A ses yeux, toutes les femmes se ressemblent et aucune, jamais, ne retiendra durablement son attention. Aucune — sauf peut-être cette inconnue qui, un beau jour de 1820, s'offre à lui avant de disparaître... A la même époque, mais dans un tout autre contexte, Tristan Sinclair est également très sûr de lui : des années passées dans les services secrets anglais ont fait de lui un redoutable psychologue, et jamais son indocile épouse, *L'héritière scandaleuse*, ne parviendra à lui cacher quoi que ce soit. Mais à malin, malin et demi... Au Texas, en 1881, Sloan, le séduisant héros de *Prudence et le débauché*, s'est fait lui aussi une promesse : après des années consacrées à élever ses frère et sœurs orphelins, il s'occupera désormais d'une seule personne : lui-même ! Aucune femme, jamais, n'entravera sa chère liberté. Mais, là encore, proverbe ne saurait mentir... Enfin, en mai, ne manquez pas les deux titres de votre collection Grands Romans Historiques : *L'Aventurière*, de Susan Wiggs, et *Le château des ombres*, seconde partie de la saga de Candace Camp.

Bonne lecture et rendez-vous en juin,

La Responsable de collection

Du 1er avril au 1er août,
Catherine Archer vous propose
une nouvelle trilogie

la saga du *Dragon*

Angleterre, 1200

Trois jeunes garçons font un serment : celui de venger un jour leur vénéré seigneur et maître, surnommé le *Dragon*, lâchement assassiné par son propre frère. Pour sceller ce pacte, ils décident d'arborer le même insigne, une broche figurant un dragon aux ailes éployées.

Treize ans plus tard, leur résolution n'a pas faibli : le moment est venu de châtier l'assassin du *Dragon*, qui a depuis usurpé le titre et les terres du défunt à l'insu du roi…

Ne manquez pas le 1er juin,
la seconde partie de cette trilogie

Le Chevalier du Dragon
(Les Historiques n° 277)